MORTE DE UM HOLANDÊS

Magdalen Nabb

MORTE DE UM HOLANDÊS

Tradução
Johann Heyss

novo século®

São Paulo 2009

Death of a Dutchman
Magdalen Nabb
First published in 1982
Copyright © 1982 by Diogenes Verlag AG Zürich
All rights reserved
Copyright © 2009 by Novo Século Editora

PRODUÇÃO EDITORIAL Sieben Gruppe Serviços Editoriais
CAPA Guilherme Xavier
TRADUÇÃO Johann Heyss
PREPARAÇÃO Pamela Andrade
PROJETO GRÁFICO Andressa Lira
DIAGRAMAÇÃO Cissa Tilelli Holzschuh
REVISÃO Sally Tilelli e Salete Milanesi

Dados Internacionais de Catalogação na Publicação (CIP)
(Câmara Brasileira do Livro, SP, Brasil)

Nabb, Magdalen
Morte de um holandês / Magdalen Nabb ; tradução
Johann Heyss. -- Osasco, SP : Novo Século Editora,
2009.
Título original: Death of an dutchamnn.
1. Ficção inglesa I. Título.

09-02641   CDD-823

Índices para catálogo sistemático:
1. Ficção : Literatura inglesa 823

2009
IMPRESSO NO BRASIL
PRINTED IN BRAZIL
DIREITOS CEDIDOS PARA ESTA EDIÇÃO À
NOVO SÉCULO EDITORA.
Rua Aurora Soares Barbosa, 405 – 2º andar
CEP 06023-010 – Osasco – SP
Tel.: (11) 3699-7107 – Fax: (11) 3699-7323
www.novoseculo.com.br
atendimento@novoseculo.com.br

Apesar de esta história se passar especificamente em Florença, todos os seus personagens e eventos são inteiramente fictícios e qualquer semelhança com pessoas vivas ou mortas é inteiramente não intencional.

1

– *Signora* Giusti! – reclamou Lorenzini, afastando o fone da orelha e abrindo a mão em um gesto de desespero. Do outro lado da sala, o *carabiniere* de cara rosada, que estava prestes a inserir uma folha novinha de papel na máquina de escrever, parou e sorriu. De onde estava dava para ouvir tudo o que a voz tagarelava do outro lado da linha, e ele continuou sorrindo depois que a voz calou.

– Foram duas vezes hoje, e três ontem – disse ele.

– Ai-ai-ai! – queixou-se Lorenzini, devolvendo o fone ao gancho com uma careta no rosto. – Coitada dessa velha faladora.

Da última vez que ela o encontrou por lá, deteve-o por quase toda a manhã, contando-lhe a história de sua vida e, toda vez que ele se levantava para ir embora, ela interrompia a si mesma para inventar outra reclamação contra um ou outro de seus vizinhos. Ela alegava que os florentinos a odiavam por ela ser milanesa. Enquanto contava novamente da perseguição que tinha de sofrer, grandes lágrimas rolavam pelo seu rosto e pingavam sobre suas mãozinhas magras e pálidas como pernas de pardais.

– E eu tenho noventa e um anos de idade! – ela choramingou, fazendo-se de vítima. – Noventa e um anos... Antes estivesse morta.

– Não, não. *Signora*, pare com isso agora – e cada vez que o infeliz se sentava na ponta da cadeira e tentava aquietá-la, lá vinha ela de novo: recomeçava a história da briga que explodira no decorrer de seu noivado. – Setenta anos atrás, mas parece que foi ontem! – e as mãozinhas gesticulavam, satisfeitas, e os olhos brilhavam, úmidos, de maldoso deleite em recapturar a vítima.

– Quer que eu vá? – o *carabiniere* perguntou, começando a se levantar.

– Acho melhor não, você jamais conseguiria lidar com ela. Vou dizer ao marechal. Ele ainda está lá embaixo?

– Sim... Ao menos, ainda estava discutindo com aquele casal americano quando eu subi.

Lorenzini baixou as mangas da camisa e procurou seu chapéu cáqui.

– Terei de ir até lá, creio... – olhou para o relógio no pulso. – Daqui a pouco já é meio-dia mesmo. Vou pegar a *van* e trazer os almoços. *Ciao*, Ciccio.

O verdadeiro nome de Ciccio era Claut, Gino Claut, mas em Florença ninguém o chamava pelo seu nome de verdade, talvez porque soasse alemão. Ele tinha dúzias de apelidos: Gigi, Ciccio (por ser gordinho), Polenta (talvez por ser do norte, talvez pelo seu cabelo louro cortado bem rente ser da cor da polenta feita com a farinha de milho que comiam por lá) e Pinóquio (por nenhuma razão especial, apesar de seu rosto brilhante e sorridente e seus movimentos lentos serem um pouco parecidos com os de um fantoche). Seu uniforme parecia nunca cobrir o corpo inteiro, por mais que ele o ajustasse, e a extremidade da gola da camisa geralmente empurrava estranhamente o seu queixo rosado. Ele se alistou com o irmão, que era um ano mais velho e igualzinho a ele, só que um pouco mais alto e magro. Juntos eram conhecidos como "os garotos de Pordenone", e estavam sempre com um sorriso estampado no rosto. Na verdade, não eram realmente de Pordenone, mas de um diminuto vilarejo a vinte quilômetros do norte, bem ao pé dos Dolomites. Gino gostava de todos os seus apelidos. Quanto mais os outros rapazes zombavam dele, mais seu sorriso se ampliava e mais rosado ficava seu rosto. Ele sorria naquele momento, enquanto Lorenzini tagarelava pelas escadas abaixo. Lorenzini estava sempre tagarelando em toda parte, sempre apressado. Um olhar arregalado de concentração se instalava em seu rosto enquanto ele prendia a língua num canto da boca e começava a digitar lentamente com dois dedos curtos e grossos.

Lá embaixo, no pequeno escritório da frente, as costas extensas do marechal Guarnaccia bloqueavam completamente a grade de ferro pela qual os americanos faziam suas reclamações. Uma mancha de suor deixou sua camisa cáqui empapada entre os ombros e, de vez em quando, ele parava para passar um lenço ao redor do pescoço. Primeiro ele teve de explicar aos americanos, por meio de gestos e palavras italianas de uma única sílaba, que eles não se esforçaram em ouvir, que precisavam procurar um negociante de fumo e comprar uma folha de *carta bollata*, o papel carimbado do governo no qual todos os comunicados oficiais devem ser escritos. Quando finalmente retornaram com o papel, suados e furiosos depois de discutir com três donos de bar que não tinham carimbo nem licença para vender fumo, o marechal teve de escrever para eles e extrair, com muito custo, cada bocado de informação, novamente através de sinais. Uma hora depois, haviam chegado à descrição de uma câmera *Instamatic* roubada, para só então anunciar que ela fora roubada no dia anterior em Pisa. O marechal, com o rosto vermelho, baixou a caneta e afastou-se, feliz em ser interrompido por Lorenzini.

– O que é?

– A *signora* Giusti, marechal.

– De novo?

Mas era sempre assim; às vezes eles não ouviam falar dela por seis ou sete meses, depois os telefonemas começavam a acontecer durante todo o dia. Certa vez ela telefonou seis vezes, e sempre com uma história plausível. No entanto, se eles falhassem alguma vez e algo acontecesse a ela, isso seria um prato cheio para os jornais: "Idosa de noventa anos morre sozinha depois de ter pedido de socorro ignorado".

– Devo ir até lá?

– É melhor que vá, acho... Não, espere. Você fala um pouquinho de inglês, não fala?

– Um pouco. Não falo corretamente, mas é o bastante para lidar com eles...

– Neste caso, tente explicar-lhes que eles deviam ter denunciado o roubo em Pisa. Eles me prenderam aqui a manhã inteira e ainda nem verifiquei os hotéis. Ligarei pessoalmente para a *signora* Giusti na volta...

Abotoou apressadamente a jaqueta, pegou seu chapéu do gancho e saiu pela porta. Estava um pouquinho constrangido por deixar a situação para o rapaz – os americanos ficariam furiosos por serem deixados com um subordinado – mas, se ele sabia algumas palavras em inglês, isto ajudaria a aquietá-los. Quando ele parou debaixo da grande luminária na passagem arcada de pedra, ouviu a voz do americano com clareza:

– Porque nós só estávamos passando o dia lá! Por que usaríamos o pouco tempo que tínhamos naquele lugar? Estamos hospedados bem aqui em frente. Escute, não entendo por que nos faria perder a manhã inteira desse jeito! – E o tempo todo se ouvia a mulher reclamando ao fundo, vacilante: – Talvez eu tenha mesmo deixado no ônibus...

Mesmo sem entender uma palavra, o marechal sacudiu a cabeça em desalento pela situação como um todo.

Era julho, o átrio inclinado em frente ao Palácio Pitti estava repleto de carruagens vivamente coloridas e o ar quente tremulava sobre elas. Descer passando por elas faria ferver o sangue de qualquer um. O marechal caminhou de um lado para o outro na frente do palácio, onde ficavam vendedores de cartões-postais com suas barracas, e onde um homem com um carrinho vendia um sorvete que já começava a derreter, fazendo uma lambança, antes mesmo de o cliente pagar. Ele viu duas jovens japonesas se afastando do sorveteiro, lambendo seus cones e falando ligeiro, e parou para dar um tapinha no ombro de uma delas. Ambas se viraram para olhar para o militar gordo de óculos escuros que silenciosamente lhes entregava o guia turístico que haviam deixado na borda da carruagem.

Sem dúvida, ele pensou sem piedade, elas iam achar que alguém tinha roubado e dariam queixa em Milão.

Ele foi descendo a ladeira no final do átrio, onde um muro alto de pedra oferecia um pouquinho de sombra, e atravessou a rua estreita, movendo-se cautelosamente por entre as fileiras de carros estacionados. Alguns dos motoristas estavam buzinando e berrando desordenadamente, mas o calor estava tão forte e pegajoso que eles não se davam ao trabalho de sair para discutir.

O marechal caminhou lentamente de hotel em hotel, as mãos balançando a certa distância do corpo como um herói de bangue-bangue acima do peso, olhando distraidamente para cada carro pelo qual passava, demorando-se uma fração de segundo a mais naqueles que não tinham placas de Florença. Todos os dias, menos quinta, que era seu dia de folga, ele conferia os registros policiais de todos os hotéis e pensões em seu distrito à procura de terroristas de uma lista distribuída a todas as forças policiais pela *Digos*[1], a polícia secreta. Ele não era obrigado a fazer isto,

---

1 Divisioni Investigazioni Generali e Operazioni Speciali: divisão policial italiana encarregada de crimes como sequestro, terrorismo etc. (N.T.)

e sabia muito bem que operações terroristas eram comandadas de casas particulares, mas fazia assim mesmo. Às vezes dava resultado, pois, se fosse o caso de um encontro ou de uma longa jornada, eles usavam hotéis e, se eles usassem os hotéis daquele quarteirão, o marechal queria ser o primeiro a ficar sabendo. Não era questão de vendeta pessoal, mas ele tinha suas razões particulares. Para ele, o terrorismo era um fenômeno de classe média, e ele não se julgava competente o bastante para entendê-lo. Ele entendia pessoas que estavam apenas tentando manter as cabeças fora d'água e que para tanto apelavam para o roubo e para a prostituição, e aqueles que desistiam e acabavam pedindo esmola na Via Tornabuoni. Jovens, também, que desistiam antes de começar. Cruzando a Piazza Santo Spirito para sua última chamada antes do almoço, ele viu dois deles tombados em um banco sob a sombra manchada das árvores. O garoto parecia adormecido e a garota observava com indiferença uma corrente de sangue escuro rolando pelo antebraço. Uma injeção hipodérmica suja, uma colher de chá e um limão semiespremido jaziam no chão ao lado do banco.

– Bom dia, marechal. – O proprietário da Pensione Giulia estava lá embaixo, na entrada principal, em mangas de camisa, observando o marechal passar pela fruta espremida e pelos pombos que bicavam pelo chão ao redor das barracas espalhadas ao longo de um dos lados da praça.

– Ninguém novo desde ontem – acrescentou ele, esperançoso.

– Vou aparecer mesmo assim – disse o marechal suavemente, pouco se importando com a impopularidade de seus pequenos telefonemas. A *pensione* ficava no terceiro andar.

– Este aqui – o dedo gorducho do marechal apontou o último nome no registro –, não estava aqui ontem.

– Ontem, não... É alguém que esteve aqui... Deve ter sido um mês atrás... Foi fazer uma excursão e me pediu para guardar o mesmo quarto... Bem, eu não quis fazê-lo perder tempo com uma pessoa que o senhor já conferiu no mês passado...

– No mês passado?

– Posso estar enganado... Ou, é claro, pode ter sido em uma quinta-feira quando o senhor não...

– Uma quinta-feira?

– Preciso conferir...

– Confira.

O proprietário ocupava-se nervosamente com pormenores do registro quando uma porta se abriu atrás dele e um pequeno homem garboso vestindo um terno de linho azul amarrotado apareceu. Parou de repente ao ver o visitante, mas depois continuou a caminhar tranquilamente com as mãos nos bolsos.

– Está procurando alguém, marechal? – trinou, radiante.

O marechal o considerou por um momento e então disse:

– Você.

O pequeno homem se virou furiosamente para o proprietário.

– Seu cretino! Você disse que não o deixaria entrar!

– E você prometeu ficar em seu quarto! Não sou eu o cretino! – O pequeno homem se virou para o marechal que os estava observando com olhos salientes e sem expressão enquanto telefonava para o comando central do Borgo Ognissanti, pedindo um carro.

– Só me restavam mais seis meses, sabia? Seis meses! Eu devia mesmo ter ficado lá dentro...

O marechal não disse nada.

Quando o carro chegou e três *carabinieri* trovejaram escadas acima, ele disse:

– Nada de pânico, rapazes. É só um inofensivo amigo.

Eles olharam para o marechal e depois para o pequeno homem.

– Quem é ele?

– Não faço ideia. Mesmo assim, ele diz que ainda tem seis meses de pena para cumprir, e parece que não assinou o registro.

– Vamos lá, vamos lá.

O homem debatia-se e xingava violentamente enquanto tentavam removê-lo.

– Que diabo você tem? Vamos embora!

– Ele está irritado – disse o marechal – por ter me dito. Pelo jeito, ele achava que eu sabia quem ele era.

– Vocês são todos uns egoístas – um dos rapazes comentou quando finalmente conseguiram fazer com que o homem atravessasse a porta.

– Sim – suspirou o marechal, considerando seu truquezinho com constrangimento. – Acho que somos mesmo.

Então ele se virou, apoiou pesadamente os grandes punhos na mesa da recepção e olhou tão longa e duramente para o proprietário que seus amplos olhos pareciam a ponto de saltar da cabeça.

– Como estava dizendo mesmo? Esta pessoa deu entrada um mês atrás?

– Ontem à noite – o proprietário corrigiu, assaz subjugado.

– Nada a ver com seu amigo fugitivo, pelo que entendi.

– Não, não. Só um turista. Eu só não queria que o senhor aparecesse...

– Claro que não queria. Mas um dia destes – o marechal levantou os olhos e balançou o dedo – você ia acabar gritando por ajuda, esperando que eu viesse correndo.

Seu dedo voltou ao novo registro.

– Passaporte britânico... Por que não anotou a data do documento?

– Não anotei? Devo ter me esquecido...

– Estava vencido? – O marechal estava se inclinando em direção a ele, de modo que estavam quase nariz com nariz.

– Não, claro que não. Acho que rabisquei em algum outro lugar...

– Neste caso, terá achado quando eu ligar amanhã.

O marechal copiou o nome Simmons e o número do passaporte em seu bloco para não esquecer.

– Um dia desses... – ele avisou o proprietário novamente.

– Era só por uma noite, marechal. Não foi nada.

Lá fora, na *piazza*, os feirantes estavam guardando suas coisas em meio ao forte cheiro de manjericão e de grandes tomates maduros, o cheiro do verão. Havia só umas poucas barracas, pois era segunda de manhã. As oficinas dos artesãos estavam fechadas pela mesma razão e apenas o bar, com suas mesas de ferro pintadas de branco do lado de fora, estava aberto e cheio de turistas.

O resto da *piazza* estava se esvaziando rapidamente, e novos aromas estavam começando a se destacar por entre as palhetas das venezianas marrons, que estavam todas fechadas para se proteger do sol do meio-dia; aromas de carne assada, alho, ervas e azeite fervente. O marechal percebeu que estava com fome. A última barraca enfileirada ainda tinha uma prateleira na ponta com cerca de uma dúzia de pêssegos enormes e felpudos envolvidos em palha fresca.

– Cento e cinquenta, o quilo – disse o feirante dentro do avental grande e verde, captando-lhe o olhar e pegando um saco de papel marrom. – Aqui está, duzentos o lote, e vamos para casa almoçar!

O marechal fisgou duas notas de cem liras do bolso superior. Ele poderia dividir as frutas com os rapazes depois do almoço.

Saiu da *piazza* pelo fim, perto da igreja, e atravessou a Via Maggio. A rua já estava vazia e as lojas fechadas; devia passar de uma hora. Deu uma olhada no relógio: uma e dez. Então lembrou-se da *signora* Giusti e parou. Dava para sentir o cheiro dos pêssegos, frios e pesados, na sacola de papel marrom. Ele estava com sede, cansado e com calor, e sua comida, tirada da mesa por Lorenzini, se estragaria. A rua estava em silêncio, a não ser pelos ocasionais sons abafados do esbarrar de louças de barro e de vozes femininas. Uma faixa estreita de céu azul corria no alto entre as calhas escuras. Ele pensou na diminuta senhora sentada em seu apartamento, sozinha, esperando... E retornou.

Ela morava no último andar, no canto voltado para a igreja. Havia uma oficina de ourives no térreo, à esquerda, e à direita havia um lugar pequeno, pouco maior que um furo na parede, onde vendiam flores. Ambos estavam com as venezianas de metal abaixadas. Ele tocou a campainha de cima e deu um passo para trás sobre a pavimentação de pedras salpicada de detritos, esperando que aparecesse um rosto na janela, já que não havia interfone. Mas a porta se abriu de imediato; ela devia estar esperando ao lado da maçaneta. Lá dentro, à esquerda, havia uma porta com um painel de vidro fosco e uma placa de metal ao lado onde se lia "Giuseppe Pratesi, ourives e joalheiro". O pequeno esconderijo onde vendiam flores dava diretamente para a *piazza*. Entretanto, o cheiro de flores foi se misturando ao cheiro de limalhas de metal e bicos de gás à medida que o marechal começou a subir lentamente a sombria escadaria, após procurar em vão pelo elevador. Uma corda fina, gasta pelo manuseio, servia de corrimão; ficava enrolada em protuberâncias de ferro negro embutidas de ambos os lados nas paredes marcadas. Cada andar tinha duas portas com verniz marrom e grandes maçanetas de latão.

Ela estava à espera dele na entrada interna e começou a chorar assim que o avistou, com o chapéu na mão, no último lance de escadas. Ele estava arfando demais para falar e não se esforçou para interromper a primeira reprimenda dela enquanto a seguia pelo interior do apartamento.

– E já faz horas que telefonei, mas ninguém dá ouvidos a uma velha... Podiam ter me roubado os poucos caraminguás que me sobraram neste mundo... Mas esta bruxa não vai me tirar daqui! Eles não sabem o que é ser velha e indefesa...

Ele quase teve que correr para acompanhá-la, pois a cadeira de rodas de costas retas, que supostamente deveria ajudá-la a caminhar, saiu em louca disparada pelo corredor ladrilhado, com sua silhuetazinha cambaleando em seguida, tagarelando e reclamando. O apartamento era comprido e estreito, todos os cômodos principais se abriam do lado esquerdo do corredor. A porta do quarto de dormir estava sempre aberta, revelando os poucos móveis que continha, mas todos os aposentos grandes, como o marechal ficou sabendo através de Lorenzini, estavam vazios. Ela teve de ir vendendo seus bens com o passar dos anos, pouco a pouco. Enfim, pararam na cozinha ao fim do corredor.

– Sente-se – a velha senhora já havia acomodado os ossos frágeis em uma surrada poltrona de couro repleta de almofadas de crochê com motivos florais perto da janela. Em frente a ela havia uma mesa baixa com o telefone sobre uma toalhinha de crochê, uma lista de números grandes em tinta vermelha e uma lupa. Ela indicou a cadeira dura à sua frente como o lugar para que ele se sentasse.

– E para que estes óculos escuros?

– Com licença – ele os tirou e enfiou no bolso superior. – É uma alergia que tenho... o sol faz mal aos meus olhos...

– Aqui dentro, não fará.

Realmente o recinto era sombrio; a janela dava para um pátio estreito e sem luz solar. Ela devia passar o dia de olho no que os vizinhos faziam, às vezes dando voltas em sua cadeira de rodas até o quarto de dormir para observar o movimento na *piazza*. Aqueles oito degraus de pedra... Devia fazer anos que ela não saía do edifício.

A velha senhora foi rápida em captar seu olhar simpático e aproveitar.

– Vê como tudo acaba? Confinada aqui, sozinha, dia após dia, sem que uma só alma se aproxime de mim. Não saio desta casa há mais de dezesseis anos. Fico apenas sentada aqui, totalmente sozinha... Dia após dia...

Grandes lágrimas começaram a brotar de seus olhos e ela pegou um lenço do bolso do vestido.

– Mas a mulher da prefeitura aparece aqui, não é, *signora*? Ela não vem fazer suas compras, lhe dar banho e lhe vestir, e preparar sua comida?

– Aquela bruxa! Estou falando de amigos, amigos que deviam me visitar, não de serviçais! Você acha que eu permitiria que uma mulher destas entrasse na minha casa quando meu marido era vivo? Mas não adianta tentar manter os padrões hoje em dia. Comida enlatada... Uma vez ela tentou trazer para esta casa, mas foi ali que eu impus um limite. Eu disse com todas as letras...

Ela fez mais que isto, o marechal lembrou; ela atirara a latinha de carne de galinha na cabeça da infeliz jovem, cortando-a gravemente. Lorenzini chegara no meio da briga, fora chamado para investigar a reclamação da *signora* Giusti quanto aos jovens do andar de baixo, que estariam com o som no último volume, e encontrou a assistente social soluçando e segurando uma toalha molhada na testa, que sangrava profusamente. Lorenzini levara os jovens estudantes ao andar de cima e tentara uma conciliação, e um casal do segundo andar apareceu na hora para saber que barulho era aquele; o marido era um gari que trabalhava à noite e estava tentando dormir. Mal havia lugar na pequena cozinha para tanta gente e Lorenzini contou que a *signora* Giusti mantinha sua simplicidade de pensamento, alternando entre o choramingo e a tagarelice, contente de conseguir a atenção que lhe considerava adequada.

Mesmo assim, pensou o marechal enquanto a criatura diminuta, que parecia um pássaro, gorjeava sobre as maldades da assistente social, não havia como ignorar o fato de que ela tinha noventa e um anos de idade, e que dificilmente esperaria sair de seu apartamento novamente, a não ser dentro de um caixão.

– ...dizendo-me que eu deveria agradecer! Agradecer! Pela única pessoa que vejo o dia inteiro ser uma estranha que acha que manda na casa, que me diz o que fazer e o que comer... Ela chegou até a cortar meu cabelo, sabia dessa? Meu lindo cabelo...

Aparentemente, ela estava chorando de verdade agora apesar de nunca se saber. Claro que seu cabelo, que era bom, branco e farto, considerando sua idade, fora cortado logo abaixo das orelhas, como uma garotinha.

– Quem sabe ela achou que assim ficaria mais fácil para a senhora – o marechal murmurou criticamente. Lembrou-se que cortaram o cabelo de sua mãe depois que tivera um derrame três meses atrás... Mas ela realmente era como uma criança agora, e não fora uma estranha que fizera isto, mas sua esposa. Será que ainda dava para ter vaidade aos noventa e um anos de idade?

Na parede amarela e reluzente da cozinha, perto de uma berrante foto do Papa João XXIII cercada por escandalosos enfeites natalinos e suplantada apenas por uma rosa vermelha de plástico, havia um conjunto de porta-retratos com fotografias da família; bons porta-retratos, também, provavelmente de prata. Uma delas tinha a foto de uma moça excepcionalmente bela, dona de fartos cabelos escuros, gola alta rendada e uma profusão de colares de pérolas. O marechal admirou-a distraidamente por alguns minutos antes de se dar conta, assustado, que era a própria *signora* Giusti. Ela devia mesmo ter sido acostumada a muita atenção, e agora... Havia manchas na parede onde antes ficavam duas fotografias. Será que ela teve de vender os porta-retratos de prata?

– Ela não vai me fazer sair! Não serei expulsa de minha própria casa como se fosse ninguém, nem vou deixar o lugar para ser saqueado. Eu disse a ela que podiam me roubar, mas ela só quer saber de sair nos feriados. É este tipo de gente que tenho de deixar entrar em minha casa? É este tipo de tratamento pelo qual esperam que eu agradeça? Mas não vou sair daqui e ela não pode me forçar! Você tem que dizer a ela. Vindo de você...

Mas o marechal havia perdido completamente o fio da meada.

– Não sei se entendi bem. Quem quer que a senhora vá aonde?

Sua tagarelice incessante estava cansando-o. Ele estava faminto e esgotado, mas ela estava mais cheia de vida que nunca, chacoalhando seu corpinho frágil para lá e para cá na ampla poltrona, as costas eretas, os olhos e as mãos em constante movimento.

– Já expliquei uma vez, se você estivesse ouvindo, que ela está tentando se livrar de mim por um mês, me colocar em um hospital e sair de férias. Como se estivesse deixando um cachorro na hospedaria de cães...

– Sei... A senhora está falando da assistente social. Mas este hospital...

– Bem, não é um hospital, não exatamente, é mais uma casa de repouso. Nas montanhas. Deve ser mais frio que Florença.

– Imagino que seja, se for nas montanhas... E, sabe, *signora*, esta jovem, a assistente social, como ela se chama?

– Não sei – a *signora* Giusti mentiu petulantemente.

– Bem, imagino que ela tenha família e precise tirar férias quando as crianças também estão de férias da escola.

– Então eles deviam me mandar outra pessoa, não se livrar de mim como se eu fosse um monte de trapos imprestáveis!

Ela começou a chorar outra vez.

O marechal suspirou. Não conseguia imaginar por que ela queria envolvê-lo naquilo tudo, mas ficou com pena da assistente social, que devia passar por este tipo de coisa todas as manhãs. Tentou uma abordagem diferente.

– Escute, *signora* – ele se debruçou pesadamente em direção a ela –, precisa lembrar que, em certo sentido, a senhora é uma pessoa bastante excepcional...

Ela parou de chorar e começou a prestar atenção.

– Há outras pessoas da sua idade em Florença, mas duvido que qualquer uma delas esteja tão em forma quanto a senhora, mantendo o interesse na vida, a lucidez... A senhora entende o que quero dizer.

– Hum – disse a *signora*, fungando. – Florentinos.

– No verão eles nunca têm funcionários o suficiente... – ele estava pisando em ovos. – Nem há muitos lugares nas... casas de repouso no interior. É uma questão de escolher a quem oferecer estes lugares, de escolher pessoas que sejam capazes de aproveitar...

– Muito bem. Muito bem colocado. E quem decide aonde você passa as férias?

– Eu...

– E eu escolho onde quero passar as minhas! E não será num lugar destes, eu lhe garanto.

– Mas como pode saber se não esteve lá...

– Estive.

– Esteve? Quando?

– Esqueci-me. Mas não ponho os pés num lugar dirigido por uma mulher daquelas.

– Que mulher?

– A inspetora – ela se inclinou em direção a ele e explicou confidencialmente. – Uma sulista. Você me entende. Não são como nós.

– Somos todos italianos – murmurou o marechal, encarando-a. Ele era da Sicília.

– Nós somos. Mas os sulistas, não. Alguns deles são praticamente negros. Ou árabes. Não trabalham, e vivem como animais. Aonde vai?

O marechal havia se levantado.

– Se está pensando onde deve colocar isto... Espero que sejam frutas, a única coisa que posso saborear sem dentes... Frutas e bolos... Mas ficaria surpreso se eu contasse quanta gente vem aqui de mãos vazias. Ou então me trazem coisas duras que mal posso comer. Isto parece fruta.

– Pêssegos – o marechal resignou-se. Era verdade que não pensara em trazer nada para ela, que inclusive quase se esquecera de dar as caras.

– Ponha na geladeira. Você trouxe demais, vão se estragar antes que eu os coma. Bem ali, atrás daquela cortinazinha.

Ela era realmente impossível!

Ele abriu a combalida geladeira que estava precisando de uma limpeza. Havia um pires na prateleira do meio com uma porção de espinafre cozido. Uma pequena caixa de leite pasteurizado. Nada mais. Ele pôs os pêssegos na gaveta de plástico no fundo.

– Aí não – ela estava atrás dele, esticando-se na cadeira de rodas. – Não posso me abaixar.

Ele passou os pêssegos para a prateleira superior. Perto da geladeira havia um velho fogão a gás com uma caçarola surrada contendo os restos do café leitoso que a assistente social preparava pelas manhãs.

– Ela faz o café – comentou a *signora* Giusti – e eu esquento depois que acabo de comer. Mas hoje eu deixei cair os fósforos. Não posso nem pensar em beber café frio. Imagino que você não...

Os fósforos estavam no chão entre a geladeira e o fogão. O marechal os pegou e acendeu o fogo. Ela o observou em silêncio, preocupada, talvez por achar que tinha ido longe demais, já que ele nada disse.

– Quente demais, não...

Ela se sentou em sua cadeira e ele lhe passou a caneca de plástico com café quente. Ela era uma figura patética quando não era espírito de porco.

– Agora, *signora*, terei de ir.

– Espere... – ela ficou de pé e pegou seu andador. – Tem uma coisa que preciso lhe mostrar.

Ela foi cambaleando, agitada, em direção ao quarto de dormir, e o marechal seguiu resignadamente.

Não havia nada no amplo quarto de persianas fechadas, a não ser uma cama alta de madeira, que obviamente fizera par com outra igual e uma cômoda barata de madeira compensada. A cama tinha no alto da cabeceira um querubim de madeira empoeirado levando o dedo aos lábios como quem pede silêncio. Estava evidente que a outra cama com seu querubim, armário de roupas e penteadeira fora vendida. Muito provavelmente, o mesmo acontecera com os carpetes; havia um pequeno tapete ao lado da cama.

A *signora* Giusti tentava pegar algo com dificuldade debaixo do colchão.

– Ajude-me...

Ele levantou o colchão e, com sua mãozinha, ela alcançou uma bolsa de couro. Ela segurou a bolsa debaixo do nariz dele e disse:

– Aqui está! Cem mil liras. Não conte a ninguém – ela levou a bolsa para trás, tirando-a de vista.

– Este é o dinheiro do meu funeral. Em você sei que posso confiar. Você é um homem de família. É uma coisa realmente importante para mim... Ter um enterro respeitável. Sabe o que quero dizer...

Ele sabia o que ela estava querendo dizer. Ter um "enterro respeitável" significava ser enterrada em um compartimento impermeável, ou lóculo, instalados em paredes especialmente construídas, com uma placa memorial e uma imagem religiosa iluminada na frente. Esses apartamentos para mortos, com suas fileiras de luzes vermelhas cintilando na escuridão, variavam de preço de acordo com sua posição na parede, mas eram sempre caros. Para quem não podia pagar, o enterro no solo era gratuito, mas não permanente. Depois de dez anos o corpo tinha de ser exumado, identificado, e os restos mortais postos em um pequeno ossário e lacrados enfim em um lóculo menor, definitivo. Se nem para isso o dinheiro desse, ou se ninguém aparecesse para identificar o corpo e pagar a conta, os restos mortais ficariam à disposição do departamento sanitário.

– Você entende – a *signora* Giusti agarrou-lhe o braço com insistência –, eu não tenho ninguém... Se não me derem um enterro respeitável, o que acontecerá com meus pobres ossos velhos?

Ela estava chorando outra vez.

– Agora que você sabe onde está o dinheiro... Cuide disso... Diga a eles...

– Eu direi.

– Ainda não virei indigente... Ah, se você visse como eu era bonita quando moça, entenderia! Não quero terminar em nenhum monte de lixo... Você precisa providenciar para que usem a fotografia que está na parede da cozinha, não se esqueça disto.

Era o costume reproduzir uma fotografia em uma pequena placa de cerâmica para ser colocada ao lado da imagem religiosa iluminada.

– Não vou esquecer.

– Você é uma pessoa respeitável, então posso confiar em você. Eu jamais ousaria dizer a mais ninguém, sabe, por causa do dinheiro. Não quero ser roubada.

– Vou providenciar. Não se preocupe.

Como ele poderia lhe dizer que ela estava muito atrasada no tempo, que ser enterrada de modo "respeitável" nos dias atuais lhe custaria entre um e dois milhões de liras? Sua preciosa bolsinha de dinheiro daria para apagar apenas pelas flores e pela fotografia.

Não havia nada que ele pudesse dizer.

– Tenho de ir...

– Mas você vai falar com aquela mulher da prefeitura? Vai explicar por que eu tenho de ficar aqui e defender minhas últimas poucas liras?

– Mas eu não tenho nada a ver com isto. Não há razão para ela se importar com o que eu digo...

– Ela terá de lhe ouvir, não entende? Por causa do ladrão no apartamento ao lado.

– O ladrão?

– Sim, o ladrão! Bem, foi para isso que o chamei! Eu expliquei isto tudo ao rapaz que atendeu ao telefone... Certamente ele lhe disse...

– Claro que disse, sim... – jamais lhe passou pela cabeça perguntar o que... – O apartamento ao lado. Está vazio há anos, não está? E a senhora acha que alguém esteve nele?

– Sei que esteve. Não há nada de errado com minha audição.

– Não acha que pode ter sido o proprietário?

– Não pode ter sido. Quando ele vem, a primeira coisa que faz é vir me ver. Eu praticamente o criei. Tomei conta dele quando sua mãe morreu, pobre mulher... Claro que seu marido era estrangeiro, sabe, então... De qualquer forma, o tanto de tempo que a criança passava em casa era o tanto de tempo que passava sozinho, e fui eu quem cuidou dele quando ele teve febre reumática... Ele me chamava de *mammina*. Ao menos até seu pai se casar novamente... Portanto, não tente me dizer que era ele... Nem ela, aliás, a madrasta, quer dizer. Porque à parte de ela ser estrangeira... Não holandesa, ele era holandês, mas ela era inglesa. Não ouvirei uma palavra contra ela. Foi um dia triste para mim quando ela se mudou. Nunca precisei de assistente social nenhuma quando ela era minha vizinha. Se ela voltasse, e Deus sabe que eu queria que voltasse, não viria sorrateiramente no meio da madrugada, viria direto me visitar!

Exaurido, o marechal seguiu os passos vacilantes da diminuta silhueta que retornava pelo corredor em direção à cozinha, e lá ele pegou seu lenço, limpou a testa e sentou-se novamente na cadeira dura.

Ao dar uma olhada na lista de números escritos bem grande perto do telefone, ele viu o número de emergência geral, 113, listado entre o dele e o do quitandeiro. Conjeturou se ela já teria chamado a polícia em vez dos *carabinieri*. Talvez ela os tivesse escolhido...

Ele pegou seu bloco e uma caneta esferográfica.

– A *signora* ouviu um ladrão no meio da noite. Quando?

– Ontem à noite, é claro! Eu não ia esperar uma semana para lhe telefonar!

– Ontem à noite. Que horas?

– Primeiro foi logo depois das sete e meia.

– Isto não é o meio da noite.

– Espere. Alguém entrou lá logo depois das sete e meia. Eu ouvi a porta bater. Eu estava na cama. Sempre estou na cama às sete e meia porque não há muito o que fazer. Não tenho televisão porque me fere os olhos, além do que, não posso pagar. Então eu vou para a cama, apesar do barulho tenebroso na *piazza*, que não devia ser permitido. De qualquer forma, um pouquinho depois disso, eu ainda estava ouvindo porque, para ser sincera, ainda esperava que fosse ele ou a madrasta e que alguém iria bater na minha porta, então ouvi outra pessoa entrar...

– Tem certeza que não era a mesma pessoa saindo?

Ela o fulminou com os olhos.

– A segunda pessoa entrou, e pouco depois houve uma briga.

– A *signora* quer dizer um barulho?

– Não, uma briga. Um bate-boca. Um bate-boca bem violento, com objetos caindo ou sendo arremessados. Então um deles saiu. A mulher que havia entrado por último.

– Como sabe que era mulher?

Outro olhar fulminante.

– Saltos altos. Piso de pedra. Meu quarto fica bem ao lado da porta da frente, como o senhor já viu.

– E o outro?

– Um homem. Eu o ouvi alterar a voz durante a discussão. E ele ainda está lá. Não dormi a noite inteira, só fiquei ouvindo. Eu o ouvi fazer muito barulho para lá e para cá, bem mais tarde, como se estivesse furioso.

– A *signora* não levantou? Não espiou?

– Não posso. Só consigo deitar na cama com a ajuda de um banquinho e da minha cadeira, mas não consigo sair. É alto demais, e já perdi as contas das vezes que caí. Já imaginou o que é ficar caída no chão a noite toda? Um dia desses ainda me encontram morta... Tenho que esperar pela chegada dela. Ela tem a chave. Passei a manhã inteira detrás da porta da frente. Não disse nada a ela, apenas lhe telefonei assim que ela foi embora, e tive que ligar duas vezes antes que alguém me desse atenção, lembre-se disto! Muito bem. E se forem invasores...? Os jovens de hoje em dia... Esta casa ainda está mobiliada, sabia disso? E se conseguem entrar lá, conseguem entrar aqui também, e não vou passar por isso! Não vou passar um mês fora daqui e deixar qualquer um pôr as mãos nas últimas economias que tenho no mundo... Dinheiro do meu funeral...

– Calma, *signora*, calma. Pelo jeito, não lhe ocorreu a solução mais simples... Será que não entraram no apartamento com permissão?

– Sem ninguém saber? E, além do que, ele usa o apartamento. Via de regra, umas duas vezes por ano, mas nunca deixa de me visitar. E se tivesse decidido deixar alguém ficar aqui, ele teria me avisado, pois sabe como sou seletiva com os vizinhos...

– Tudo bem, tudo bem. Neste caso, como a *signora* diz que ainda tem alguém lá dentro, vou dar uma olhada.

Trôpega, ela o seguiu em sua cadeira até a porta da frente.

A porta do outro lado do corredor ainda tinha uma plaquinha com o nome T. Goossens.

– Viu? – disse a *signora* Giusti atrás dele. – Holandês. Sua primeira esposa era italiana. Ele já morreu a esta altura, é claro. É o filho quem vem. Eles o batizaram de Ton, mas eu sempre o chamei de Toni.

O marechal tocou a campainha.

Esperaram um pouco, mas ninguém respondeu.

– Será que um invasor atenderia a campainha? – murmurou a *signora* Giusti na altura do cotovelo do marechal.

– Não sei – disse o marechal. – Talvez não, caso tenha me visto chegar. Mas, na minha opinião, não tem invasor nenhum aí dentro.

Ele tocou novamente e então olhou pelo buraco da fechadura, mas não dava para ver nada. Talvez a entrada do apartamento fosse tão escura quanto a da *signora* Giusti.

– O outro – ela disse com impaciência. – O buraco de fechadura velho, mais abaixo. Por ele deve dar para ver todo o interior da casa.

O buraco de fechadura velho tinha quase oito centímetros de altura. Ele se agachou e espiou. Sentando-se sobre os calcanhares, ele piscou e espiou outra vez. A entrada, como a da senhora Giusti, era longa, estreita e sombria. As portas deste apartamento se abriam para a direita.

– Está conseguindo ver alguma coisa?
– Nada – ele se aprumou. – Posso usar seu telefone?
– Então agora acredita em mim?
– Acredito na *signora*.
– Mesmo não vendo nada?
– A bem da verdade, ouvi alguma coisa. Será que o dono sairia deixando a torneira aberta?
– Santo Deus, não! Ele fecha o registro da água. E desliga tudo mais também.
– Hum. Tem uma torneira aberta lá dentro. Terei de usar seu telefone. Não posso entrar sem um mandado.
– Não, mas eu posso. Não ia entrar lá sozinha.

Ela deu meia-volta na cadeira de rodas e pegou um molho de chaves que estava pendurado em um gancho atrás da porta da frente.

– Ele me deixou com a cópia da chave. Viu como é? Ele é como um filho para mim. Uma vez ou outra, quando ele vem, sempre a negócios, pois ele é joalheiro, traz a mulher.

Ela gosta de comprar roupas aqui; eles estão muito bem de vida, sabe? Quando é o caso, ele me telefona antes de vir e eu entro para abrir as janelas e arejar um pouco o lugar. Não posso fazer mais que isso hoje em dia. Contudo, normalmente ele aparece sozinho, e neste caso ele não liga. Se ele me confiou as chaves, é para ficar de olho em qualquer coisa, e não irei lá sem você.

Ela lhe passou as chaves e, após hesitar por um momento, o marechal destrancou a porta sem tocar nela.

– Espere lá fora. Melhor ainda, volte para detrás de sua porta.

Ele tinha certeza que ela voltaria para espiar assim que ele virasse as costas.

Ele se dirigiu ao som de água corrente, puxando sua *Beretta* no caminho. Mas não havia sinal de vida no apartamento, apenas um clima de haver algo errado. No banheiro, a água corria para a pia, que transbordava, sendo evidente que estava entupida pelo vômito, um pouco do qual boiava na água. O conteúdo do armário do banheiro estava caído no chão, e havia pedaços de vidro quebrado e traços de sangue na banheira e nos ladrilhos cinzentos. O marechal procurou por uma toalha e, como não encontrou, pegou seu lenço de bolso e fechou a torneira usando um dedo.

A porta da cozinha no fim do corredor estava aberta e ele viu, mesmo a distância, que lá também havia uma grande bagunça. Continuando pela passagem com assoalho de ladrilhos de mármore, sentiu cheiro de café fresco. Devia ter entornado.

Houve um som mínimo. O marechal parou de repente, virando-se. Podia ser só a *signora* Giusti seguindo-o... Mas ela faria mais barulho e ele não a estava vendo em parte alguma. Ele começou a caminhar de volta ao corredor, rapidamente, quase correndo. Foi para o quarto principal por instinto. O quarto mais perto da porta, como no apartamento da *signora* Giusti. Ainda com o lenço na mão, ele tentou abrir a porta, mas ela não abria. Como ele sabia, com tanta certeza como se conseguisse ver através da porta, que tipo de coisa descobriria? Nada do tipo jamais lhe acontecera antes. Ele girou a maçaneta e empurrou com firmeza e delicadeza até ouvir o corpo do homem cair produzindo um impacto suave. Como se atraída pela mesma certeza, a *signora* Giusti veio espreitando pela passagem.

– O que é? O que descobriu? Alguém morreu?

O marechal virou-se do que estava contemplando e saiu do quarto para afastá-la.

– Tem o número do *Misericordia*[2] na sua lista telefônica?

– Claro que tenho, mas o que houve?

– Pode ligar para eles?

Os modos dele a aquietaram, e a velha senhora foi voltando para seu apartamento, cambaleando, mas então parou e gritou:

– Mas devo dizer a eles... Ele morreu?

---

2 Associação de ajuda voluntária no combate aos sofrimentos humanos, como fome, frio, abandono e doenças, fundada em 1244 pelo frade dominicano Pietro de Verona, que se mantém em funcionamento até a atualidade (www.misericordia.firenze.it). (N.R.)

O marechal acendeu a fraca luz central do quarto de dormir e depois uma das luminárias de cabeceira.

– Acho que sim...

Por que ele dissera isto antes de ter certeza...?

O homem, apesar de jovem, era bastante corpulento, e o marechal não estava certo se conseguiria levantá-lo até a elevada cama de madeira. Ele pegou um travesseiro sem fronha e com plumas mofadas – algumas das quais espetavam o tecido acinzentado – , virou o corpo e levantou a cabeça. Um molho de chaves caiu no chão. Não havia sinal de vida, o rosto estava cinzento e os lábios, azuis. Ainda assim, o marechal se debruçou sobre o corpo, levando o ouvido ao peito. Nada. Quem sabe o pulso...

As mãos do homem haviam sido retalhadas e espetadas por cacos de vidro. Eram mãos grandes, mas as pontas eram bastante articuladas, quase delicadas. A toalha que o marechal procurara no banheiro estava enrolada em uma das mãos. Então ele tentara fazer curativos nos cortes, ou ao menos estancar o sangramento. Não parecia haver pulso, mas mesmo assim o marechal não estava convencido. Algo estava lhe incomodando – o barulhinho que ouvira? Podia ter sido um camundongo, algo caindo, o corpo se ajeitando. Mas suas mãos...

Subitamente ficou de pé e saiu caminhando pela passagem. A *signora* Giusti estava voltando pela porta da frente.

– Volte! – ele gritou – E deixe-me usar seu telefone.

– Eles já estão a caminho...

– Não interessa... Eu devia ter pensado...

Ele discou o número do *Misericordia* e falou apressadamente com o empregado.

– Eu devia ter pensado nisto antes, mas tem tantas outras coisas erradas com ele... Foi só quando eu me dei conta que um dos cortes ainda estava sangrando um pouquinho...

– A unidade coronária móvel estará aí em menos de cinco minutos.

A campainha estava soando insistentemente. A primeira ambulância já havia chegado.

– Eu lhes dei meu nome – disse a *signora* Giusti, cambaleando rapidamente até a porta da frente. – Não adianta tocarem a campainha lá se...

O marechal estava novamente ao lado do corpo quando os quatro irmãos religiosos do *Misericordia* entraram. Um deles era muito jovem, não passava de dezesseis anos e usava seu avental negro com capuz com certo embaraço. Não olhou para o corpo e sim para o irmão mais velho, esperando as instruções.

– Podemos colocá-lo na cama um pouco? – perguntou o marechal.

– Faremos isto.

Os quatro irmãos levantaram o homem com habilidade e o deitaram na cama. O irmão mais velho olhou para o marechal, que disse:

– Eu simplesmente não tinha certeza. Tem algo... Liguei para a unidade coronária.

– Eu diria que fez bem. Lá vêm eles.

A sirene estava zunindo lá fora, quebrando a paz da hora da sesta.

– Vou até eles... Francamente, eu diria que pode ser fatal movê-lo, por pouco que seja, mas eles talvez possam fazer algo no local mesmo...

Os outros três estavam tirando a gravata do homem e lhe desabotoando a camisa. Ele estava usando um chinelo. O jovem o tirou cuidadosamente e depois recuou. O marechal ficou de olho nele.

– Esta é sua primeira vez?

– Sim – ele estava bastante pálido, mas calmo. Ocasionalmente ele manuseava o enorme rosário preto que os irmãos usavam como cinto.

– Toni! É o meu Toni!

– *Signora*! – o marechal não se perdoou por ter se esquecido dela. – Afaste-se, eles farão tudo que puderem.

– Não! Eu vou ficar. Fico fora do caminho, mas vou ficar. Se eles o trouxerem de volta, ele vai me reconhecer. Ele vai me dizer o que aconteceu.

Ela foi com a cadeira de rodas até uma das janelas e tentou abrir as persianas com uma das mãos.

– Ajude-me.

O médico e seu assistente entraram no quarto sem dizer qualquer palavra e começaram a fazer um rápido exame no homem na cama. O médico preparou-se para fazer uma massagem enquanto seu assistente ligava um monitor portátil.

O marechal puxou as persianas internas com violência, depois as janelas e as persianas marrons externas. A luz do sol o cegou. Ele quase se esqueceu que ainda estava de dia. Fechou a janela e desligou as luzes elétricas que estavam praticamente invisíveis com a luz do sol que entrava pela janela. Foi só então que ele reparou que a cama não fora feita. Havia apenas uma colcha de algodão cobrindo o colchão puro; dava para ver perto do travesseiro.

O médico parou e levantou as pálpebras do paciente.

– Lamento dizer, mas acho que já é tarde mais – ele disse baixinho. – Foi o senhor quem o achou?

– Sim...

– Há alguma resposta, mas não vai durar. Além do ataque cardíaco, eu diria que ele deve ter tomado uma dose cavalar de pílulas para dormir, e tentar fazer lavagem intestinal nele agora seria fatal. Esta senhora é a mãe dele?

– Uma vizinha que o conhece desde criança. Na verdade, ela tem idade para ser avó dele. Existe alguma chance de ele recobrar a consciência antes de...?

– Não muita. Por quê? Acha que aconteceu algum crime?

– Não acha?

– Não gostaria de dizer sem saber um pouco mais. Todavia, posso injetar um pouco de estimulante e veremos...

– Não vai fazer-lhe mal?

– Seria isto ou deixá-lo entrar em coma.

A *signora* Giusti se dirigiu à cama e o marechal levantou uma cadeira para ela, abrindo caminho.

– Toni! O que aconteceu com você? Diga, o que foi?

Ela queria tocá-lo, mas as mãos dele estavam cobertas de sangue coagulado, e o cabelo molhado e misturado ao vômito. Ela pegou seu lencinho e limpou seu rosto com pequenos movimentos, tocando-o levemente, do mesmo modo que devia ter feito quando ele era um garotinho sofrendo de febre reumática.

– Toni...

Sua cor, especialmente os lábios, estava ligeiramente melhor.

As mãos da velha senhora, trêmulas e marcadas pela idade, continuaram limpando-o e tocando-o como se ela fosse capaz de aliviar o que estava acontecendo com ele, fosse lá o que fosse.

– Toni, sou eu.

Foi como se os olhos do homem tivessem se aberto mais pela força de vontade dela do que dele mesmo. Estava claro que ele não estava conseguindo focar nenhum dos rostos que o cercavam.

– Sou eu, Toni, sua velha *mammina*.

Os lábios e os dedos do homem se moveram levemente. Ele devia estar tentando falar ou podia estar sob o efeito da droga. Seus lábios estavam secos e um dos irmãos religiosos se aproximou com um pouco d'água e os umedeceu.

O médico, que estava se preparando para partir, olhou para o marechal e balançou a cabeça.

O irmão mais velho se afastara discretamente, voltando agora com um padre do Santo Spirito[3]. O marechal tocou a *signora* Giusti gentilmente.

– O padre está aqui. Mas se o pai dele era holandês, talvez...

---

3 Basílica de Santa Maria del Santo Spirito. (N.R.)

– Não, não, ele foi criado no catolicismo. Sua mãe... Eu mesma o vesti para sua primeira comunhão.

O padre desenrolou seu sudário e o colocou cuidadosamente. Acenou para o irmão mais novo, perguntando em falso sussurro:

– Sabe como me ajudar?

O garoto fez que sim e assumiu seu lugar ao lado do padre, que sussurrou de novo, desta vez para o irmão mais velho:

– Se puder me arrumar um pouco de linho, qualquer pedacinho, contanto que limpo... E um pouquinho de água...

Ele era um homem velho e não demonstrava se abalar nem um pouco pelas circunstâncias peculiares, ou por ocasionalmente ter de receber ou despachar seus paroquianos às pressas com a ajuda de um copo de geleia mal lavado e um pano de prato.

Foram providenciados um pequeno recipiente com água, um pedaço de pão da cozinha da *signora* Giusti e um pano damasceno branco que estava na cômoda com tampo de mármore do quarto. O padre abriu a toalha em uma pequena mesinha de cabeceira, depositou seus recipientes de prata e acendeu uma vela.

O empoeirado raio de luz que vinha de uma das janelas que estava com a persiana levantada iluminava a cama e seu ocupante seminu, bem como a pequena figura encurvada da velha senhora ao lado. O padre, com sua sobrepeliz branca e sudário púrpura, murmurou um *confiteor*[4] e

---

4   Em italiano: confissão. (N.R.)

então foi em frente, sob o raio solar, e levantou a mão pálida para conceder indulgência completa e perdão a todos os pecados do holandês.

– Em nome do Pai, do Filho e do Espírito Santo.

– Amém.

Os três irmãos se ajoelharam na penumbra ao pé da cama, produzindo um vago ruído do roçar de suas vestes de algodão preto e do clique dos rosários pendurados no chão de mármore. Via-se parcamente o corpanzil abatido do marechal, totalmente imóvel, no canto extremo do quarto.

O padre virou-se e murmurou para o garoto que lhe passou o pequeno recipiente de prata com óleo. Ele mergulhou o polegar nele e fez uma cruz em ambas pálpebras do holandês.

– Através deste óleo sagrado e através de Sua infinita *Misericordia*, que Nosso Senhor Jesus Cristo lhe perdoe todos os pecados cometidos pela visão.

– Amém.

O garoto enxugou o óleo com algodão enquanto o padre ungia as narinas.

– Através deste óleo sagrado e através de Sua infinita *Misericordia*...

Um pequeno choramingo escapou dos lábios da velha senhora, mas ela provavelmente não teve consciência disto, pois estava com os olhos fixos no rosto do holandês, sem seguir os movimentos da mão pálida e seca que tocava os lábios secos e depois as orelhas, chegando enfim ao pulso que ela estava segurando.

– ...perdoe-lhe todos os pecados cometidos pelo toque...

A cruz de óleo brilhou na palma da mão ensanguentada. O garoto untou-a levemente e, obedecendo ao olhar do padre, foi para a parte de baixo da cama para descobrir os pés, tirando as meias de seda cinza.

– Através deste óleo sagrado...

A velha senhora não tirou os olhos do rosto do homem morto. Talvez ela não estivesse vendo o homem e sim o garotinho de quem ela cuidara em febres de muito tempo atrás.

O quarto à meia-luz estava embolorado e abafado, e o marechal, que não bebia nem comia fazia muitas horas, sentiu a boca desconfortavelmente seca. Ele devia estar formulando um relatório em sua mente, mas a quietude do quarto e os movimentos rítmicos e a voz monótona do padre tinham efeito hipnótico. O barulho das crianças e cachorros correndo ao redor da *piazza* lá embaixo vinha de outro mundo, onde as pessoas estavam acordando da sesta e indo tratar da vida.

– Pelos pecados cometidos...

– Amém.

O padre esfregou o dedo no pequeno pedaço de pão e levantou as mãos sobre uma tigela de prata para que o garoto pingasse água nelas.

– Pai Nosso... – ele continuou a reza em silêncio e o único movimento foi o do pó girando no facho de luz solar, até que ele levantou a cabeça e continuou em voz alta: – E não nos deixe cair em tentação.

– Mas proteja-nos de todo mal.

Mais um farfalhar e um leve tinido quando os irmãos ficaram de pé. Estava terminado. O padre e o garoto começaram a guardar silenciosamente tudo que haviam usado, inclusive o pedaço de pão e o algodão manchado que teve de ser levado de volta para a igreja para ser queimado. Não havia qualquer som ou sinal vindo do holandês, que certamente estava para morrer a qualquer minuto. O marechal saiu do quarto, esperando encontrar um telefone em algum dos outros recintos. Estava claro que aquele não era um serviço para um oficial não comissionado, de modo que ele teria de telefonar para o comando central, de onde encaminhariam um policial para assumir o caso. Encontrou um telefone na sala de espera, onde se via os contornos brancos dos móveis cobertos por lençóis no recinto de persianas fechadas. O telefone não dava linha e ele teve de voltar ao quarto para pegar as chaves do apartamento da *signora* Giusti.

– Alô? Guarnaccia, *stazione* Pitti... Sim, outra vez...

Mas esta primeira ligação, da Pensione Giulia, parecia ter se passado em outra era, tamanho era o domínio que aquele homem à beira da morte exercia sobre o ambiente que o cercava.

– E vai informar o promotor público? Sim... Não, não precisa; o *Misericordia* o levará diretamente ao Instituto Médico Legal. Não há muita pressa... – ele não queria que aquela equipe agitada aparecesse antes mesmo do pobre homem morrer. Apesar de que a esta altura, talvez...

Mas o holandês ainda estava vivo. O padre já havia partido e o irmão religioso mais velho estava sentado ao lado da cama, segurando um dos braços do homem à morte enquanto a *signora* Giusti segurava o outro. O marechal se aproximou e parou ao lado dela, imaginando se ela conseguiria, nessa idade, aguentar tamanha tristeza.

– *Signora...*
– Estou bem. Deixe-me aqui com ele.

Talvez desta vez ele tivesse reconhecido a voz dela. Ele não podia ver, pois seus olhos permaneciam fechados, mas falou subitamente com uma voz firme, quase normal:

– *Mammina?*
– Estou aqui. Estou bem do seu lado. Você vai ficar bom.
– Ela não... – houve silêncio por um tempo. Então ele disse, exaurido – Dor... – um pouquinho depois disso, um olho se abriu levemente e ficou aberto enquanto seu último suspiro debilitado agitou-se em sua garganta e parou.

2

– E a mala dele?
– Leve com você do jeito que está. E isto, e estas chaves...
– Ah! Luciani! Cuide delas.
– Tente abrir estas persianas. A luz aqui dentro...
– Abra caminho, sim? O médico chegou...

O apartamento estava cheio de gente, algumas estavam removendo coisas e outras estavam examinando o local, todos levantando nuvens de poeira por toda parte que passavam. Os *flashes* dos fotógrafos iluminavam o quarto intermitentemente. Quando o médico subiu até o apartamento teve de pular o caixão arranhado de metal preto que bloqueava a estreita passagem. Não era o professor Forli e sim um homem mais jovem que havia acabado de se tornar seu assistente. Ele era muito reservado e formal, e não conversava com ninguém como faria Forli ao se preparar para fazer seu teste.

O marechal fizera sua parte, levara a *signora* Giusti de volta para seu apartamento e retornara, procurando perturbar o menos possível, para observar o trabalho dos técnicos. Era um trabalho do qual não gostava, esse de desmantelar a vida de uma pessoa para examinar no microscópio, e se lhe perguntassem, não saberia dizer por que ainda estava lá. Ele percebeu que estava no meio do caminho ao seguir pelo corredor até a cozinha para observar um homem de jaleco branco recolher sistematicamente os restos de comida e um pote de café quase vazio. Havia grãos de café por todo o chão e muito sangue seco sob a mesa.

A última pessoa a chegar foi o promotor público substituto, com o terno de linho branco pendendo desabotoado e a camisa listrada um pouco justa na barriga. Estava sem fôlego e com o rosto rosado após subir correndo os oito lances de escada, e estava irritado por ter sido interrompido após um almoço pesado e ter de correr no calor à procura de seu escrivão.

– E então? Diga-me.

Ele mal olhou para o policial responsável ao falar. O marechal voltou para perto da porta do quarto principal e observou. Não conhecia o policial, que era muito jovem e um pouco nervoso. Seria este seu primeiro caso? De qualquer modo, após fazer seu relatório ele continuou a dar ordens a seus homens, mas lançava olhares de preocupação ao promotor público substituto o tempo todo, como se esperando aprovação ou correção.

– Em outras palavras, um suicídio – disse o promotor substituto, após ouvir com evidente impaciência o solene e meticuloso relato preliminar do jovem médico –, apesar de ser dos mais problemáticos. Acha que ele mudou de ideia no meio do caminho?

– É possível. Mas há uma ou duas coisas...

– Bem, a autópsia há de esclarecê-las – ele se voltou novamente para o policial: – Quem é ele? Sabemos?

– Um holandês, ou melhor, um ítalo-holandês. Nasceu aqui em Florença, de pai holandês e mãe italiana, ambos mortos, mas há uma madrasta que é viva, de paradeiro desconhecido, apesar de provavelmente estar em alguma parte da Inglaterra, de acordo com a vizinha de porta daqui, que a conhecia bem. Ele tem esposa e sogra em Amsterdã. Vamos consultar agora seus papéis para saber o endereço.

– Hum. Ótimo.

O jovem policial lançou um rápido olhar de gratidão ao marechal, que permaneceu em silêncio e impassível à porta, ocasionalmente perscrutando o recinto com os olhos.

O promotor substituto estava ansioso para ir embora, mas o juiz investigador ainda não aparecera. Esperando, ele disse:

– Um holandês. Não haverá nenhuma repercussão diplomática? Ele não era...?

– Não – disse o policial –, creio que não. Ele era joalheiro e ourives, muito próspero, só isso.

– Ótimo. Bem, avise à esposa assim que possível. É melhor resolver isto através do consulado holandês, Via Cavour...

Foi uma luta descer com o caixão de metal pela escadaria, e os quatro irmãos religiosos estavam suando sob os capuzes pretos ao alcançar o térreo. O amontoado de gente recuou e observou o caixão ser colocado na *van* do *Misericordia*, e o marechal, que vinha logo atrás, os ouviu murmurar:

– Pobre velhinha...

– Ela tinha mais de noventa anos, é claro...

– Mesmo assim, dizem que foi suicídio... Ou coisa pior, e o local está cheio de policiais...

As lojas ao redor da *piazza* estavam abrindo suas persianas, sinal barulhento de que estavam para abrir para o expediente vespertino. Mas o calor, às cinco da tarde, estava mais intenso que nunca, e o marechal ficou consternado com o sufocante golpe de vento que o atingiu ao atravessar a lúgubre entrada. Jamais se acostumara ao clima úmido de Florença, tão diferente dos dias de clima seco e ardente do sul, apesar de ele já estar na cidade há seis anos, sem contar a época em que ficou na condição de oficial não comissionado na escola de polícia.

O calor nunca parecia vir do sol e sim na forma de ondas opressivas que emanavam das pedras dos edifícios, aprisionando a cidade em uma nuvem quente que se tornava progressivamente mais suarenta e exaustiva com o passar do dia. A sensação de asfixia era tão intensa que o marechal frequentemente sentia ímpetos de abrir a janela para respirar, para só depois lembrar que já estava do lado de fora.

Do outro lado da *piazza* ficava o bar de aparência tranquila, grande e ladrilhado, que vendia bebidas e sorvete caseiro, mas quando o marechal chegou nele, viu que a caixa registradora estava amontoada de jovens turistas com roupas curtas em fila para comprar seus sorvetes antes de escolher o sabor. A única alternativa à fila seria se sentar a uma dentre as mesas brancas sob as árvores e esperar ser atendido, mas não conseguia se imaginar fazendo isso. Custaria o dobro, de toda forma.

Ele saiu da *piazza* e acabou encontrando um bar sem fila, um lugar pequeno e escuro com uma máquina de *pinball* no fundo e centenas de garrafas sortidas e empoeiradas nas prateleiras. O proprietário, de cabelos grisalhos cortados *en brosse*, usava uma jaqueta marrom desbotada e gravata borboleta, como se já tivesse trabalhado antes em um grande restaurante.

– Um café e um copo-d'água – ele pegou dois brioches da caixa de plástico transparente no bar.

– Quente – comentou o *barman*, com a finalidade de puxar assunto. – Devíamos estar no litoral, não trabalhando. Mas não vou mais, com toda aquela multidão e tudo tão caro. Ontem à noite deu no noticiário que, tirando os custos com acomodação, se gasta de oitenta a cem liras por dia no litoral.

– Eu acredito.

– Quinhentos por dia só para ficar na praia com espreguiçadeira, guarda-sol e uma coisinha qualquer, o sorvete para as crianças custando o dobro do que custava no ano passado. Meus filhos são crescidos, graças a Deus, e levam os filhos para acampar.

– Boa ideia – disse o marechal, mastigando.

– É o que eu digo. Mesmo assim, as coisas não são como eram.
– Não são. Quanto lhe devo?
– Cem, certinho. Do outro lado do rio cobram o dobro, mas é loucura, é isto que quero dizer. Onde as coisas vão parar se todos forem gananciosos...?

A delegacia estava bem tranquila quando ele voltou à Piazza Pitti. O escritório do andar de baixo estava vazio e os únicos sons que se podia ouvir eram o do ventilador e um ruído de batida espasmódica intercalada por pausas longas e pensadas. Não era preciso perguntar quem era.

– Ah! Ciccio!

O marechal sorriu, como todos faziam, só de pensar no garotinho gorducho de cabelos louros. Ele logo apareceu, descendo as escadas preguiçosamente, com o colarinho aberto e a gravata torta.

– Está sozinho?
– Sim, senhor. Lorenzini e Di Nuccio saíram na *van* para recolher a correspondência.
– Algum telefonema?
– Não, senhor.

Era sempre a mesma coisa; quando surgia alguma tarefa desejável como recolher a correspondência que chegava por correio rápido do comando geral de Roma, ou mesmo dar um pulo no restaurante de estudantes para pegar o almoço do pessoal, Gino deixava os outros irem. Mas quando se tratava de comprar pão ou água na quitanda da *piazza*, havia a discussão de sempre para ver quem ia, até que Gino dizia alegremente "eu vou".

O marechal olhou para o relógio.

– Já saíram faz muito tempo?

– Não muito – Gino corou, sabendo tanto quanto o marechal que eles arrumariam cinco minutos para um rápido cafezinho e para bater papo com velhos amigos e conhecidos.

– E que tal às vezes você ir pegar a correspondência? Não gosta de bater papo com os outros rapazes de vez em quando?

– Tenho meu irmão, marechal – Gino sorriu, com o rosto vermelho de alegria.

Era verdade que nunca perdiam uma oportunidade de ficarem juntos. Às vezes iam ao cinema, às vezes caminhavam pela cidade. Sergio, o irmão mais velho, fora admitido na escola de policiais não comissionados. Gino, consequentemente, adorava-o mais que nunca, se é que isso era possível. Mas nada que o marechal dissesse o persuadiria a se matricular na escola.

– Meu irmão é um crânio – disse Gino. – Sempre foi mais inteligente que eu.

– Mas você precisa pensar no futuro. Não é brincadeira se aposentar em certa idade quando ainda se tem filho novo para criar.

– Mas ninguém vai se casar comigo, marechal. Sergio sempre foi o bonitão da família – e corava mais furiosamente que nunca.

O marechal tinha o hábito de conjeturar muito sobre os rapazes que trabalhavam com ele, mas realmente tinha um fraco por Gino, que o fazia lembrar-se de si mesmo quando tinha sua idade. Ele também era filho de camponeses, estava acima do peso e era desajeitado. Mas não tão ingênuo, refletiu agora; para isso era preciso que fosse um interiorano do norte. Gino jamais vira um estrangeiro antes de se alistar. Bem, ele ainda era muito jovem, tinha tempo de sobra para mudar de ideia.

– Vou descansar por meia hora – ele deu um tapinha no ombro do garoto e abriu a porta que levava às suas acomodações. – Sem dúvida os outros estarão de volta até então. Depois terei de sair de novo para terminar minha ronda pelos hotéis...

Na sala de estar fria e escura, onde as persianas viviam fechadas o dia inteiro, o marechal tirou a jaqueta e a camisa, sentou-se no braço da poltrona e descansou os pés em um banquinho. Achou que queria dormir, mas viu que estava sem sono. Só precisava de tranquilidade para deixar certas imagens se desenrolarem em sua mente. Algumas delas retornavam sempre: a silhueta encurvada detrás da porta, um garoto nervoso de capuz preto tirando a meia de seda com cuidado, nacos de vômito serpeando na água debaixo de uma torneira aberta... E aquele barulho ínfimo que o fizera correr para o quarto principal. Será que o homem estava consciente? Será que aquele barulhinho ínfimo lhe custara um esforço enorme? Outras imagens apareceram também: do homem cometendo um erro estúpido no apartamento... "Batendo em tudo como se estivesse furioso". Ou até mesmo como um animal ferido. E ele havia cortado as mãos, de algum jeito, e depois tentou fazer um curativo desajeitado com uma toalha. Suicídio... Por que o promotor substituto achava isso? Com certeza era óbvio... Mas talvez ele não soubesse ainda sobre a mulher. Será que ele havia contado ao policial responsável que a *signora* Giusti ouvira uma mulher? Se não disse... Que erro terrível...! Como poderia ter se esquecido de uma coisa tão importante...? A mulher... Ele podia até ver seus olhinhos maliciosos, seus lábios apertados, aquele sorriso afetado de satisfação egoísta quando o padre levantou a mão para conceder absolvição... Mas certamente ela não teria estado lá, teria? O holandês disse que "ela não"...

O marechal percebeu, segundos antes de acontecer, que estava finalmente caindo no sono.

A voz de Di Nuccio o acordou com a brusquidão de um tiro de revólver, apesar de ele ter apenas falado baixinho no escritório. A boca do marechal estava seca e sua cabeça palpitava. Nos braços e de lado a lado do peito havia uma dor forte causada, como ele percebeu ao se levantar vagarosamente, por ter dormido com os punhos cerrados. Era como acordar de um pesadelo, apesar de que ele não se lembrava de ter tido pesadelo nenhum. Respirou fundo algumas vezes e seguiu até o banheiro em cambaleante zigue-zague para se refrescar com água fria e tentar desemaranhar os pensamentos atados em sua cabeça. Era ridículo ficar naquele estado por nada. Claro que ele havia informado o policial sobre a *signora* Giusti – e que imagem macabra fizera dela em seu estado meio adormecido! Pensar naquele rosto de lábios cerrados que inventara fê-lo estremecer enquanto vestia uma camisa limpa. Foi até a cozinha e esquentou o que sobrou do café do desjejum na esperança de acordar direito e clarear a mente. Bebeu o equivalente a cinco centímetros do escaldante e grosso café de uma golada só e vestiu sua jaqueta; ainda tinha mais trabalho pela frente. Mas a dor de cabeça e o peso do pesadelo em seu peito permaneceram com ele ao longo da noite de labuta. Ele percorreu hotéis e *pensioni* pelas ruas ainda abafadas e respingadas de sorvete. Subiu em elevadores com carpete vermelho ou desfigurados por pichações, e desceu por escadas com cheiro de tinta fresca e comida ruim ao fogo. Checou os livros de registros em recepções de hotéis onde ouvia o barulho de talheres que vinha de salas de jantar vistas de relance, lembrando-o que já era tarde e que ele pouco comera o dia inteiro.

– O problema é – disse o marechal, dirigindo-se à esposa ausente, como fazia com frequência – que eu não gosto do jeito como aquele homem morreu. Não gosto mesmo... Sim, está pronta para o sal.

A última frase se referia à grande panela de água que começara a ferver furiosamente. Pegou o sal com uma colher e jogou dentro da panela observando-o espumar e se dissolver. Depois tirou um grosso punhado de espaguete do embrulho de celofane e os girou com surpreendente delicadeza na água borbulhante. Escolhera espaguete dentre os dois pratos que sabia fazer – o outro era pão com queijo –, em parte por estar com muita fome e em parte por ser mais revigorante, fazendo valer a pena o adicional de calor vindo da panela de água fervente. A noite estava tão parada e sufocante quanto o dia, e não havia razão para abrir a janela e deixar entrar o ar quente e os mosquitos.

O marechal, que chegara tarde de sua ronda, estava andando para lá e para cá na pequena cozinha, de camiseta e uma velha calça cáqui desbotada. Pegou do armário outro pote de conserva de tomate com ervas que a esposa lhe preparava todo verão, armazenando os potes em uma caixa de papelão para ele levar no trem para Florença. Era o último pote; em agosto ele ia passar as férias em casa.

No alto do armário, a televisão estava ligada, mas mal se ouvia o som. O marechal ficava mais à vontade e menos solitário com o barulho que vinha do andar de cima, onde os rapazes estavam jogando cartas, a julgar por seus murmúrios desencontrados e ocasionais discussões, acompanhados pelo rádio de Gino. O rádio era presente de seu irmão, e seu bem mais precioso, apesar de ele sempre deixar os outros escolherem os programas.

– Deus, que calor!

Este foi Lorenzini abrindo a janela sobre a cozinha do marechal e depois fechando de novo em desespero.

O marechal derramou queijo ralado em sua montanha de espaguete coberta por molho de tomate, serviu-se de um pequeno copo de vinho e sentou-se à mesa da cozinha, olhando distraidamente para a televisão. Quando mergulhou o garfo no queijo ralado e no cintilante molho vermelho, o ruído aumentou subitamente no andar superior. Di Nuccio começou a aumentar e abaixar a voz em uma diatribe angustiada, quase às lágrimas, interrompida pelo *staccato* cínico de Lorenzini, que lhe passava um sermão de bom senso florentino. Quanto mais Di Nuccio se lamuriava, mais exasperado Lorenzini ficava. Sem distinguir mais as palavras entrecortadas da conversa, o marechal entendeu que isto era sinal do fim do último caso amoroso de Di Nuccio, o oitavo, ou seria o nono, dos últimos dois anos. O marechal os vira juntos na *piazza* uma semana atrás e ficou mais horrorizado do que o normal ao ver a garota, uma criatura magrela e sem atrativos dentro de uma calça preta colada ao corpo. Ela usava também uma camiseta rosa-choque folgada com detalhes em lantejoulas na frente, e um rosto emplastrado por uma espessa maquiagem e parcialmente coberto por uma massa de cabelos descoloridos e frisados. Observando-os do outro lado da rua, os grandes olhos do marechal quase pularam da cabeça de desaprovação, mas Di Nuccio não reparara nele, pendurado sobre a garota que estava, e falando pelos cotovelos. O padrão desses casos amorosos sempre seguia estritamente o mesmo roteiro: um mês de preliminares, durante o qual Di Nuccio ficava como um gato apaixonado, sem falar coisa com coisa e enchendo a paciência de todo mundo, depois uns dois meses de relativa calmaria, durante os quais tinha a garota na palma da mão, e depois vinha "o obstáculo". "O obstáculo" variava, podendo manifestar-se na forma de um mítico rival ou na desaprovação da *mamma*. Uma vez que "o obstáculo" tivesse um nome, o caso terminava e Di Nuccio manteria um moroso silêncio por cerca de uma semana.

Lorenzini, que tinha pedido permissão para se casar com a garota que vinha cortejando desde que saiu da escola, exauriu-se tentando despertar o bom senso de Di Nuccio. Di Nuccio disse ao marechal em segredo que Lorenzini era um nortista sem coração que não sabia de nada. O marechal explicou em segredo ao jovem Gino que Lorenzini era um romântico que realmente não entendia de nada, e que Di Nuccio, mais cedo ou mais tarde, quando tivesse aventuras em número suficiente para satisfazer sua vaidade, encontraria uma namorada cuja família seria dona de um café ou de um pedaço de terra e o *"Amor Encontrará Seu Rumo"*[5]. Gino se contentava em ser bom ouvinte.

Estava começando um filme na televisão e o marechal esticou o braço para aumentar o volume, mas antes que conseguisse, o telefone tocou. Ele foi até o quarto de dormir onde atendia ao telefone à noite, quando o escritório estava fechado. Logo pensou no holandês, dando-se conta, assim, que aquele pensamento o acompanhava o tempo todo, como se ele estivesse esperando um telefonema.

Mas era sua esposa:

– Quero falar com o marechal! – ela gritou, pois jamais se convencia que o telefone pudesse fazer a conexão de mais de mil e quinhentos quilômetros sem algum esforço de sua parte.

– Tessa? Sou eu. O que foi? O que houve?

Ela jamais lhe telefonava, a não ser que fosse alguma emergência. Normalmente ele ligava para ela às quintas-feiras, seu dia de folga. Era segunda-feira.

---

5 Tradução do título da música *Love Will Find a Way*, da banda *Yes*.

– Salvatore! É você? Não houve nada. Só tem uma coisa que eu gostaria de lhe perguntar; quinta-feira seria tarde demais.

– Onde você está? No correio?

– Na casa de Don Torquatto, e ele não quer me deixar pagar, então tenho de ser breve. É sobre a *Mamma*.

– Ela piorou?

– Sem diferença. Você sabe que o médico disse que nada mudaria a não ser...

– Não grite!

– Está me ouvindo? Salva!

– Sim. Eu disse para não...

– Bem, ouça: houve uma mudança nos planos para o verão e parece que a Nunziata não vai poder ficar com ela nas férias de agosto...

Nunziata, irmã do marechal, morava com eles e trabalhava em meio expediente na fábrica de plástico.

– Mas se eles prometeram...

– Prometeram, sim! Mas funcionários que trabalham em tempo integral têm prioridade e parece que outro funcionário mudou de ideia e vai querer estas duas semanas... E você sabe o que isto vai significar para nós...

Que eles não teriam tempo para ficar com as crianças nem passariam dias na praia. Sem Nunziata eles não teriam com quem deixar a velha senhora, que não se mexia nem falava.

– Vamos dar um jeito – ele murmurou –, algum jeito...

– Espere um minuto! Está me ouvindo? Falei com a enfermeira distrital e ela disse... Está me ouvindo?

– Sim, sim... Estou...

– E ela disse que há uma possibilidade de colocarmos a *Mamma* no hospital se nós...

– Não!

– Sim! Ela disse que se avisarmos logo...

– Não! Eu disse não! Não podemos nos livrar dela como se ela fosse um saco de panos velhos.

– Como se ela fosse o quê?

– Esqueça. Vamos dar um jeito. Vamos arrumar alguém para tomar conta dela. Só por metade do dia.

– Em agosto?

– Vamos arrumar alguém... Vamos pagar...

– Com o seu salário? Não sei o que você tem contra a ideia de ela ficar em um hospital, onde vão tomar conta dela direito sem você ter de pagar nada...

– Será que você não entende? Não parou para pensar que talvez seja a última vez que eu a verei?

Houve um momento de silêncio.

Ele ouviu o assovio que marcava os caros segundos que passavam. Até que ela disse, esquecendo-se de gritar:

– Eu estava pensando nas crianças. Você sabe como eles ficam ansiosos pelo pouco tempo que temos para ficarmos juntos. Não tive intenção de...

Ele a constrangera. Dia após dia ela tinha de cuidar de uma senhora muito doente, mãe dele e não dela, e ele a fizera se sentir constrangida apenas por querer passar uns dias fora. Se ao menos ela não lhe pedisse para decidir agora. Como ele poderia explicar a ela sobre a *signora* Giusti com os segundos se esvaindo em tique-taques e talvez com o padre ouvindo? De qualquer modo, era ridículo...

– Deixe-me pensar sobre isto... Na quinta-feira, eu lhe respondo.

– Mas há muito poucos lugares, se nós não...

– Por favor. Só até quinta.

– Está certo. Salva? Eu não tive intenção... Você tem razão... Pobrezinha, pode ser seu último verão. Não podemos privá-la disto, apesar de ela não ter consciência. O médico disse que provavelmente dentro de um ano, e depois...

– E depois vocês três se mudam para cá.

– Ainda haverá Nunziata...

– Concordaremos. Vai dar certo, mas não podemos falar sobre isto agora. Don Torquatto...

– Ah, meu Deus! Desculpe, padre... Ah, querido... Vou desligar! Boa noite! Salva, está me ouvindo? Vou desligar! Boa noite!

– Boa noite...

A linha emudeceu.

Lentamente ele pôs o fone de volta no gancho e sentou-se pesadamente na cama. O silêncio se fechou sobre ele. Ele não dissera uma palavra carinhosa para ela... Era sempre tão difícil ao telefone. Nem perguntara pelos garotos. Agora ela devia estar se desdobrando em desculpas a Don Torquatto, descendo a rua mal iluminada às pressas, imaginando se Nunziata havia conseguido colocar os meninos para dormir.

Punham a velha senhora para dormir às sete e meia, ela e Nunziata, cada uma de um lado, carregando seu corpo enorme e quase inconsciente. Às seis e meia de todas as manhãs, elas a levavam de volta à sala de estar, depois de banhá-la e vesti-la, ou a colocavam sentada no pequeno terraço, de onde a tiravam quando o sol ficava quente demais. Quando Nunziata já tinha ido para o trabalho, Tessa acordava as crianças, tirava a roupa de cama da velha senhora e começava a lavar os lençóis ensopados. No final da tarde, ela saía para fazer compras, enquanto Nunziata ficava em casa. Era a melhor hora de seu dia.

Às vezes a velha senhora choramingava por horas sem parar, pedindo para ser levada para casa. Ninguém sabia por que: ela vivia naquela mesma casa por onze anos. Mas ela não fazia mais ideia de quem era nem de onde estava. Tessa fazia o trabalho doméstico dizendo: "agora já basta... Fique quieta".

Tessa ainda era uma mulher jovem. Ela precisava de descanso, de um pouco de prazer. Ele percebia isso quando ela ficava frustrada e infeliz e, em vez de reclamar inutilmente, atirava-se no trabalho doméstico, limpando tudo três vezes seguidas, furiosa. Era quando os dois garotinhos mantinham a distância e não ousavam dar um passo errado.

Ele não podia ligar para ela outra vez. Na quinta-feira, ela estaria com Don Torquatto às nove em ponto, esperando pelo telefonema dele. Não havia nada a fazer até então... E ele não dissera uma palavra carinhosa...

Na cozinha, o filme na televisão já estava bem adiantado e ele ficou olhando por alguns momentos sem se dar ao trabalho de aumentar o som, ciente que não teria paciência para tentar pegar o fio da meada da história.

– Hum – resmungou e desligou o aparelho. Talvez ele estivesse, de alguma forma obscura, tentando pedir desculpas à esposa ao fazer o que ela teria feito, sentindo-se oprimido como estava se sentindo. De qualquer forma, ele subitamente se atirou no trabalho, mergulhando os potes na água da pia. Será que ele errara ao desistir de tentar uma colocação em Siracusa? Sempre estivera implícito que era isso que ele ia fazer, mas então conversaram sobre escolas para as crianças, oportunidades... E sua mãe também estava velha demais para se mudar, e logo sofreu o derrame...

Quando a cozinha estava em ordem, ele foi para o escritório, ligou a luminária da mesa e começou a datilografar suas anotações sobre o holandês. Ele datilografava rápido, com dois dedos. Ao terminar, afastou-se com a cadeira da mesa e começou a ler o material. A coisa toda parecia ter acontecido cem anos atrás com outra pessoa. Ele deu de ombros, enfiou os papéis dentro de uma pasta amarela e apagou a luz. Com a mente assaz vazia e embotada, foi se deitar e caiu no sono quase imediatamente.

3

– Ah, Gigi! *Amore mio*! – Di Nuccio gritou com um falsete estrangulado.

– *Only yoooou*[6] – cantarolou – *can make my dreams come true...!*[7]

Era o barítono de Lorenzini.

– *Why was he born so beautiful...!*[8] – cantaram em uníssono, e os passos pesados das botas nas tábuas acima finalmente fizeram o marechal subir as escadas bufando e aparecer à porta.

– Muito bem, muito bem!

Tropeçando um pouco, Di Nuccio e Lorenzini puseram Gino de pé de novo e fizeram silêncio.

– Parece mais um quarto de internato do que um quartel – resmungou o marechal, tentando parecer irritado.

---

6 Em inglês: *"Somente você"* (da canção *"Only You"* de Elvis Presley). (N.T.)

7 Continuação da mesma música, em inglês: *"pode tornar meus sonhos realidade"*. (N.T.)

8 Em inglês: *"Por que ele nasceu assim tão belo"*. (N.T.)

Mas ele não conseguiu deixar de sorrir ao se deparar com aquela cena. Gino estava entre os outros dois, que estavam com as mangas da camisa arregaçadas e os colarinhos abertos, prontos para um dia quente de trabalho, mas o próprio Gino estava resplendente: sua calça cáqui estava cuidadosamente amarrotada, a jaqueta e a gravata imaculadas, os cabelos louros germinando como crisântemos ainda estavam molhados do banho. Até seu colarinho estava mais ou menos direito debaixo de seu rosto redondo e brilhoso.

– Você desce com você, se vão sair. Já está na hora desses dois se ocuparem, devem ser oito horas. Aonde você vai, aliás?

– Sair com meu irmão – o sorriso de Gino, que sumira de apreensão quando o marechal chegou, reapareceu. A escola finalmente terminara pelo verão e no final de semana, quando começasse a licença de Gino, os "garotos de Pordenone" fariam juntos a longa viagem rumo ao norte.

– Vamos dar uma volta pelas lojas para comprar presentes para levar para casa...

O marechal não perguntara a Gino por que estava saindo de uniforme em seu dia de folga, pois sabia muito bem que aquela era a única roupa apresentável e nova que ele jamais tivera. Em todo caso, seus uniformes eram sua única vaidade, o que tornava ainda mais cômico o fato de ele não conseguir se ajeitar dentro deles. Sarja para o inverno ou tecido de cor cáqui para o verão, roupas de luta ou ornados e emplumados trajes de desfile, todos ficavam protuberantes, amarrotados e bufantes, desafiando seus teimosos esforços para vesti-los adequadamente. A tentativa de hoje era a mais bem-sucedida até então, mas na hora do almoço ele já estaria como se tivesse passado uma semana em uma trincheira.

Os outros dois foram descendo e tagarelando para fazer a rotineira checagem de munição na loja atrás do escritório do marechal.

– Você não vai?

– Sim, marechal. Mas vou parar na *piazza* primeiro para arrumar uns cigarros para os outros; e precisamos de pão e água mineral, então se o senhor estiver precisando de alguma coisa...

– Sempre saindo a serviço dos demais. Hoje é seu dia de folga.

– Mas eu realmente não me importo de ir.

Era verdade que ele tinha um prazer genuíno em cada coisinha que fazia, especialmente quando era para outra pessoa.

– Tudo bem, mas eu não estou precisando de nada... Espere, estou, sim... Traga-me fósforos, sim? Eu abri a última caixa quando fiz café hoje de manhã.

Gino aceitou a nota de cem liras e o saudou solenemente. O marechal retribuiu a saudação e seguiu-o escada abaixo, balançando a cabeça com um sorriso.

O relatório sobre o holandês estava sobre a mesa, onde o havia deixado na noite anterior, e ele parou por um instante, sozinho no escritório, descansado levemente os dedos grossos sobre a pasta amarela. O episódio ainda parecia bastante remoto, tanto que o marechal sentiu vontade de ir ao apartamento novamente e trazer à vida as imagens mortiças. Não era por curiosidade, e ele também não tinha nenhuma obrigação de investigar mais o assunto, a não ser que recebesse ordens do policial responsável pelo caso.

Talvez simplesmente não parecesse correto esquecer aquele homem tão instantaneamente, nem rotular aquela morte tão prolongada e dolorosa como suicídio para esquecê-la em seguida. Será que a esposa dele fora informada? Será que alguém mais foi procurar a *signora* Giusti para buscar informações sobre ele? Seus dedos começaram a tamborilar com impaciência na pasta amarela. Após um momento ele se sentou, preencheu a data no formulário do dia e então pegou a correspondência que fora deixada para ele na noite anterior, na qual ele apenas dera uma olhada rápida antes de escrever seu relatório. Eram todas circulares internas... Havia dois nomes novos na lista de terroristas procurados e os investigadores achavam que estavam ambos em Roma. Três nomes foram retirados da lista. O marechal pegou a lista antiga do bolso da camisa, substituiu pela nova e prendeu uma segunda cópia da lista nova no quadro de avisos. O telefone não tocara. Se eles insistiram na tese de suicídio... Mas não podiam fazer isto, certamente que não, pelo menos não antes de sair o resultado da autópsia; e mesmo assim haveria formalidades. Será que a esposa viria identificar o corpo? Ele ficou imaginando então o que havia acontecido com o molho de chaves da *signora* Giusti.

Como o telefone ainda não havia tocado às nove horas, o marechal ficou olhando para o nada por um momento em direção à televisão de circuito interno que cobria a entrada do escritório, mostrando-lhe um jardineiro apontando um caminho através do Jardim Boboli para um grupo de turistas. Em seguida, ele se levantou e se preparou para sair.

– Assuma o comando em minha mesa – disse ele a Lorenzini –, vou fazer a primeira metade de minha ronda pelos hotéis.

Pegou a pasta amarela e olhou para o relógio de pulso.

– Eu devo entregar isto no comando central por volta das onze, portanto se precisar de mim...

– Certo, senhor.

– E vou levar meu carro.

Lorenzini pareceu surpreso, mas nada disse. Era verdade que nem o jipe nem a *van* adiantariam muito em uma viagem na qual a cada minuto se tem de achar vaga para estacionar à sombra, mas normalmente o marechal ia à pé.

Dirigindo lentamente pelo pátio de acesso abarrotado de gente em seu Fiat 500, ocorreu-lhe conjeturar por que não mencionara o holandês aos rapazes. Não era seu estilo fazer segredo. Depois ele pensou que deve ter sido porque, uma vez na vida, ele pretendia meter o bedelho e não queria envolvê-los. Mas não demoraria muito a precisar da ajuda de Lorenzini, como ficou claro.

Esperando ao pé da ladeira para juntar-se ao tráfego passante, olhou de cara feia para a esquerda e para a direita.

Aquilo não era jeito de um homem morrer, sozinho em uma casa coberta de poeira. Também havia algo de patético em sua tentativa de fazer um curativo para as mãos quando havia tantos outros problemas... Mas por outro lado, a *signora* Giusti dissera que ele era joalheiro, de modo que as mãos eram importantes para ele. Ou quem sabe ele apenas não estivesse no seu juízo perfeito naquele momento. Mesmo assim, não era jeito de se morrer...

– Qual o seu problema? Marechal?

Era o funcionário do estacionamento cumprimentando-o, dizendo bom-dia e acenando para ele, recebendo em resposta apenas um olhar soturno. Bem, não havia tempo para explicar. O marechal acenou brevemente para ele e saiu com o carro, deixando o sujeito olhando e murmurando enquanto ele se afastava:

– Que cara...

– De qualquer forma, parece que estamos chegando a algum ponto.

– Em geral é questão de paciência e rotina – disse o marechal, educadamente.

– É por aí. Mesmo assim, com duas mortes em três semanas, nós tivemos de nos adiantar...

O marechal lera no jornal a maior parte do que sabia sobre o caso, apesar de ter recebido uma notícia sobre o mesmo do departamento de entorpecentes da polícia e de terem lhe pedido para ficar de olhos abertos para certos sinais. Tudo começou quando perceberam que os lugares onde distribuíam e injetavam heroína estavam sendo cada vez menos usados, e um controle sistemático por toda a cidade revelara que não havia um novo ponto. Isso somente podia significar que fora estabelecido algum lugar a portas fechadas, e que estavam fazendo bons negócios.

Até que, uma noite, um garoto de dezoito anos de idade fora encontrado morto, não de *overdose*, mas de envenenamento sanguíneo. O corpo havia sido descoberto muitas horas após a morte em uma praça pública onde teria sido visto durante o dia pouco antes de morrer. Com certeza alguém o jogara lá. Era um homem jovem, de trajes civis que, ao seguir a rota de todos os amigos do garoto morto e os lugares sinistros por eles frequentados, fingindo-se de viciado em busca de uma dose, descobrira o lugar cuja existência o departamento de entorpecentes já desconfiava há tanto tempo. Era um *palazzo* condenado sem água corrente nem eletricidade, mas, de um modo sórdido, bem equipado. Havia grande quantidade de heroína e cocaína, uma gaveta cheia de seringas hipodérmicas do supermercado e uma lixeira suja cheia de seringas usadas e ensanguentadas. Havia balanças de farmácia, um maçarico especialmente preparado e até lápis hemostáticos. O quarto grande e empoeirado tinha seis camas nas quais, pagando entre trinta e cinquenta mil liras – estava incluído no preço –, o cliente podia deitar até o efeito da onda passar.

A segunda morte atraiu os homens do departamento de homicídios para ajudar o departamento de entorpecentes na inspeção – que requeria muitos homens – do "hotel" e de seus proprietários. Sua prisão era iminente.

– O que é realmente incrível – o jovem tenente continuou – é que não houve muitas mortes. Eles estão diluindo a heroína à cal que arrancam desta parede imunda!

O marechal murmurou algo adequado, imaginando como poderia abordar a história do holandês se o outro não tocasse no assunto. No final, ele simplesmente indicou a pasta amarela que estava sobre a mesa entre eles.

– Ah, o holandês, não é? Veio especialmente para trazer isto?

– Eu estava de passagem – o marechal mentiu evasivamente.

– É claro. Sim...

Abrira a pasta e estava observando o conteúdo.

– O senhor é amigo da velha senhora, eu me lembro... E foi assim que veio a descobrir...

Ele ficou em silencio, absorvido pela leitura.

O marechal não o contradisse. Havia uma fotografia emoldurada do comandante-chefe e um pequeno crucifixo, então ele fixou os olhos nestes. A cada segundo a porta do outro lado do corredor se abria e um ruído parecido com o de uma colmeia escapava da sala de operações e parava abruptamente quando a porta se fechava outra vez.

– Hum – o tenente levantou os olhos. – Conseguimos falar com a esposa dele.

– Mas não disse que achava que...

– Que foi suicídio? Não, claro que não. O resultado da autópsia deve chegar esta tarde. Pedimos prioridade devido às circunstâncias. Eles provavelmente vão querer enterrar o corpo em seu país, e com este calor... Bem, não queremos que o episódio do caixão que explodiu se repita. Infelizmente a jovem está esperando o primeiro filho para breve. Precisamos fazer o melhor que pudermos para lidar com tudo da maneira mais tranquila e rápida possível. Que hora estranha ele foi escolher...

– Como é?

– Que hora estranha ele foi escolher para cometer suicídio. Ele também estava esperando o primeiro filho.

– Outras questões devem ter sido mais importantes.

– Para ultrapassar em importância o nascimento do primeiro filho, só podem ser mesmo muito importantes.

– Escute, marechal, dá para ver por este relatório que o senhor também não acha que ele cometeu suicídio, mas o fato é que ele brigou com a esposa e com a sogra antes de viajar. Sei que esta era supostamente uma viagem de negócios e que as duas acharam desnecessário e fizeram objeção a que viajasse com a gravidez da esposa tão adiantada. Ele bem que pode ter ficado com remorso.

– Sim, senhor. Estranho que ele não tenha tomado um trem...

– Um trem?

– Um trem de volta para Amsterdã, senhor, para voltar para casa.

O jovem policial não achou graça. O marechal prosseguiu, desviando o olhar do dele:

– Perdão, tenente. É só que, como o senhor disse, eu tenho interesse pessoal no assunto na condição de... De amigo da velha *signora* Giusti. O suicídio é um fardo pesado nos ombros daqueles que ficam.

– E o senhor acha que esse peso seria aliviado se nós disséssemos a essa jovem grávida que achamos que ele estava com uma jovem no apartamento? Acha que isso tornaria o fato de ele ter viajado para a Florença mais palatável para ela?

– Para ser honesto – admitiu o marechal –, não pensei nisso...

Por que não pensara? Ele se deu conta que, para ele, a jovem no apartamento simplesmente não tinha muita importância porque... Porque o tempo todo ele achou que fosse uma velha, como o rosto que inventara em sonho. O que havia no relato da *signora* Giusti que explicasse isto? Nada que ele pudesse oferecer como explicação agora, não mesmo.

– Sabe – o policial disse mais afavelmente, percebendo a confusão do marechal –, assassinos não atacam as pessoas com pílulas para dormir. Pílulas para dormir geralmente indicam suicídio ou acidente. E, se for possível, definiremos o caso como acidente.

– Mas geralmente são mulheres, não é?

– Mulheres?

– Que usam pílulas para dormir para se suicidar. Os homens tendem a usar métodos mais ativos e violentos... O rio, um edifício alto, uma navalha...

Seus olhos percorreram rapidamente o rosto do policial e desviaram novamente. Assim é melhor, ele estava pensando, ao menos agora conseguiu fazer com que ele ficasse preocupado.

– É verdade – o policial admitiu.

Após uma pausa ele prosseguiu: – Tem uma coisa que me incomoda, e não me importo de lhe dizer: as roupas dele.

O marechal estava quase prendendo o fôlego.

– As roupas em sua mala, quero dizer, não as que ele estava usando. Havia um terno preto, que não combina muito com esta época do ano, e um *smoking*... Como se ele fosse a um funeral. Sua esposa não teria como nos elucidar sobre isto, já que, devido à briga, foi ele mesmo quem fez sua mala. Isto não torna mais provável sua teoria quanto às mulheres, devo dizer... É claro que, se havia mesmo uma mulher, podia ser uma prostituta, considerando-se que ele estava sozinho na cidade...

– Vou investigar – o marechal disse baixinho, observando o rosto do outro.

O que ele diria? Apenas o promotor substituto poderia dar ordens para fazer uma investigação mais abrangente. O marechal desejou do fundo da alma que este policial não fosse tão jovem, evidentemente com tão pouca experiência. Nesses casos era sempre melhor não se dizer nada. Apesar de que policial nenhum teria o poder de mudar o rumo de uma investigação, se qualquer informação viesse à tona durante o curso normal do trabalho, ele deveria tomar uma atitude quanto a isto.

O tenente ainda estava analisando. Talvez precisasse de uma pequena ajuda.

– Nada que possamos realmente fazer, é claro – disse o marechal –, a não ser que o promotor substituto decida que existe um caso a ser elucidado, mas eu ficarei de olho nas minhas rondas habituais e se descobrir qualquer coisa interessante, lhe direi...

– Sim, faça isso.

Era evidente o alívio do jovem. Mas era melhor assim, o marechal refletiu ao sair do recinto acenando para o outro, pois ele podia estar convencido no momento, mas não era uma convicção que resistiria à menor crítica incisiva do promotor substituto. Ele fora um tolo ao se manifestar publicamente sem o menor sinal de prova concreta, e até agora não havia nenhuma, não havia sequer testemunha... Que dirá um suspeito!

– Fico imaginando se estava certo – ele murmurou, batendo a porta do carro repetidas vezes como sempre tinha de fazer para fechá-la – ao dizer que um homem não usaria pílulas para dormir para se suicidar. Sabe-se lá...

– Ontem, por volta das duas horas. Lamento não ser capaz de dizer a hora com mais precisão.

A sala comprida de ladrilhos escuros, com suas paredes brancas eclesiásticas e suas arcadas listradas, era turva e fresca, o que era de se agradecer, e o marechal ficou contente ao tirar o chapéu e os óculos escuros.

– Está tudo bem. O formulário de pedido virá com a hora exata e com o nome e o endereço. Com licença um instante...

Um dos sete telefones da mesa estava tocando e o criado, um homem solene de meia-idade vestindo um paletó matinal com gravata branca, atendeu falando baixo.

– E o endereço? Sim, imediatamente, não se preocupe. Fique com ela e tente acalmá-la...

Apertou a campainha de emergência e desceu da plataforma revestida por vidro onde ficava sua mesa.

A dois passos estava o comprido banco de mogno no qual um imenso livro de contabilidade jazia aberto sob uma luminária de ferro forjado. Quando o criado chegou ao livro de contabilidade, duas dúzias de irmãos religiosos haviam aparecido em frente a ele e estavam esperando em silêncio. O criado leu em voz alta os quatro nomes e entregou o formulário de pedido ao mais velho dentre eles. Os quatro vestiram os capuzes e saíram rapidamente para onde estava a ambulância, cujo motorista já havia ligado o motor ao ouvir a campainha. Quando a sirene soou e desapareceu ao longe, os outros irmãos religiosos se dispersaram em direção aos bancos que estavam nos cantos mal iluminados e voltaram aos seus jornais ou à conversa em tom de voz baixo. O único som fora o roçar seco de seus hábitos pretos. Toda operação estava acabada em menos de um minuto.

O marechal, que vinha pedindo ajuda à *Misericordia* por anos sem lhes dedicar muita atenção, estava impressionado.

– Muito eficiente – ele murmurou.

– Temos praticado – o criado lhe lembrou com um leve traço de sorriso complacente – já faz uns bons sete séculos. Agora... Duas horas, o senhor disse... Aqui estamos.

Ele pegou o formulário de pedido e virou uma página do livro de contabilidade, passando os dedos pelas assinaturas.

– Espero não estar quebrando nenhuma regra... – o marechal virava repetidamente o chapéu nas mãos. – Eu mesmo não sou florentino, de modo que não sei tanto...

– Não se preocupe. Anonimato é o ideal em se tratando de obras de caridade, mas em casos como este... Pronto: Piazza Santo Spirito, lembro-me da chamada. Na verdade, fico contente que você tenha entrado em contato conosco porque estávamos pensando... O homem morreu e aparentemente não havia membros da família aqui, então não pudemos perguntar se era preciso dinheiro.

– Vocês podem ajudar em casos assim?

– Certamente, se for preciso.

– Neste caso, dinheiro não foi problema – mas ele procurou agendar na mente de procurá-los para falar da *signora* Giusti. – O problema é se ele cometeu suicídio.

O criado levantou os olhos e disse:

– É uma acusação pesada.

– Também acho. Por isso eu gostaria de saber a opinião dos irmãos que foram até lá. Os únicos suicídios com os quais lidei foram os das pessoas que os bombeiros içaram do rio Arno. Este é bem diferente.

– Eu entendo.

Ele olhou novamente para o livro de contabilidade.

– Mas creio que o senhor não os encontrará aqui hoje. A maioria das pessoas só faz uma hora por semana. Com quatorze mil de nós não há necessidade para eles fazerem mais e a maioria deles é de trabalhadores. Vou lhe dar os nomes e endereços dos três, o rapaz novo não saberá lhe ajudar...

O telefone tocou antes que ele pudesse anotar.
– Tome... Talvez o senhor possa fazer isto... Estes três.
Ele pegou o telefone vermelho que fazia linha direta com o comando central da polícia.
– *Misericordia*... Sim... Esquina da rua Martelli com...?
Nos degraus do lado de fora, o marechal parou para colocar os óculos escuros e ver os três endereços em seu bloco. Do outro lado da rua, depois da fileira de ambulâncias, turistas enxameavam a sombra ao redor da base do batistério octogonal azul e branco e o sino da catedral tocava o Ângelus, lembrando-o que era melhor voltar para a Piazza Pitti. Os rapazes logo estariam de volta do restaurante com os almoços empilhados na traseira da *van*.

– Suicídio...? Desculpe... Sente-se. Martha, que tal trazer outra xícara para o marechal?
– Não, não... Não precisa, mesmo... Já tomei...
– Eu vou tomar uma, então me acompanhe. Só tomo um café por dia. Pela manhã, acho forte demais, então tomo chá, e depois do jantar, me desperta. Tome uma xícara agora comigo que não lhe fará mal. Já comeu?
– Sim, mas tomei...
– Muito bem. Dois cafés. Pronto. Açúcar?
– Um pouquinho. O senhor é florentino?
Uma pergunta desnecessária e com leve toque de ironia, pois o marechal estava bem acostumado, a esta altura, a receber ordens daquele homem que lhe balançava o dedo e dizia frases que começavam com "pode até ser, mas nós, florentinos...".

– Florentino? Minha família mora nesta rua faz três séculos. Tome mais um pouco de açúcar, assim fica muito amargo.

– Eu não...

– Pronto. Agora, o que o senhor estava querendo me perguntar? Não quero ser rude, mas a questão é que não sou desses sujeitos que tira quatro horas de almoço, nem mesmo no verão; duas horas dão de sobra para mim, pois não durmo. São meus nervos.

– Ou o café? – o marechal não resistiu a perguntar.

– Como assim?

– Nada, nada. Só quero saber sua opinião. Era o senhor o irmão religioso que atendeu àquela chamada?

– Correto. Entrei aqui durante a guerra, quando tinha dezesseis anos, foi em 1964 e, naturalmente, fui convocado dois anos depois disso. Dias terríveis, aqueles. Os jovens de hoje não fazem ideia. Comecei a trabalhar para meu pai como aprendiz de tipógrafo aos doze anos, bem aqui neste edifício. Não que eu lamente isto, não entendo essa história de ficar estudando até os vinte anos; quando eles saem da faculdade já é tarde demais para aprender qualquer coisa. Com essa idade eu já era um tipógrafo qualificado. O problema com a Itália...

– Eu sei – o marechal disse. – Ninguém encontra mais aprendizes, e quando se descobre um, é preciso pagar o salário integral logo de cara, quando eles ainda não sabem fazer nada, isto para não falar do seguro...

Ele torceu para que toda aquela sinopse fosse poupá-lo de uma discussão de duas horas.

– Gostaria de sua opinião sobre a morte do holandês, Goossens era o nome dele, e, como o senhor, ele também era artesão. O promotor substituto parece inclinado a registrar o caso como suicídio, como eu disse...

– Suicídio? – o tipógrafo repetiu, balançando a cabeça e fazendo que não com convicção. – Não, não, não, não, não.

– O senhor deve ter atendido a vários casos de suicídio ao longo dos anos, imagino.

– Um número razoável, sim, mas nenhum deles se parecia em nada com este.

– Acha que pode ter havido um crime?

– Não estou dizendo isso. Parecia acidente, em certo sentido, como se ele tivesse tomado algo por engano e depois saído correndo para tentar consertar quando acabou cortando as mãos, e assim por diante. Mas, na verdade, eu acho que a autópsia será capaz de dizer mais do que eu posso em uma linha.

– Sim, é claro, mas considerando-se que é um caso estranho, gostaria de saber o que o senhor achou.

Ele não disse que era improvável que ele tivesse acesso ao resultado da autópsia.

– Já ouviu falar de algum homem cometendo suicídio com pílulas para dormir?

– Uma vez. Por estranho que pareça, a *Misericordia* não foi chamada, ele era vizinho nosso, um sapateiro. Mesmo assim, ao tomar as pílulas ele pôs um saco de polietileno na cabeça para garantir. Foi depois da inundação, sabe, e ele havia perdido tudo, absolutamente tudo; sua loja ficava no térreo e ele morava atrás dela. Nós também tivemos muito prejuízo lá embaixo, na oficina, mas ao menos aqui em cima ficou tudo bem. Houve compensação, claro, conseguimos renovar todo o equipamento, mas camaradas como este, que trabalharam sozinhos a vida inteira, simplesmente não acreditam que alguém possa ajudá-los, então... De qualquer forma, o velho Querci se matou e usou as pílulas para dormir porque a família com quem ele estava ficando as arrumou para ele conseguir se acalmar, mas principalmente por não ter sequer dentes na boca para ferir a si próprio. Para lhe dizer a verdade, no caso do holandês de ontem, foi algo muito simples que me fez pensar que era um acidente; ele estava vestido, sabe...

– Sim, estava...

– E totalmente vestido, com a gravata adequadamente ajustada. Calçara os chinelos, mas fora isto... De certa forma é natural, se a pessoa vai morrer dormindo, ir para a cama. Mesmo se tivesse tomado uma dose acidental, isto significa que ele devia estar indo para a cama. Mas ele estava totalmente vestido, e a cama nem sequer estava feita! Disseram que ele não mora lá, certo?

– Quem disse?

– O jornal. Havia algumas linhas sobre o caso hoje de manhã.

Ele pegou o jornal que estava ao lado de sua xícara de café e pôs um par de óculos de armação escura.

– Aqui: "Um homem foi encontrado morto por uma *overdose* de pílulas para dormir em um apartamento no quarto andar na Piazza Santo Spirito e identificado como Ton

Goossens, um negociante de Amsterdã. O corpo foi levado para o Instituto Médico Legal para um exame *post-mortem*".

Nada mais. Não apareceu nenhum jornalista na ocasião, de modo que só podiam ter recebido as informações do comando central junto com a cota diária de carteiras batidas e acidentes de trânsito.

– Nós sempre procuramos o frasco, sabe – o artesão disse, dobrando o jornal –, pois temos de levá-lo para o hospital ou para o necrotério.

– O frasco...? O que continha as pílulas para dormir?

– Exatamente. Mas neste caso não encontramos nenhum frasco... Claro que seu pessoal ainda estava lá quando saímos.

– Tenho para mim que eles também não acharam frasco nenhum – apesar de que podia estar entre os vidros quebrados que recolheram do banheiro.

– Bem, sabendo qual era a droga... Mas, que saber, a causa técnica da morte provavelmente será insuficiência cardíaca, não acha? E se descobrirmos que ele já tinha conhecimento sobre algum problema cardíaco, não seria melhor para a família, tenha ele tomado as drogas de propósito ou não... Ele tinha família?

– Sim. Tinha uma esposa que está esperando bebê para qualquer momento. E uma sogra.

– Esperando bebê? Pobrezinha...

– Tragédia terrível – o jovem conde disse baixinho, com o leve ceceio na dicção que era típico de sua classe. – O problema é que todos os nossos empregados estão no interior, de modo que não sei o que lhe oferecer... Deixe-me ver... Ah, meu Deus, nem mesmo um café...

O marechal piscou os olhos de alívio.

– Um golinho de *vinsanto*, sim...

– Não, sinceramente...

Mas o conde estava de pé, vagando em direção a alguma distante sala de jantar.

O marechal deu um suspiro. Tomara um terceiro café, mais um sorvete enorme, forçado pelo segundo irmão religioso que visitara que era dono de um bar onde faziam sorvete, e seria um insulto recusar.

Ele sentou-se com o chapéu em suas mãos, numa cadeira dura e coberta de poeira, cercada por inúmeras formas encobertas por lençóis brancos, como se estivesse isolado num enorme bloco de gelo desgarrado. Olhava para fora através de uma grande janela e via uma estranha imagem da cidade. Estava lá, diante de seus olhos, silenciosa, como um irreal e suave tapete terracota, do qual sobressaíam pequenas pedras azuis e brancas, que refletiam a luz do sol. A parte visível do rio verde oliva se dissolvia em tons dourados com a luz do anoitecer. Há apenas algumas horas, o marechal havia comentado sobre o resgate de cidadãos desesperados daquelas águas, tão calmas como óleo, e durante toda a semana, os jornais publicaram cartas que traziam sugestões no sentido de controlar o aumento da população de ratos...

A visão era emoldurada por longas e abrangentes cortinas de seda azul desbotada. Ao olhar mais de perto, o marechal viu o que pareciam listras escuras horizontais causadas pelo envelhecimento da seda.

– Bonito, não é? – o conde estava de volta, trazendo uma bandeja de prata com uma garrafa e dois copos empoeirados. Ele observou ao redor, tentando decidir qual das formas fantasmagóricas lhe serviria de mesa, e acabou colocando a bandeja no amplo apoio de braço de madeira sob a janela.

– Temos uma das melhores vistas de Florença. Gosto bastante do interior, mas passaria o verão todo aqui se meu pai não insistisse para irmos todos... Muita sorte sua me encontrar, sabe, porque eu só voltei para pegar mais livros. Eu leio muito quando estou no interior. Aqui está, experimente. É de nosso próprio vinhedo, mas fazemos tão pouco que nunca vendemos...

– Muito bom – murmurou o marechal, provando com certo descontentamento por causa da borda empoeirada da taça, mas apreciando a secura do licor, que frequentemente era doce a ponto de enjoar. Ele ficou pensando onde poderia colocar sua taça e acabou decidindo ficar segurando-a, equilibrando o chapéu em um joelho.

– Isto não é, como eu já disse, exatamente um chamado oficial. Só estou tentando satisfazer minha curiosidade sobre o que aconteceu... – o marechal estava suando um pouquinho e pegou um lenço do bolso da calça com a mão que estava livre. Ele não tinha o direito de estar ali, e se ele, por mais inadvertidamente que fosse, irritasse aquele jovem que parecia tão delicadamente satisfeito de vê-lo, bastaria um breve telefonema...

– Só achei que sua experiência como irmão religioso da *Misericordia* poderia me ajudar a...

– Sim, sim, sim... Mas é claro que não sou um irmão, ainda não... O senhor não é florentino.

Ele percebeu que o marechal parecia desnorteado.

– Eu entendo – seu tom implicava que podia acontecer a qualquer um; era só falta de sorte. – Só há setenta e dois irmãos, como era no começo: doze prelados, vinte padres, doze nobres e vinte e oito artistas. O resto de nós consiste apenas de irmãos assistentes, na verdade. Meu pai achou que eu não devia... Ele é um dos doze nobres, como eu deverei ser um dia... Mas eu quis entrar o mais rápido que podia. É uma grande tradição, sabe... E depois, pode-se falar com os outros irmãos. Enquanto esperamos pelas chamadas, temos várias experiências interessantes... Eu gosto de conhecer pessoas, o senhor não gosta?

O marechal também estava confuso demais para pensar em uma resposta, mas, quando o jovem se abaixou para encher suas taças novamente, ele reparou que estava ficando careca no alto da cabeça. Ele estava com uma calça gasta como as que o marechal usava para vagabundear pela cozinha e uma infantil camisa de malha listrada abotoada até o pescoço, de número menor que o dele.

– Não, não... Já basta.

– O marechal tentou tirar a taça, os olhos ainda percorrendo as roupas do jovem. Os sapatos pareciam estranhos em se tratando de sapatos pretos e do tipo urbano, seria algum tipo de concessão distraída à possibilidade de se vestir adequadamente para ir à cidade? Com certeza que não;

talvez ele trocasse de roupa ao chegar lá. Qual seria a idade dele? Bem mais velho do que o marechal pensara ao julgar pela camisa de malha e pela expressão facial infantil. Provavelmente estava mais perto dos quarenta do que dos trinta... Ele ainda estava falando, mal parando para respirar.

– Tem minha irmã, é claro, mas quando estamos no interior ela só pensa em seus cavalos, e eu nunca tive força suficiente para...

Ele sem dúvida era magro demais e muito pálido. O marechal pensou brevemente no prisioneiro fugitivo na Pensione Giulia... Fora só ontem? Sua compleição o entregara...

A questão era voltar o rumo da prosa ao assunto em questão. Mas o marechal relutava em perguntar diretamente. Sabia por experiência própria que a fraseologia de uma pergunta sugere a pergunta requisitada, e ele queria uma opinião imparcial.

– É de conversar que eu gosto, e de amigos. Os amigos são muito importantes. Esta é uma das razões pelas quais gostei tanto da escola, apesar de meu problema com a matemática. Italiano era minha matéria preferida. Lembro-me de uma vez, quando o padre Begnini disse...

Apesar do entardecer lá fora ainda estar luminoso e ruidoso, a luz estava desaparecendo no vasto recinto, aumentando o visual fantasmagórico dos móveis cobertos por lençóis. O teto de pé direito alto era tipicamente florentino, de madeira escura, dividido em quadrados profundamente ocos, todos eles com uma roseta talhada em vermelho e dourado no centro.

– Vejo que está admirando o teto. Minha mãe prefere os afrescos do próximo andar, supõe-se que sejam de Bonechi, mas gosto mais dos tetos de madeira. Sabe, admiro mais artesanato de primeira do que arte de terceira.

– O homem que morreu era artesão. O homem com quem o senhor esteve ontem.

– Era? Ah, meu Deus, e o senhor queria falar sobre ele enquanto eu estava aqui desviando a conversa para outro assunto. Deve estar achando que sou o criminoso!

– Criminoso?

– Estou só brincando. É claro, eu tenho o álibi perfeito!

Ele disse a última frase em inglês, e então soltou uma risada.

– Desculpe-me – disse ele, interpretando o cenho franzido e a expressão que o marechal fez, de quem não estava entendendo, como se fosse desaprovação. – Esses assuntos são sérios, graves, eu sei disso. Rezei por ele também, e por quem quer que tenha feito aquilo.

O rosto do marechal continuou desprovido de expressão, mas seus olhos grandes encaravam fixamente o conde enquanto ele falava.

– O que o faz pensar que alguém fez isso? Por que isso seria mais provável do que ele se suicidar?

– Mas... Bem, ele disse, não disse? Sei que ele não disse quem fez, mas estava dizendo que determinada pessoa não fizera, com certeza o senhor ouviu isso, certo? Ele disse "ela não". Naturalmente, a gente pensa que...

Naturalmente. Ele podia estar divagando, é claro, pensando em algo completamente distante de sua própria morte... E, ainda assim, ele acabara de falar com a *signora* Giusti, como se soubesse bem o terreno em que estava pisando. O marechal admitiu para si mesmo que ele não daria um bom detetive. Ele ouvira o que o holandês havia dito, tudo bem, mas não quisera interpretar desta forma, pois assim estaria excluindo a única pessoa que se sabe ter estado – ou que pensam ter estado – com ele no apartamento; parecia que, como todos estavam propensos a concordar, inclusive o promotor substituto, em definir o caso como suicídio ou acidente, a única pessoa que poderia vir a ser acusada era absolvida. Podia estar até eximindo de culpa a esposa dele, já que eles haviam brigado.

– Não parece provável – o marechal disse em voz alta – que, caso alguém tenha tentado matá-lo, ele fosse usar suas últimas forças para dizer quem não era culpado...

– Talvez fosse importante para ele evitar que alguém fosse injustamente acusado.

– Ou talvez ele estivesse mentindo.

– Em seu leito de morte! – O jovem conde estava chocado.

– Talvez tenha razão. Algo mais lhe ocorreu, à parte suas palavras?

– Suas pobres mãos – ele apertou suas mãos com força, como se para estancar algum sangramento imaginário. – Mas principalmente suas palavras. Suponho que, agora que o senhor mencionou isto, tenha sido meio estranho que ele só dissesse quem não foi, não é de muita ajuda... Mas na hora isto não me ocorreu. O que me chamou a atenção foi o fato de ele parecer tão surpreso.

4

O marechal estava com uma garrafa de *vinsanto*, que colocou cuidadosamente no banco de trás do carro, perto do embrulho para presente com a torta que o dono do bar insistiu que ele levasse. Havia também uma cópia de *As Belezas da Florença*, que lhe fora presenteado pelo tipógrafo quando saíram em meio a pilhas de papel cortado pelo almoxarifado, de onde vinha o forte cheiro de tinta e de metal, além dos ruídos e assovios rítmicos que vinham de trás do painel de vidro.

– Nós fizemos a impressão aqui, por isso eles me mandaram umas cópias. Fique com ele, fique! Sem lisonjas! Pode levar para a Sicília para mostrar à sua família. A Sicília é linda também, não tenho dúvida, não tenho dúvida, mas Florença...

A despedida do jovem conde fora menos exuberante, apesar do *vinsanto* que presenteara.

– Talvez queira conversar comigo novamente – disse ele, esperançoso.

– Acho que não...

– Não deve achar que só porque estamos no interior não poderá me encontrar. Se for algo importante, meu pai... Eu lhe direi o que fazer; vou descer amanhã, caso o senhor precise falar comigo. Estarei aqui a tarde inteira... Eles não iam gostar se eu não estivesse lá para o almoço, o senhor entende, mas posso dizer que o senhor gostaria de me ver aqui à tarde? Posso dizer isso?

– Sim, creio que possa dizer isso...

Por toda a entrada de mármore havia meias-luas com luminárias douradas sobre elas, alternadas por cadeiras de carvalho sofisticadamente talhadas. Alguns dos aposentos pelos quais passaram quase não tinham móveis. Passaram por uma porta pequena e escondida na parede à esquerda e o marechal teve tempo de ver de relance, antes de o conde correr para fechar a porta, uma cama de solteiro sobre a qual estava jogado um terno de linho azul escuro.

– Vou deixá-lo aqui.

O marechal estava no primeiro piso quando o conde disse isso abruptamente.

– Bem, adeus e obrigado...

Quando ele se voltou, a porta já estava fechada e ele estava sozinho.

Ainda havia dois hotéis a visitar. O marechal estava cansado e não tinha muita certeza, ao pensar no assunto enquanto dirigia seu carro pelo rio, se suas visitas aos irmãos religiosos tiveram alguma serventia. Eles não trouxeram nenhum fato concreto que ele pudesse apresentar a um policial, e os irmãos do *Misericordia*, apesar de aceitáveis como testemunhas confiáveis e experientes, não eram suficientemente *experts*. E os *experts* não iam compartilhar com ele suas descobertas. A não ser que...

O marechal parou em um bar, entrou e pediu uma ficha telefônica. Se havia conseguido algo com sua última visita, era ficar mais determinado. Talvez tivesse sido o recinto de aparência abandonada com móveis empoeirados que trouxeram as imagens enfraquecidas à tona. Afinal, se alguém matou o holandês, que assassinato sinistro e a sangue frio fora aquele. O encontro deve ter sido combinado, pois o homem só aparecia por lá uma ou duas vezes ao ano, e ninguém sai por aí carregando uma dosagem enorme de pílulas para dormir a troco de nada...

Esperando pela ficha, ele deu uma olhada nos turistas que andavam de um lado para outro, comprando sorvetes e aperitivos noturnos. Em algum lugar da cidade... Podia ser qualquer uma daquelas pessoas, qualquer uma... Vestida como qualquer pessoa que estivesse de férias...

Um casal alemão de meia-idade, enervado pelo olhar hostil perceptível mesmo detrás de seus óculos escuros, deixaram seus drinques e foram embora às pressas.

– Algum problema? – perguntou o *barman*, entregando a ficha.

– O quê? Qual deveria ser o problema? – resmungou o marechal. Pagou e foi direto ao telefone.

O *barman* olhou de modo apreensivo para ele e depois para o garçom, que deu de ombros:

– Não é da nossa conta...

– Tomara que não. Não quero nenhum tiroteio com terroristas no meu bar.

E ele também começou a perscrutar os turistas de aparência inocente.

– Bobagem! Esse tipo de coisa só acontece em Roma...

Mas ambos prontamente bateram 3 vezes na madeira do balcão, de modo a se prevenirem do mal, e o *barman*, soltando cubos de gelo em três *Camparis* para uma mesa do lado de fora, ficou de olho nas costas largas do marechal.

– Di Nuccio? O quê? Não estou ouvindo, este lugar está cheio... Bem, pegue os detalhes que puder e os envie com o formulário do dia. Lorenzini terá de assinar, vou me atrasar... Estarei no Instituto Médico Legal e depois... Deixe-me ver, a Pensione Annamaria e o Albergo Del Giardino, estes dois sãos os meus últimos. Se eu não voltar a tempo, e acredito que não voltarei, você terá de ficar aí dentro, ou se quiser comer fora, coloque alguém no seu lugar. Não deixe Gino sozinho, ele é jovem demais. Algo mais? Até mais tarde, então...

Ele dirigiu velozmente até Careggi. O trânsito já estava diminuindo um pouco com a chegada do verão. Em agosto, só haveria na cidade os turistas e as pessoas que para eles trabalham. Nas largas avenidas, as árvores estavam tingidas de dourado à luz do entardecer, o céu levemente rosado.

A cidade-hospital era quase um mundo autossuficiente e dotado de ritmo próprio. Havia um amplo e agitado círculo de tráfego no centro, com quiosques vendendo jornais, flores e frutas, e placas de trânsito apontando para a estrada, orientando as direções para diferentes hospitais, clínicas, casas de repouso e centros de especialistas. Correntes de pessoas caminhavam para as portas principais de quase todos os hospitais, carregando flores embrulhadas em papel.

O Instituto Médico Legal faz parte da Faculdade de Medicina da Universidade de Florença, e foi na entrada principal, usada pelos alunos, que o marechal estacionou o carro, evitando a ala onde ficavam o laboratório de perícia da polícia e seu estacionamento adjacente. Lá dentro havia um vasto corredor que levava às salas de espera e ao auditório principal. O lugar estava deserto a não ser pela cabine do porteiro, de onde uma cabeça grisalha apareceu por sobre um jornal.

– Em que posso lhe ajudar? – então ele viu o uniforme do marechal. – Saia pela porta principal novamente, dê a volta no quarteirão e pegue a segunda à sua esquerda.

– Na verdade, eu gostaria de dar uma palavrinha com o professor Forli, se ele ainda estiver por aqui.

– Ainda está aqui. Raramente sai antes das nove – virou-se para a mesa telefônica. – Que nome devo anunciar?

– Não! Não precisa incomodá-lo... Nada urgente, sabe? Vou esperar um pouquinho e, se ele sair, falo com ele. Senão, depois tento outra vez. Não gostaria de incomodá-lo, caso esteja ocupado...

– Isso ele está mesmo. Trabalho corrido hoje de manhã, e depois todas estas mortes por *overdose* de drogas...

– Bem, vou esperar um pouco.

– Fique à vontade.

Será que o trabalho corrido era o holandês? Era bem provável. E onde ele estaria agora, neste edifício enorme... Deitado em algum compartimento gelado, com o abdômem perfunctoriamente costurado...?

Isso fez o marechal se lembrar da palestra com *slides*, muito tempo atrás, na escola de treinamento, quando tivera de olhar para acidentes de trânsito. Não desmaiara, mas o garoto perto dele, sim. Todos eles ficaram se sentindo mal pelo resto do dia e ninguém sequer tocou na lasanha levemente congelada que fora servida no almoço.

Como ele poderia abordar a razão de sua visita ao professor, se e quando ele aparecesse? Não tinha ideia muito definida. Ele só sabia que, assim que o professor começasse a falar, seria impossível detê-lo; ele era famoso por isso. O único problema, o marechal brincou ao perambular pelo corredor de mármore, era fazê-lo começar antes que ele pensasse em perguntar ao marechal quem ele era e o que fazia por lá.

No final das contas, nada disso foi problema.

O professor apareceu, descendo o corredor a passos firmes com o paletó branco de linho pendurado nos ombros e uma pasta na mão. O marechal não teve chance de abrir a boca; o professor o chamou assim que o viu.

– Se está aqui por causa do holandês, ele já foi! O senhor pediu prioridade e conseguiu, a despeito do fato de eu ter outra morte por *overdose* e dez acidentes de trânsito nas mãos, e de estarmos com carência de pessoal, como de praxe...

Ao chegar perto do marechal, disse:

– Com certeza foi um de seus homens quem o recolheu pouco depois que eu telefonei... – ele fez que ia conferir com o porteiro, mas o marechal disse rapidamente:

– Sim, sem problema, estou certo que fizeram isso. Estive fora a tarde inteira e estava voltando por este caminho, de modo que passei aqui só para o caso de não ter ido ainda. É muito difícil me contatar. Não importa...

– Caso interessante, muito interessante. Eu mesmo cuidei dele com mais um ou dois alunos promissores. Isto os manteve acordados, com material de sobra para pensar. Um deles entendeu tudo de cara. Fez a conexão assim que determinamos a hora da morte e o conteúdo do estômago. Problemas cardíacos complicaram tudo, naturalmente, e os manteve na busca por uma resposta. Agora, a primeira coisa a se procurar em um caso destes...

O marechal não julgara mal aquele homem. A severa boa aparência do professor e sua exagerada elegância de alfaiate lhe davam uma aparência distante que não tinha nada a ver com seu verdadeiro caráter. Era um professor nato que, depois que começava a expor alguma teoria, continuava como se fosse uma máquina a vapor. Estavam caminhando pelo corredor que dava para a saída mas, a cada dois ou três passos, o professor parava para bombardear o marechal com informações técnicas, cara a cara, e para lhe fulminar com perguntas às quais ele mesmo respondia.

– Agora! Determinada a quantidade de barbitúrico absorvida pela corrente sanguínea, determinado o conteúdo do vômito, que era de comida, café e barbitúricos; embora no estômago só houvesse café e barbitúrico! E isto chegando apenas até o duodeno. O que isto lhe diz?

– Eu...

– Diz que houve duas doses, a primeira dose seguida imediatamente por uma refeição. Ele comeu presunto, pão, gorgonzola, um pêssego. Depois tomou café. O café contém o barbitúrico. Assimila parte dele. Ele digere parte da comida. Depois vomita. Por quê?

– Não sei... – o próprio marechal não estava longe de vomitar; havia um leve odor de formol no corredor. Deram meia-volta e logo estavam caminhando para dentro de novo.

– Porque a dose é grande demais. As pessoas falam demais sobre mulheres neuróticas que tomam pílulas para dormir em excesso, o suficiente para criar alvoroço, mas não para morrer. Até um médico teria dificuldade em julgar uma dose destas ou, se formos levar para esse lado, uma dose que seria, com certeza, letal. Por que ele faria isso?

– Eu...

– Razão número um, o organismo de cada indivíduo, que deve ser levado em conta; razão número dois, tolerância, onde a maioria dos suicídios dá errado. Drogas, muitas drogas, fazem mal ao estômago. Tome uma dose pesada de pílulas para dormir e o que acontece? Uma hora depois, ou menos ainda, você vomita tudo e está de volta à estaca zero; isto se você não se afogar no próprio vômito, o que chegou bem perto de acontecer com nosso amigo, pois havia traços de vômito no pulmão. Terceiro, hábito. É mais provável que uma pessoa que toma pílulas para dormir com regularidade tenha sucesso na empreitada, caso tome uma dose pesada de uma droga à qual o estômago está acostumado, combinada com álcool.

O professor foi seguindo em frente, até que deu uma volta dramática, batendo a palma da mão esquerda na ponta do dedo indicador direito.

– Agora, o que sabemos sobre o holandês, hein?

Desta vez ele sequer esperou que o marechal, confuso, murmurasse qualquer coisa, e começou imediatamente a contar nos dedos seus pontos de informação.

– Está em boas condições gerais de saúde, vimos isso; o problema com o coração dele é de encanamento, não elétrico. Válvulas do coração fracas, provavelmente por causa de febre na infância. Fígado novinho em folha, ele não bebia muito. Pulmões em bom estado; fumava de vez em quando, mas não muito. Ele fazia exercício ao ar livre. Trabalhava em local fechado, mas sua pele era saudável, ele respirava bastante ar puro e seus músculos têm bom aspecto, apesar de seu trabalho ser basicamente sedentário. Agora, qual é seu trabalho?

– Ele era...

– Onde irá procurar primeiro por alguma informação?

– Nas mãos dele... – o marechal arriscou, lembrando-se das palavras do jovem conde: deviam ser importantes para ele.

– Muito bem! Certo! Ótimo! Ele é artesão. Ele usa pequenos instrumentos de metal todos os dias e trabalha com metais preciosos. Ele é artesão de relógios, ou trabalha com prata, ou é joalheiro. Sua perícia me diz que eles encontraram traços de pó de diamante sob as cutículas. Encontrei pequenas queimaduras no alto dos pulsos, do tipo que acontece com sua esposa quando ela se distrai ao tirar algo do forno. Encontramos cicatrizes apagadas de queimaduras anteriores, todas do mesmo tamanho e mais ou menos no mesmo lugar. Portanto, ele não faz relógios, faz?

– Ele não...?

– Obviamente que não. Ele trabalha com prata, ou então é joalheiro, e dos mais ocupados. Ele tem um forno de fundir, ou talvez de laqueadura, e o está carregando novamente muito antes de esfriar. Luvas de asbestos protegiam suas mãos, é claro, mas ele esbarra sempre logo acima dos pulsos, nos tijolos baixos da frente. Certo?

– Pobres de nós... – o marechal murmurou, quase ausente.

– Em uma cidade cheia de artesãos, distinguir essas coisas não é problema, mas vamos dar uma olhada nesse joalheiro em particular: ele é próspero, ele está se saindo bem; as roupas que mandamos para seu laboratório de perícia eram roupas muito boas, as meias eram de seda, a camisa também. Ele pouco bebe, o que é significativo em se tratando de alguém do norte, não fuma muito, é casado, usa aliança, é feliz no casamento, leva uma fotografia da esposa na carteira, seu problema cardíaco não parece ser dos mais sérios, ele só sabe que é como uma espécie de murmúrio que tem há anos, se piorar quando ficar mais velho, poderá utilizar uma válvula plástica, mas é pouco provável, pois ele se cuida. É um homem feliz, saudável no sentido geral, próspero, um artesão que gosta tanto do trabalho que faz que continua fazendo-o pessoalmente, apesar de poder apenas gerenciar e pôr os outros para trabalhar. Ele se exercita bastante. Não é o tipo de sujeito que tomaria pílulas para dormir. Certo?

– Sim – disse o marechal –, foi bem isso que pensei...
– Então o que há de errado com ele?

O marechal estava perplexo.

– O que... Mas nada...
– Mas lá estava! Lembra-se de suas mãos?
– Os cortes? Mas com certeza não foi deliberado...
– Cortes, cortes! Isto vem depois. Seus dedos. Os dedos não combinam com os pulmões. Os pulmões dizem que ele fumava ocasionalmente, para ser sociável quando estava acompanhado. Mas os dedos dele são profundamente amarelos de nicotina! Os dedos da mão direita estão novos em folha, nada impregnados. Ele fumou como uma chaminé por horas antes de morrer. Mas seus pulmões são quase intocados. O que acho é que ele acendeu um cigarro atrás do outro por nervosismo, deixando-os queimar enquanto os segurava. Algo o estava deixando preocupado.

– Ele havia brigado com a esposa – o marechal admitiu. – Ela não queria que ele fizesse essa viagem. Em breve ela terá bebê. Mas o que achei foi que, se ele estava tão incomodado com isso, por que não voltar para casa? Não ia se matar por causa disso.

Voltaram à porta principal e deram meia-volta, distraídos, e começaram a voltar pelo longo corredor.

– Claro, isso depende – o professor disse, franzindo a testa – da razão da viagem. Quer dizer, o problema podia muito bem ser este e não a esposa.

– Ouvi falar que era uma viagem de negócios.

– Neste caso, imagino que esteja procurando todos que possam ter feito negócio com ele.

– Acha que ele se matou?

– A rigor, ele morreu de insuficiência cardíaca. Foi o que pus no relatório. Não me cabe dar veredictos legais, e se a jovem está grávida...

– Tampouco me cabe dar veredictos, só queria saber sua opinião. Aqueles ferimentos nas mãos dele... Ele tentou fazer curativos... As mãos eram importantes para ele, que era artesão.

– Estou entendendo seu raciocínio. Se ele quisesse morrer, isto não teria a menor importância. Mas, sabe, ele também poderia estar totalmente confuso a esta altura. Ainda devia estar muito grogue por causa da primeira dose. Existem anomalias, concordo. Ele tomou a primeira dose imediatamente após a refeição; e disto eu não gosto. Entendo que ele havia acabado de chegar aqui e deve ter comprado a comida que comeu, provavelmente a caminho da estação. Deve ter ido a duas lojas, uma para comprar queijo, presunto, café e pão, e outra para os pêssegos...

Isso trouxe de volta, vividamente, a manhã do dia anterior: o mercado quase deserto, o odor pungente de manjericão e tomates maduros, o simpático vendedor com seu grande avental verde pegando os fartos pêssegos em sua bandeja coberta de palha...

– Agora, suicídio é coisa de pessoas que abusam de si mesmas. Pessoas obcecadas por si mesmas, que se punem quando as coisas não dão certo, ou que abusam do próprio corpo para punir alguém. Normalmente, têm histórico de autonegligência, ou de tédio excessivo, e uma atitude desequilibrada para com a comida. Este homem, por sua vez, escolheu uma boa refeição, foi a duas lojas para comprá-la, apesar de estar presumivelmente cansado após a longa viagem. De qualquer forma, para continuar a reconstruir a coisa como eu a vejo: ele come, e come bem. Depois bebe café; não o café italiano que comprou e sim café vienense, do qual seu pessoal aparentemente não achou vestígio no apartamento. Em breve voltaremos a esse problema. Tendo bebido o café com o barbitúrico nele dissolvido, anomalia número três. Por que se incomodar? E, em seguida, ele não vai para a cama, anomalia número quatro: ele quer morrer de pé e vestido dos pés à cabeça? Pouco depois ele fica enjoado. Corre de modo trôpego até o banheiro, abre a torneira e começa a vomitar. Isso é normal. Ele já absorveu bastante da substância e fica sobre a pia, sentindo-se arrasado, até que adormece com o rosto voltado para o próprio vômito. Isso é normal. A pia entope e transborda. Ele acorda, engasgado. Isso é normal, ele podia ter se afogado facilmente. Então ele começa a procurar algo no armário do banheiro, derrubando todos os frascos velhos de remédios nele contidos. Por que ele faz isto? Ele estava coberto por remédio para tosse de longa data e óleo para os cabelos. O que ele está procurando?

– Não sei...

– Eu sei. Nunca se deixe fascinar pelo extraordinário, pois assim deixa passar o ordinário. Sempre digo isso aos meus alunos, mas noventa por cento deles jamais aprenderão a obedecer a essa regra tão simples.

– Não – o marechal concordou –, não aprenderão. É maçante demais para eles. – Mas ele também a tinha como regra dourada.

– Duas aspirinas! – o professor anunciou, parando de repente. – Eu vi duas; devia haver três, mas duvido que houvesse mais. Traços na parte interna do estômago e no vômito, aspirinas tomadas na mesma hora que o café e a primeira dose cavalar de barbitúricos! E ao ver-se enjoado, confuso e dopado como está, ele começa a revirar o armário do banheiro, quebrando tudo que vê. O que isso lhe diz?

– Diz – o marechal falou com certa irritação – o que eu já sabia. Ele não sabia do barbitúrico. Imagino que ele andava fumando muito e também que, depois da viagem, ele teve dor de cabeça e tomou umas aspirinas que estavam guardadas no armário do banheiro...

– E então ficou enjoado, muito enjoado, e percebeu que estava dopado.

– Então ele pensou que havia se envenenado sozinho, que a aspirina não era aspirina, e não fazia ideia do que poderia ser. E seu telefone não estava funcionando, de modo que ele não podia ligar para pedir ajuda...

– De qualquer forma, creio que a essa altura ele já não estava com as faculdades mentais em perfeito funcionamento – o professor disse. – Ele mal podia ficar de pé; havia cortes nos joelhos, indicando que ele já devia ter caído algumas vezes no banheiro, em meio a todos os cacos de vidro, e onde havia perdido um dos chinelos, de acordo com meu assistente, e depois novamente na cozinha, onde derrubou todo o café que comprou.

– Por que esta...

– Ele não era bobo. Ele sabia que devia tentar manter-se acordado, e suponho que o pacote de café ainda estava onde ele deixara ao chegar de viagem. A maior parte foi derramada logo ao redor do armário da cozinha, à esquerda, de acordo com seus camaradas. Ele não conseguiria preparar, é claro...

– Não – o marechal disse baixinho –, mas que esforço ele estava fazendo para permanecer vivo.

– Talvez. Mas naquele ponto, de qualquer forma, ele desistiu, sentou-se à mesa da cozinha e caiu no sono entre os restos do jantar. Seu pessoal me trouxe amostras do sangue que estava debaixo da mesa e dos traços de vômito onde ele deitou a cabeça. O que sabemos a seguir é que ele acorda, isso teria ocorrido cerca de uma hora antes de ser encontrado pelo senhor no dia seguinte, tendo digerido no sono quase todo o barbitúrico, mas bastante fraco, já que perdera quantidade razoável de sangue, e vai até a pia, talvez sentido enjoo, e nela encontra o resto do café vienense. Está nojento e frio e não resta muito, mas ele tem de se despertar o suficiente para pedir ajuda. Ele bebe e é isto que o mata. Foi a *causa mortis*. Seu coração pifa.

– Será que ele teria percebido como o gosto estava péssimo, não nessa hora, mas da primeira vez?

– Já tomou do chamado café vienense? Não sei como os vienenses bebem aquilo; é fortemente condimentado com figos.

O marechal fez uma careta.

– Pois é. E essa era uma mistura bem grossa e forte, levemente adoçada na cafeteira e não na xícara; ele adicionou mais açúcar na xícara. Lembre que ele já estava mal, desde o começo, e não era muito provável que prestasse atenção; mas aposto que, ao mesmo tempo, ele não ligou muito.

– Então por que ele...

– Por que uma pessoa bebe ou come algo que acha desagradável, em vez de cuspir tudo?

– Acho que... – o marechal ponderou por um tempo – por educação.

– Correto. Acha que havia alguém com ele?

– Por que a pergunta?

– Bem, eu sei que uma só pessoa comeu e bebeu, mas é estranho que não se tenha achado mais qualquer vestígio daquele café, nem mesmo um recipiente para ele, e a perícia encontrou um fio de cabelo em sua lapela. De mulher. Tingido e ondulado.

– Não acha que pode ter sido a esposa dele, acha?

– Sei que não foi. Vi a foto dela. Ela é loura natural, cabelos quase brancos. É claro que isto não quer dizer muita coisa, o fio de cabelo pode ter ido parar lá durante a viagem de trem. Só pensei que, havendo uma mulher envolvida...

– Pode ter havido – o marechal disse cuidadosamente, caso parte daquela conversa voltasse à tona. – A velha senhora da porta ao lado acha que ouviu uma briga e uma mulher saindo do apartamento, mas não viu nada... Ela tem noventa e um anos de idade... Tudo é muito vago e ninguém quer causar mais tristeza à esposa, caso não seja absolutamente necessário.

– Não precisa se preocupar quanto a isso. Ao menos, eu não pensaria em fazer isso. Eu disse que o cabelo era tingido e ondulado, mas, vaidades à parte, o cabelo era grisalho.

– Era?

– Com certeza. Não sei se isso ajuda.

– Talvez ajude.

– É claro, o laboratório de perícia pode lhe dar maiores detalhes, se os procurar.

Começou a se formar uma expressão de perplexidade no rosto do professor, e o marechal tratou de distraí-lo rapidamente.

– Talvez, caso essa mulher exista, ela seja responsável pelo café estranho...

– E pelo barbitúrico nele contido. Bem, é só uma hipótese, mas é fascinante mesmo assim, não é?

– Uma hipótese? Quer dizer que, pessoalmente, não acha que...?

– Exatamente, meu caro marechal, eu não acho, apenas vejo, e vejo bem! Cabe a vocês interpretar. O fato é que as pessoas se comportam mesmo de modo estranho, e nem sempre é possível seguir sua linha de pensamento quando se encontram estressados. Nosso holandês estava estressado, lembre-se disto; todos aqueles cigarros. Ele estava apreensivo, talvez algo muito errado tivesse acontecido com ele. Posso apenas dizer-lhe o que aconteceu, não o porquê, nem mesmo como. Tudo que sei é que ele também pode ter tomado a substância deliberadamente, entrado em pânico quando o vômito o fez voltar a si, caiu no sono, e depois tomou coragem para mais uma dose pela manhã.

– Ele mesmo dissolveria as pílulas?

O professor deu de ombros. – Algumas pessoas odeiam engolir pílulas.

– E onde ele as teria arrumado, se normalmente não...

– Alguém conferiu?

– Não sei...

– Tenho para mim que alguém tinha de fazer isso, mas este é seu departamento. Mesmo que não descubram, o que isso prova?

– Nada.

– Não acha que foi suicídio, pelo que entendi.

– Não acho, não.

– Bem, para dizer a verdade, eu também não acho. Mas só podemos lidar com fatos, e o problema, marechal, é que, a rigor, só temos dois fatos: um, o duvidoso fio de cabelo que pode ter vindo de qualquer parte, a não ser que encontre uma suspeita; o outro fato, mais intrigante, aparece na forma das duas aspirinas. É como borrifar água em si mesmo antes de se jogar no rio, certo?

Estavam novamente perto da saída. O professor parou subitamente de falar e corou.

– Perdoe-me. Acabo de me dar conta de como o detive com minha conversa, e o senhor estava dizendo que precisa dar um pulo no laboratório de perícia... Creio que já tenham ido para casa.

– Não era urgente – o marechal murmurou.

– Peço perdão. Depois que começo, tendo a me entusiasmar. Minha filha me chama de "professor automático". Bem, vou deixá-lo prosseguir.

Após esta confidência rara, o professor deu meia-volta e foi descendo o corredor. O marechal estava constrangido demais para pará-lo, mas o porteiro, sem sequer tirar os olhos do jornal, chamou, como se estivesse no piloto automático:

– Professor!

– Sim, o que é?

– O senhor estava indo para casa.

O marechal saiu primeiro e entrou no carro, fingindo não reparar.

– Causa da morte: insuficiência cardíaca – ele murmurou consigo mesmo ao dirigir de volta para o centro da cidade. Nas ruas sombrias havia lâmpadas acesas do lado de fora de restaurantes onde as mesas foram colocadas em meio a arbustos aparados. Garçons se espremiam entre as mesas com bandejas suspensas sobre a cabeça e a fumaça de lenha pairava no ar cálido, carregando o aroma de carne grelhada. Havia lâmpadas acesas também ao longo do rio, onde o céu e a água fundiam-se no mesmo tom de turquesa e azul da meia-noite, e morcegos davam voltas sob a sombra da ponte Santa Trinitá.

– Causa da morte: insuficiência cardíaca...

A ponte Santa Trinitá tem mão única, mas o marechal conduziu o carro em sua direção e parou.

– Vou só trocar uma palavrinha com aquela senhora na esquina...

Ele não saiu do carro, apenas abriu a porta e chamou:

– Franca! Ah!

Ela seguiu em direção a ele, soltando nuvens de fumaça como se fosse um dragão embranquecido por peróxido. Seu sorriso fixo se desfez quando ela viu quem era.

– O que houve?

– Não houve nada. Quero umas informações.

– Muito bem, o que eu sei...?

O marechal estava sentado na cozinha; vestia calça e camiseta velhas. Passava das dez quando ele chegou em casa e agora já era quase meia-noite. Limpara a mesa de fórmica após comer pão e queijo, foi pegar uma lauda e um lápis no escritório e se sentou com o cenho franzido. Por mais de uma hora ficara sem escrever nada no papel.

Isto o fez lembrar-se das noites de verão quando ele era garoto. Devia estar pensando em junho, pois havia muitos vaga-lumes e ele estava fazendo o dever de casa, o que indicava que ainda não havia deixado a escola. Sua mãe costumava limpar a ampla mesa da cozinha para ele depois que sua irmã já tinha ido dormir. Ele se lembrava com bastante clareza do remendo grosseiro na cadeira com assento de palha que sempre deixava marcas vermelhas na parte de trás de suas pernas, e lembrava-se da voz do pai e dos outros homens vindo da pequena janela com barras transversais, ainda com as persianas levantadas apesar de já estar escuro e de os vaga-lumes verdes brilharem. Ele se sentava com os pés, cobertos por meias, apoiados na barra inferior da cadeira, sempre mantendo a cabeça um pouco baixa para parecer concentrado no longo poema que tinha de decorar. A mãe interrompia a faxina e o engraxar de sapatos ao qual se dedicava com ligeireza e dizia: "isto mesmo, estude; hoje em dia não se chega a lugar nenhum sem estudar. Seu primo Carmelo sempre estudou". Carmelo fora aceito em um seminário, seu futuro estava garantido. "Continue estudando, você não vai querer passar a vida trabalhando na terra como um escravo, que nem seu pai".

Mal sabia ela que o tempo todo ele acompanhava com os olhos todos os seus movimentos entre o fogão, a pia e o depósito, ao mesmo tempo que esticava os ouvidos para captar cada palavra da conversa dos homens que, sentados no muro do lado de fora, fofocavam e fumavam sob as estrelas. Estavam longe demais do vilarejo para ir ao café.

E toda vez que sua mãe abria a porta do depósito, ele esperava pelo leve aroma de feno grego misturado ao cheiro mofado dos coelhos engaiolados.

Agora, ao relembrar, ele achava que o pai viveu perfeitamente satisfeito até o dia em que se mudaram para o vilarejo, após ele se aposentar. Depois disso ele ficou desorientado e logo caiu doente e morreu. Agora era sua mãe, após se entusiasmar tanto com a mudança, que não se lembrava mais de quem era e choramingava como uma criança pedindo para voltar para casa.

O fato que permanecia o mesmo é que naqueles tempos ele já não fazia muito do dever de casa, e não estava fazendo muita coisa agora. O papel pautado continuava vazio.

É bem provável que o canto ritmado das cigarras no Jardim Boboli atrás do palácio estava contribuindo para o ataque de saudade do interior. Mas não havia ninguém lá fora fofocando sob as estrelas. Os portões do jardim eram fechados ao pôr do sol; estava em Florença. O marechal se levantou para fechar as persianas internas e então se sentou com determinação.

– O que eu sei? – ele se perguntou novamente. – Sei que o holandês veio da Holanda de trem; o professor deixou escapar esta informação, de modo que imagino que eles tenham achado a passagem com ele. Comprou um pouco de comida... Ele foi a algum outro lugar antes do apartamento? Preciso da tabela de horários do trem... Preciso ver essa passagem. Se eu tivesse alguma evidência concreta a oferecer poderia ligar para o tenente e ele me diria... Mas não tenho.

– De toda forma, se por um acaso ele pegou alguma mulher a caminho da estação, Franca vai me dizer amanhã. Eu, pessoalmente, duvido. Então, ele vai para o apartamento e come sozinho. Só havia um prato, lembro-me disso. Então ele toma café. A mulher já devia estar com ele a essa altura... Cerca de oito horas, de acordo com a *signora* Giusti. Será que ela fez o café enquanto ele ainda estava comendo? Ela não... Bem, e se ele estivesse enganado, ou não quisesse acreditar naquilo? Não é o mesmo que mentir. A mulher sai depois de uma briga; e daí? Não sei. Talvez ele tenha adormecido. De qualquer maneira, ele logo começa a vomitar, perde a consciência e depois acorda engasgado, procura pelo remédio no armário do banheiro... Não, me esqueci, ele toma as aspirinas... Com café, suponho, e estava fumando o tempo todo... E, sim, ele comeu, afinal, então apesar de ansioso não estava tendo nenhuma crise de pânico nem esperando encontrar algum inimigo perigoso. Mas estava esperando alguém...

– Após se cortar e tentar conter o sangramento, ele vai até a cozinha e deixa o café cair no chão, não consegue administrar a situação, cai no sono... No dia seguinte ele acorda, vai até a pia, talvez para vomitar, encontra o resto do outro café e bebe... Com sabor de figo, mas que ideia! Então para onde ele vai? Para seu quarto... Os outros quartos pareciam intocados, e ele estava sangrando, teria sangrado sobre todos os lençóis brancos que cobriam os móveis... Ao quarto, então. Por quê? Para se deitar? Não, ele estava tentando se manter acordado. Por que, então? Ele tinha as chaves na mão, mas ouvi um dos homens do tenente dizer que não eram as chaves de seu apartamento. Podiam ser as chaves de sua casa em Amsterdã, mas o que ele faria com elas?

– Devia haver um terceiro molho de chaves então... *"Ele sempre deixou suas chaves comigo, de modo que..."*

– As chaves do apartamento da *signora* Giusti! Ela tinha as chaves dele, então por que não? Era o lugar óbvio para ir pedir ajuda, mas ele provavelmente não tinha uma ideia muito clara de que horas eram e ele sabia que, a não ser que a assistente social já tivesse estado lá, ela não poderia sair da cama para deixá-lo entrar. Se fossem mesmo as chaves da *signora* Giusti e ele estava indo pedir ajuda, isto sem dúvida seria prova de que ele não queria morrer, certo?

Mas é claro que não provava que ele não quisesse morrer na noite anterior. Pessoas que cometem suicídio com pílulas para dormir esperam morrer tranquilamente ao dormir e não passar pelo que ele passou.

Mesmo assim, o marechal escreveu algo na folha de papel pautado: a palavra "chaves", desenhou um círculo ao redor dela.

"Meu caro marechal... O fato é que as pessoas se comportam de forma estranha e nem sempre é possível..."

Isto não provava nada, nada mesmo. Apesar de estar sozinho em sua própria cozinha, o marechal corou de vergonha e constrangimento. Se um homem como o professor, que era instruído, praticamente um gênio, capaz de reconstituir a vida de um homem através de umas poucas marcas, não estava disposto a se posicionar quanto a ter sido suicídio ou não, quem era ele para insistir...

Um verdadeiro exército de pessoas competentes e instruídas surgiu na imaginação do marechal... O tenente, jovem, sim, mas ele tinha estudado no Liceo, fizera seu treinamento de policial e falava outras línguas, ele podia telefonar para Amsterdã se precisasse; ele tinha homens à sua disposição para conferir todos os detalhes, isso sem falar dos computadores. Podia falar com o promotor substituto ou com o professor Forli, pois homens instruídos se reconheciam mutuamente. Não ficavam sentados à mesa da cozinha com papel e caneta depois de passar o dia inteiro pipocando para lá e para cá pela cidade dentro de um Fiat tão pequeno, no qual mal cabia uma pessoa, e com uma porta que só fechava depois de bater três ou quatro vezes.

A palavra "chaves" parecia encará-lo com ironia. Com certeza, a primeira coisa que se deve fazer é encontrar um motivo, ou algo assim, certo? E como ele descobriria se alguém se beneficiou com a morte do holandês? Não podia. Não tinha esse direito. O tenente era um policial, enquanto ele... Ele era apenas um guarda, não era de sua alçada...

Antes de qualquer coisa, por que o holandês veio para Florença? Viagem a negócios... Para encontrar com quem?

Lá vinha ele de novo! E não era da conta dele. Ele não tinha competência para...

Uma mosca pousou na mesa de fórmica e começou a se alimentar de uma migalha de pão que o marechal deixou escapar em sua limpeza malfeita. Nojenta. Seu copo e seu prato ainda estavam na pia, sujos. Aflito, deu um tapa forte para atingir a mosca – mas foi inútil – levantou-se e começou a lavar sua louça de barro. Em seguida, limpou a mesa novamente, de modo excessivo. Se a esposa estivesse presente, ao menos não haveria mais isso para aborrecê-lo... Ele odiava porcaria; era algo que o impedia de pensar com tranquilidade.

Se é que se podia chamar aquilo de pensar...

A folha de papel ficou lá com a palavra "chaves" envolvida pelo círculo sem sentido, que tentava dar à palavra mais importância do que ela tinha.

– Você é ignorante, isso sim. Ignorante...

Ele jogou o papel em uma lata de lixo, apagou a luz e foi até a sala de estar e de lá para o escritório para passar o telefone para seu quarto. Automaticamente, ligou a televisão de circuito interno por um momento para dar uma olhada na entrada. Uma cerca viva de loureiro e um trecho coberto de cascalho, pálido ao luar... Os para-lamas traseiros de seu carro, a *van* e o jipe. Desligou. Não havia som vindo de cima; o rádio de Gino fora desligado cerca de uma hora antes. Deviam estar todos dormindo. Antes de desligar a luz ele reparou em um pequeno monte de caixas de fósforo e uma pilha de troco jogado de qualquer jeito perto do telefone. Ele levou alguns momentos para registrar na mente o que era aquilo, então apanhou tudo e apagou a luz.

– Ignorante – ele repetiu em direção ao quarto, pensando no humilde Gino, que tinha prazer em fazer pequenas coisas pelas outras pessoas, admitindo prontamente que não era inteligente. Ele só fazia o bem no mundo, enquanto alguém presunçoso como...

Sabe, assassinos não saem atacando as pessoas com pílulas para dormir...

O tenente podia estar irritado por seu atrevimento, mas não estava. Fora bem gentil. Controlado. Um policial e um homem educado.

– Ela tinha razão, foi minha mãe – ele pensou alto en-

quanto escovava os dentes, fazendo careta para si mesmo.
– Ela estava absolutamente certa...

Antes de apagar a luz, ficou deitado na cama por um momento, olhando para a fotografia dos dois garotos gordinhos que ficava sobre a cômoda do outro lado.

– A questão é – ele disse à esposa ausente enquanto se virava e afundava nos lençóis – que eu sinto que teria gostado dele. Ele estava bem de vida, mas continuava trabalhando com as próprias mãos... Um artesão... Era isso que eu gostaria de ser se tivesse talento... E ele não se esqueceu da velha que cuidou dele quando ele era criança e perdeu a mãe. Não havia muitos sujeitos daquele tipo hoje em dia. Mas, apesar disso, continuo sem saber nada sobre ele...

5

– Então pensou em me perguntar o mesmo que seu amigo que veio ontem. O senhor achou que eu era a pessoa que o conhecia melhor que ninguém, e é verdade. Ele nasceu neste edifício, e por alguns anos depois da morte de sua mãe, eu fui a única mãe que ele teve, sua *mammina*.
– Alguém... Alguém esteve aqui ontem?
– O senhor sabe tanto quanto eu. O policial que o senhor mandou chamar naquele dia. Ele voltou ontem, veio fazer perguntas. Foi pouco antes do almoço...

Então o marechal até que impressionou o tenente, afinal. Se bem que talvez ele já estivesse pensando a mesma coisa o tempo todo e estivesse apenas querendo se sentir encorajado. A *signora* Giusti estava rindo maldosamente entre seus travesseiros.

– Não me importo de dizer que há certas coisas que eu diria ao senhor, mas não a um jovem pretensioso como aquele. Não o desejo mal, mas ele é do tipo que vem visitar uma velha senhora como eu de mãos vazias.

O presente do marechal, uma pequena bandeja de papelão com profiteroles cobertos por açúcar cristalizado de três cores, jazia aberto na mesa móvel entre eles, com seu papel de embrulho dourado e branco e seu laço amarelo sobre o telefone.

– Sempre tive um fraco por doces, reconheço... – levou a diminuta e ossuda mão à bandeja. – E hoje em dia consigo comer tão poucas coisas... Veja! Veja isto! É a mesma coisa toda manhã.

Um tapete estava sendo sacudido na janela abaixo. A *signora* Giusti se debruçou até sua testa tocar o vidro e contou as ondas de pó que flutuavam pelo lúgubre pátio.

– Três, quatro, cinco, seis! E ela chama isso de limpo! Eu a teria despedido no primeiro dia, mas aquela bruxa velha lá embaixo tem dinheiro para jogar fora. Ela tem só setenta anos, sabe, mas diz que tem uma perna ruim que a impede de subir para me ver. Será que ela acha que eu não a vejo da janela do meu quarto, mancando pela Via Romana? E sabe onde ela está indo? Ao cinema, isso sim! Mas a perna dela é ruim demais para subir dois lances de escada e passar uma hora comigo... Então como ela consegue subir e descer seis lances de escada para chegar ao próprio apartamento? Quem ela pensa que é, isso que eu gostaria de saber! Será que ela acha que quando meu marido era vivo eu sequer pensaria em convidar uma mulher como ela para entrar em minha casa? Eu também disse a ela. Ah, se você visse minha sala de visitas naquela época... E agora está vazia... Até os tapetes se foram, e eram tapetes persas, e dos bons. Quem ela pensa que é, só porque pode bancar uma faxineira duas horas por dia, e que nem limpa direito... Não que aqueles tapetes valham alguma coisa, dá para ver daqui. Bem, ela não precisa achar que eu a quero. Eu estava lhe fazendo um favor ao pedir que viesse aqui, mas as pessoas não se dão conta, elas não se dão conta...

Ela abarcou o rosto vincado com as mãos e foi tomada pelo desespero por causa dos patéticos restos de seu mundo próspero e burguês; as fotografias em suas molduras de prata, os tristes ornamentos ao redor da imagem do Papa, a mesa de cozinha de perna bamba com sua toalha xadrez impermeável.

– Estou velha demais, velha demais – ela choramingou.
– Era para eu estar morta. É isso que acontece quando se vive mais tempo do que se deve.

– Pare com isso, *signora*, pare com isso...

– Você não sabe. Você não pode imaginar como é. Eu não sou ninguém. Sou só uma velha, uma velha qualquer. Não tenho posição social, não tenho lugar no mundo, não tenho personalidade. Não sobrou nada de mim. Não sobrou ninguém dentre os que me conheceram quando... Não há nada para ser dito sobre mim, a não ser que tenho noventa e um anos de idade.

– Não é verdade que a senhora não tenha personalidade – o marechal disse com sinceridade, pois suas maldades eram conhecidas e ela era até temida por causa delas. Mas por outro lado, ele se deu conta de que isso era provavelmente deliberado, era sua forma de ser reconhecida como uma pessoa e não ser objeto de condescendência por uma suposta condição de "boa velhinha".

Ela agora estava em prantos. O lenço com bordas decoradas com pequenos laços que puxou do bolso era velho, bastante esfarrapado e manchado, mas ainda dava para ver nele sua inicial. Ele empurrou os bolinhos em direção a ela, sem saber mais o que fazer.

– Eu não gosto dos de chocolate – ela disse em tom de repreensão.

– Então tome este aqui – ele virou a bandeja –, sobrou um de baunilha.

Ela fungou e pegou o doce, engolindo-o entre soluços.

– Que tipo de coisa a *signora* não quis dizer ontem ao policial?

– Só umas coisinhas, coisas de família. Coisas que me foram confidenciadas, entende? Um jovem como aquele... Bem, você é um homem de família, dá para perceber. Um bom homem de família, não é do tipo que jogaria a própria mãe em um hospital do jeito que se faz hoje em dia. Sua mãe ainda é viva?

– Sim, sim, ainda é viva – murmurou o marechal – apesar de estar em péssimas condições de saúde.

– Mas você não é do tipo que a joga num hospital para sair de férias, é?

Seus velhos olhos astutos, cintilando de lágrimas, penetraram bem na consciência do marechal. Era estranho o modo como algumas mulheres sabiam, por instinto, espetar onde mais dói, mesmo sem saber nada sobre a pessoa.

– Não, claro que eu não...

Aquele tipo de instinto talvez fosse bom para detetives, o instinto de fazer as perguntas certas, onde fazer pressão.

Mas, seja como for, ele não tinha um suspeito. Ele não tinha o instinto, tampouco, mas a *signora* Giusti tinha, e ela conhecia o holandês e sua família melhor que ninguém. Se ao menos ele conseguisse fazê-la manter o foco no assunto! Mas não, lá estava ela de novo desviando o assunto para suas reminiscências.

– Suponho que você tenha filhos. Eu nunca tive. Como isso a deixava feliz! Foi isso que a induziu a falar comigo, ao menos. O marido não era melhor; imagino que ele tivesse inveja, pois nós éramos muito bem de vida e aquela vaca da minha irmã não o deixava se esquecer disso. Ele era auxiliar ferroviário, nada mais. Ah, ele acabou se tornando uma espécie de chefe de departamento, mas eles sempre tiveram de controlar o dinheiro, enquanto meu marido, é claro, era engenheiro e muito prestigiado, além de muito bem pago. Havia dinheiro de família também, naturalmente; do contrário eu não teria ficado com ele. Vou lhe dizer, eu já sabia só de olhar. Nós herdamos toda a nossa prataria, à parte os presentes de casamento, que permaneceu por anos a fio na minha família. E agora tudo se foi... Se eu tivesse tido filhos para me sustentar... Jamais esquecerei a festa de batismo, e aquele pequeno idiota pomposo do marido dela com um colarinho tão apertado que parecia a ponto de estrangulá-lo... *"Agradecemos a Nosso Senhor, Maria Grazia, por ele ter nos mandado um filho para nos confortar na velhice"*. Que idiota! E ela ficou lá, segurando o menino nos braços com aquele sorriso afetado, sem se dar ao trabalho de esconder seu triunfo. O filho foi morto durante um bombardeio estratégico quando estava em Roma durante a última guerra, todavia... Saímos daquele batismo infeliz tão logo permitiu a etiqueta, mas mesmo sendo possível dizer que a grande briga acabou naquele dia, nunca nos aproximamos.

– O que deu início à briga? – o marechal perguntou, sem saber bem do que ela estava falando, mas na expectativa de conseguir algum tipo de brecha.

– Inveja. Dizem que o dinheiro é responsável pela maioria dos problemas do mundo, mas se for verdade, a inveja vem logo em seguida, e inveja entre irmãs é a mais cruel de todas, e a mais irracional. Afinal, não era culpa minha ter nascido com a aparência que nasci. Ah, mas como eu era bonita.

Ela deu uma olhada para o lado, com os olhos luminosos, em direção à própria fotografia, como se fosse de alguma outra pessoa.

– E as ofertas que tive! Sabia que eu já tinha recebido cinco propostas de casamento aos dezessete anos? O que acha que eu deveria ter feito? Recusar o homem com quem queria me casar só porque minha irmã, que era três anos mais velha, não conseguia arrumar marido de jeito nenhum? E eu lhe pergunto: eu ia arruinar minha vida? Não que ela fosse feia, sabe, mas ela tinha gênio ruim, não tinha nenhuma alegria. Acabou virando beata, nunca se afastava da igreja, sempre fazendo boas obras. Até que aceita o primeiro homem que se oferece. Ele parecia um vendedor de tecidos! E eu lhe pergunto! Eu não consegui resistir a chamá-lo de vendedor de tecidos quando fui visitá-los; nunca diretamente, sabe, apenas de brincadeirinha.

Perguntei a ela como ele era e então comecei a puxar conversa sobre as novas sedas da estação, perguntando-lhe o que ela achava e o que ele achava, e se ela não conseguiria me arrumar um desconto.

Ela começou a dar sonoras gargalhadas, chacoalhando entre os travesseiros, e o marechal ficou pensando como a infeliz da irmã dela conseguiu se controlar e não estrangulá-la. E assim ela continuou, e toda vez que ele tentava falar sobre o holandês, ela dizia qualquer gracinha e voltava a contar suas memórias desagradáveis. Ele começou a imaginar como o tenente conseguira lidar com ela no dia anterior. Parecia improvável que ele tivesse conseguido extrair qualquer coisa dela, mas o marechal estava disposto a apostar que ela não teria tido a ousadia de ficar brincando com um policial do jeito que estava brincando com ele agora.

Não restava muita dúvida de que ela estava fazendo aquilo deliberadamente, pois era de uma lucidez inquestionável e não estava tagarelando sem perceber. Se ele pensasse de modo mais caridoso, é claro que ela podia estar somente tentando prolongar sua visita ao máximo. A assistente social estava indo embora quando o marechal chegou, deixando um almoço frio preparado. Eram apenas dez horas da manhã, e tudo que a velha senhora podia esperar do dia era ficar sentada sozinha, olhando para o pátio sombrio. Se ela tivesse qualquer coisa a dizer, faria de tudo para dissolver a informação na maior quantidade possível de visitas.

No começo ele esperou que o nervosismo dela relacionado à morte de seu querido Toni fosse induzi-la a ajudá-lo a descobrir o que aconteceu, mas agora ele estava começando a entender um pouco do que significava ter noventa anos de idade. Ela já havia enterrado todos os membros de sua família, já vira todos os amigos e inimigos morrer, um por um. Ela mesma estava pronta para morrer. Para ela, a divisão entre vida e morte não representava a mesma coisa que para uma pessoa jovem; os mortos que foram parte de seu mundo e a conheceram no auge eram mais vivos para ela do que os vivos, que para ela não contavam. Ela não estava nervosa pela morte do jovem holandês, pois, mais uma vez, ela fora deixada para trás...

– Era a mesma coisa aqui, sabe, inveja.

– Desculpe...?

– Pensei que quisesse saber da família de Toni. O senhor disse que veio aqui para isso.

Ela estava zombando dele, agora ele tinha certeza. Ela percebera seu olhar vago e imediatamente começou a falar sobre o holandês. Era evidente que ela tinha intenção de mudar de assunto novamente agora, mas o marechal subitamente se inclinou em direção a ela, apoiando as mãos grandes nos joelhos e a encarou fixamente, e disse sem hesitação:

– Inveja de quem?

Sua repentina mudança de atitude desconcertou a *signora* Giusti, e ela respondeu de maneira obediente:

– Eu estava falando da mãe de Toni, a *signora* Wilkins, como ela se chamava antes de se casar com Goossens. Todo o problema que ela tivera com sua irmã, a irmã mais velha; elas tinham um ano de diferença, era inveja e eu lhe disse isso. Era como se fosse a repetição de minha história, só que neste caso aconteceu duplamente, por assim dizer. Não que a *signora* Wilkins reagisse como eu reagia; ela não era de ficar zombando nem de se aproveitar. Ah, não precisa fazer essa cara de surpresa, eu sei dos meus defeitos; sempre fui egoísta e sempre tive a língua afiada, e é melhor reconhecer logo, já que estou no fim da vida e já é tarde demais para mudar. Mas a *signora* Wilkins é um tipo bem diferente de pessoa. Ela era bonita quando jovem, mas nunca se valeu disso, se é que me entende. Ela se casou primeiro, como eu mesma, mas se casou com um homem que não tinha praticamente nada a não ser ideias e energia. Acho que sua família não ficou lá muito contente, e a irmã não disfarçou seu desdém. Lendo nas entrelinhas, eu diria que ela arrastava uma asa para o jovem Wilkins, mas não se casaria com ninguém sem dinheiro e posição, ela não. Bem, veio o casamento e pelo que sei, o jovem fez todo tipo de trabalho até que teve sua ideia.

– Que tipo de ideia? – será que um dia eles iriam falar do holandês?

– Vou lhe dizer, se me escutar. Parece que no norte da Inglaterra eles fazem tecidos, numa cidade tipo Prato[9], o povo de lá compra tecido por quase nada; eles compram direto da fábrica os últimos pedaços e pedaços com pequenos defeitos, às vezes compram embrulhos enormes. De qualquer forma, Wilkins viajou para lá a trabalho e teve essa ideia de comprar aquele material e levar para o sul, onde moravam. Não me peça para pronunciar o nome,

---

9 Comuna italiana na região da Toscana. (N.T.)

não daria nem para o começo. Ele venderia lá pelo dobro do preço e mesmo assim seria uma barganha em comparação com os preços das lojas; lembro-me de rir muito quando a *signora* Wilkins contava essa história. Afinal, ela realmente se casou com um vendedor de tecidos, não é, de certa forma? Por isso nunca contei a ela sobre as piadas que eu fazia da minha irmã. Eu a teria ofendido...

O marechal refletiu sobre a inglesa que conseguiu extrair algo de bom daquele coraçãozinho egoísta que a *signora* Giusti tinha. Devia ser algo especial, pois ninguém mais parecia escapar daquela língua ferina.

– E ele se deu bem?

– Ele se deu mais que bem, ele fez fortuna. No começo foi um risco medonho, pois é claro que ele teve de largar o emprego. Ela tinha economias, mas não era muita coisa; eles tinham poucos meses para fazer a empreitada dar certo. Ele começou tomando trens, ia puxando um carrinho com malas contendo os tecidos, e ela o acompanhava para ajudar. E sei que ela não fora criada para esse tipo de vida; acho que o pai dela era advogado. Eles iam e voltavam para o norte três vezes por semana e então ele ficava no mercado com as malas abertas no chão; eles sequer tinham uma barraca. Mas as pessoas brigavam para comprar os tecidos, ela costumava me contar, brigavam para comprar! Era material de ótima qualidade, sabe, normalmente com alguns pequenos defeitos quase imperceptíveis. Havia tecidos estofados brocados, lençóis, toalhas, tudo...

– Não demorou e eles estavam com uma barraca e, depois, com uma pequena *van*. Não tiveram filhos, mas assim que ficaram bem de dinheiro ele insistiu que ela ficasse em casa. Ela ficou triste ao invés de contente, pois aqueles primeiros anos de agitação, quando viviam exaustos e frequentemente não tinham comida suficiente, foram anos felizes. Mesmo assim, ela aceitou ficar em casa e logo estavam se mudando para uma casa maior que a manteve ocupada. O negócio foi crescendo mais e mais e ele contratou assistentes para cobrir mais de um mercado ao mesmo tempo. Mas ele ainda fazia todo o trabalho pessoalmente; não tinha desejo de ser só um empresário que deixa todo o trabalho nas mãos dos outros.

O marechal estava começando a entender. Tirando a diferença de matéria-prima, ela poderia estar falando do holandês. Será que o holandês havia puxado ao pai? Se fosse o caso, ele entenderia por que o pai e a *signora* Wilkins se casaram. Mas isso deve ter sido bem mais tarde...

– O que aconteceu então com ele, com este *signor* Wilkins?

– Ele morreu de repente. Ela ficou arrasada, mas eles já haviam gozado de alguns anos felizes a essa altura. Costumavam viajar muito, ela adorava me contar sobre as viagens. Ela conheceu o mundo; chegou até a navegar pelo Congo em um cargueiro, pode imaginar? Não combinaria comigo, todos aqueles negros, e não podia ser muito higiênico, mas os olhos dela brilhavam quando ela contava. Ah, as horas que passávamos batendo papo. Se ao menos ela tivesse ficado aqui...

– Eles amavam a Itália mais do que a qualquer outro lugar; passaram suas primeiras férias de verdade aqui e depois disso, sempre que viajavam para outro lugar, passavam por aqui, todos os anos. Eles provavelmente já viram mais deste país do que você e eu. Costumavam sair de carro, parando onde lhes dava na telha. Aprenderam italiano também, e liam muito; nada de estudo, sabe, mas ficção e livros com a história dos lugares que visitavam. Sempre diziam que eram mais felizes aqui do que em qualquer outro lugar, o que é natural. Nunca fui à Inglaterra, mas dizem que o tempo é muito cinzento e não há vinhedos. Não sou grande fã de vinho, nunca fui, mas imagine não haver vinhedos.

– Não, não – o marechal murmurou, tentando imaginar um mundo cinzento e sem vinho, sem conseguir. Parecia-lhe por demais improvável.

– Seja como for, quando Wilkins morreu de derrame, ela se instalou aqui. Eles sempre falavam em fazer isso quando ele se aposentasse.

– Ela deve ter sido uma mulher muito corajosa para se mudar para cá sozinha e em circunstâncias tão trágicas.

– Claro que ela era corajosa! Ela teve peito de se casar com um homem que não tinha nada, contra a vontade da família e para trabalhar com ele como uma escrava sem ter sido criada para viver assim. Claro que ela era corajosa, ao contrário de algumas, posso citá-las, que...

– E a irmã – o marechal interrompeu firmemente –, ela se casou, como a sua acabou fazendo?

– Ah! Ela teve o que merecia; não que ela achasse isso. Ela se casou por dinheiro, com um homem bem mais velho que ela. Ela chegou a ter a cara de pau de dizer à *signora* Wilkins que esperava que ele morresse logo e a deixasse com o dinheiro! Depois disso ela achava que ia encontrar alguém de quem gostasse mais! Mas tanta ambição não lhe fez bem; seu marido adoeceu, mas não morreu, levou onze anos! Ficaram sabendo que ele era diabético, ninguém sabia, até o dia em que ele prendeu o dedo na porta. Ele fez curativo, mas não melhorou. Na verdade, começou a feder; gangrena! Pode imaginar? Ele perdeu parte do dedo e começou o tratamento para diabete, mas foi piorando cada vez mais. Acabou perdendo uma perna e a visão foi definhando progressivamente. Ou seja, em vez de herdar rapidamente o dinheiro, ela teve de cuidar dele. E também é de se imaginar o tipo de tratamento que ela lhe dedicou depois de saber que também não havia dinheiro nenhum! Parece que ele se dizia especulador da bolsa, e assim que ele ficou de cama e ela passou a cuidar dos negócios, descobriu que tudo que ele tinha eram ações sem valor. Ela não teve escolha, teve de escrever para a irmã, que já estava bem de vida, pedindo dinheiro. Acho até que estavam sendo ameaçados de despejo ou de ter a hipoteca executada. De qualquer forma, a *signora* Wilkins lhe deu dinheiro, não sei quanto, e deixou que morassem na casa dela na Inglaterra. Ela me disse que ficava feliz de ter alguém morando lá; achava imoral deixar a casa vazia e não podia nem pensar em vender. Ela tem inveja de você, eu disse a ela; Goossens já havia aparecido a essa altura, de modo que havia outra razão para ter inveja. Mas a pobre *signora* Wilkins não acreditava. Não conseguia ver maldade na própria irmã; às vezes acho que era por não ter maldade em si mesma, por isso não reconhecia a maldade nos outros. Neste mundo não vale a pena ser inocente. Mas, por outro lado, ela era feliz e não desejaria mal a ninguém.

– Onde ela conheceu Goossens?

– Aqui mesmo. Ela ficou com o apartamento de baixo; não o apartamento da direita, onde está a bruxa velha e sim o da esquerda, onde mora um jovem casal. Goossens e o pequeno Toni moravam logo ali, do outro lado da rua, como você já viu. Sua primeira esposa era italiana, mas ela morreu de câncer, pobre criatura, quando a criança tinha apenas dez anos. Toni, eu devia chamá-lo de Ton, mas nunca chamo, passava muito tempo aqui comigo enquanto o pai ficava lá embaixo na oficina.

– Então era lá que ele morava naquela época?

– Sim. Foi ele quem começou com tudo. Ele era de Amsterdã e tinha negócios por lá, mas sempre vinha a Florença, geralmente para comprar desenhos. Ele era um bom artesão e reconhecido como tal, mas não era artista, e costumava me dizer que o desenho italiano era famoso no mundo inteiro. Ele próprio fazia o corte e levava as pedras aos joalheiros daqui de baixo e comprava desenhos. Depois de conhecer e se casar com a esposa italiana, foram morar em Amsterdã por um tempo, mas parece que ela nunca se adaptou. Ela nunca tinha viajado para fora antes e só falava italiano... E tinha o frio... Então ele acabou abrindo uma oficina lá embaixo e comprou este apartamento aqui em cima.

– A esposa dele também era do ramo de joalheria?

– Ela era *designer*. Ele sempre admirou e comprou os desenhos dela; mas não pense que foi casamento de conveniência, porque ele não era desse tipo. Ele ficou de luto por anos quando ela morreu. Era um ambiente doméstico muito triste para o garotinho. Foi só depois que ela morreu que ele passou a sofrer muito de febre reumática.

– Ao menos ele tinha sua *mammina*.

– Eu fiz o que pude, mas não era jovem, sabe, já naquela época. Pense: quando a mãe de Toni morreu, ele tinha dez anos e eu já tinha sessenta e um anos, e já era viúva. Não podia ficar de lá para cá. Goossens ainda viajava muito daqui para Amsterdã. Ele contratara um gerente na oficina de lá, para não ter de deixar o garoto com tanta frequência, mas ele ainda comprava desenhos e trazia pedras para cortar aqui. Eu tomava conta do garoto, mas ele nunca dormia aqui. Eu sempre ia para lá... Mesmo quando ele estava com febre... Sempre me vinha à mente que ele não aguentava deixar a casa vazia... Como se achasse que a mãe fosse voltar um dia. É difícil acreditar em algo para sempre naquela idade. Bem, então você entende agora porque eu sempre tive as chaves deles...

– E a *signora* deu a ele – o marechal perguntou, lembrando da palavra envolvida por um círculo na lauda pautada –, ao filho, eu me refiro, suas chaves, deste apartamento?

– Claro. Ele ainda as tem... As tinha... Pobre Toni... Por que ele não veio me procurar? Não entendo mesmo.

– Creio que ele estava tentando. Ele tinha suas chaves na mão, se não me engano, quando o encontrei. Importa-se se eu pegar um copo de água?

Ela ficou em silêncio até que ele se sentou novamente, e derramou algumas lágrimas que, desta vez, não eram de autopiedade. Ela estava absorvida pelas memórias e não percebeu quando abriram a janela abaixo novamente e bateram o pó de um pano no pátio sombrio.

– E assim – o marechal estimulou –, ele conheceu a *signora* Wilkins...

– Bem aqui neste apartamento. Ela logo esbarrou nele, pois não deixava passar um dia sem aparecer aqui, nem que fosse bem rápido. Ela não precisava trabalhar, é claro, mas não aguentava ficar sem fazer nada. Um dia ela apareceu e me perguntou o que eu achava da ideia de ela dar aulas de inglês para as crianças daqui. Ela queria fazer de graça, mas eu a persuadi do contrário; as pessoas achariam estranho, e se fosse assim, sempre há aqueles que não pagam mesmo, ela não precisava se preocupar. O que ela queria era companhia e a sensação de fazer algo útil para alguém. Seu primeiro aluno foi o jovem Toni. Goossens ficou muito contente. Ele não esperava que o menino aprendesse holandês, mas parece que a maioria dos holandeses fala inglês, e Toni tinha que assumir os negócios um dia e lidar com Amsterdã. Havia outros alunos também, é claro, mas de toda forma, Toni foi o primeiro, e foi assim que ela e Goossens se conheceram.

– E então ela se tornou sua vizinha de porta?

– Não de imediato. Vou lhe dizer uma coisa que não diria a ninguém: eles se casaram meio que em segredo, e ela manteve o apartamento lá de baixo por mais um ano depois disso...

O marechal se mexeu desconfortavelmente na cadeira dura que era consideravelmente menor que ele; suas costas estavam começando a doer. A *signora* Giusti, contudo, não estava dando sinal de cansaço. Às vezes se inclinava para a frente para agitar as mãozinhas em direção a ele, às vezes se jogava de volta nos travesseiros e tagarelava para o teto pensativamente.

– Foi a criança, sabe. Ele era um garoto quieto e robusto, mas muito sensível. Tinha a compleição forte do pai, mas com os grandes olhos escuros da mãe, e tinha temperamento artístico. Os dois se deram às mil maravilhas como aluno e professora, mas quando viu o que se desenvolveu entre ela e o pai, fechou-se em copas. Foi uma fase muito difícil para os três, e ela às vezes vinha me procurar chorando. Ela nunca tivera filhos, mas sempre quis ter, e seu coração estava com Toni. Ela tinha toda a paciência do mundo com ele, mas não conseguiu a menor reação; não que ele dissesse alguma palavra errada, você entende, ele era sempre educado, sempre bem comportado. No final, ele começou a se comportar da mesma forma com o pai. Estavam desesperados, os dois. Eu ficava pensando se ele não estava tentando mostrar sua independência. Naquela época ele devia ter pensado muito na mãe também. Quem sabe? Ele devia estar resistindo à *signora* Wilkins porque parecia uma forma de traição. Não dá para saber o que se passa na mente de uma criança.

– Quantos anos ele tinha?

– Tinha cerca de quatorze anos, porque naquele verão ele terminou o primeiro grau na escola e começou a trabalhar na oficina com o pai. Houve uma mudança imediata nele. Imagino que tenha achado, enfim, que tinha lugar para ele no mundo do pai. Ele trabalhava como um pequeno escravo, lembro como se fosse hoje; ele passava horas naquele banco, tão desesperado e ansioso para fazer tudo direitinho. Se ele cometesse o mínimo erro, ficava de olhos marejados e rosto vermelho.

– Então, um dia ele quebrou uma pequena lixa. Não sei agora. Em vez de contar a alguém, ele escondeu. Levou uma semana até alguém reparar; havia outros três artesãos no estúdio e todos costumam usar seu próprio conjunto de ferramentas. Toni foi ficando mais pálido e preocupado a cada dia; ninguém sabia por que, é claro. No final das contas, ele precisou da lixa para fazer algum trabalhinho que lhe pediram. Ele ficou apavorado. O pai dele era um homem de temperamento fleumático e equânime e jamais batera no menino em toda a vida; todavia, era um artesão, e muito rigoroso na administração do estúdio. A primeira coisa que Toni teve que aprender foi a tomar cuidado com as ferramentas. Bem, ele subiu para me ver e estava de coração partido. Parece ridículo, pensando agora, principalmente porque se tratava de uma lixa velha e ligeiramente danificada que deram a ele para praticar; apesar de que ele não sabia disso, é claro. Acho que ele podia ter fugido de casa, sabe, por causa de uma coisinha dessas, se eu não estivesse aqui.

– Acontece. Já soube de crianças fugindo de casa por menos, e em situações não tão tensas.

– Bem, felizmente, ele tinha sua *mammina* aqui a quem recorrer. Eu era próxima dele, mas não estava envolvida, se é que me entende, e depois eu conhecera a mãe dele e acho que isso contava muito. Ainda posso vê-lo; ele se sentou àquela mesa ali e desabou, chorando compulsivamente um choro sem lágrimas. Nunca vi uma criança chorar daquele jeito... Seus nervos estavam em frangalhos e ele tinha olheiras profundas... Estava lá, caído, com a cabeça na mesa...

Aquele dia no passado distante era mais real para ela do que a cena no quarto dois dias antes. Mas o que o marechal via ao olhar para a mesa coberta pela toalha impermeável onde o jovem de jaleco escuro de aprendiz caiu em prantos era a silhueta caída atrás da porta, com uma toalha inutilmente envolvendo uma das mãos.

– Eles são as únicas pessoas que significam algo para mim. As pessoas ao redor dela, como aquela bruxa lá de baixo...

– O que aconteceu com a lixa?

– Bem, é claro que deram pela falta de Toni e o pai dele veio em sua procura. Engraçado, ele era um homem grande e meio desajeitado, mas fazia um trabalho sofisticado. Em uma crise como aquela ele ficou lá com suas mãos grandes e engenhosas totalmente frouxas. Dava para ver que o choro do menino lhe atingia em cheio, mas ele não era um homem muito expansivo e não sabia o que fazer. Até que eu lhe servi um pouco de *vinsanto* para ele dar ao garoto; e ele estava tão distraído que começou a beber ele mesmo! Tive de empurrá-lo até a mesa. Toni tomou um gole ou dois e depois começou a falar da lixa estragada, tentando pedir desculpas; então ele se jogou nos braços do pai e começou a derramar lágrimas de verdade.

– E assim acabou a crise. Depois disso o trabalho dele fluiu que só vendo. Ele tinha o talento de artesão do pai, mas também tinha sangue italiano. "Ele é um artista", o pai dizia para mim de vez em quando. "Ele é um artista. Posso ensiná-lo a técnica, mas ele sabe coisas que eu não sei..."

– Sempre que Toni tinha um minuto de folga, ele desenhava todo tipo de trabalho em ouro, além de montagens para as joias que o pai estava cortando. Houve um anel desenhado por ele que impressionou tanto o pai que ele decidiu que ambos deviam fazer juntos. Era em ouro, e o jovem Toni jamais havia trabalhado com ouro; ainda era seu primeiro ano e fazia pouco tempo que ele havia recebido uma pequena quantidade de prata para trabalhar, depois de já haver praticado com bronze. Todavia, o pai deixou que ele fizesse parte da montagem; mas ele era um garoto muito talentoso, sem dúvida nenhuma, e ouro é muito mais fácil de trabalhar do que metais mais duros, "que nem esculpir na manteiga, *mammina*", ele costumava me dizer, "que nem esculpir na manteiga".

– Era um anel realmente especial e difícil de descrever...

Ela estava revirando as mãos uma na outra como se estivesse sentindo o formato do anel em sua lembrança.

– Tinha camada dupla de ouro, uma faixa lisa e larga sobre a qual havia uma camada ligeiramente mais larga de filigranas. O efeito era o de uma renda sofisticada sobre seda macia, se é que me entende, e a borda rendada sobreposta trazia as menores pedrinhas possíveis, cada uma delas distinta e de formatos um tanto peculiares; uma pérola em miniatura em formato de losango, uma safira brilhante, pouco maior que um ponto final, um rubi ligeiramente maior e três diamantes, todos pequenos, colocados entre as duas camadas de ouro de um jeito que mal se os via saltando pela "renda".

– Devia custar bastante... – o marechal disse.

– Diria que sim... Mas talvez não tanto quanto esteja pensando; as pedras eram muito pequenas e não eram de grande valor, o mais caro era o trabalho manual; os dois levaram meses para terminar só aquela peça. Costumavam trabalhar nela juntos à noite, depois que o estúdio já estava fechado. Fizeram segredo a todos até terminar, e estas horas que passaram juntos, alheios a todo mundo, devem ter ajustado o garoto. Era o tipo de atenção que ele precisava, creio eu. De qualquer forma, terminaram. Era uma peça única, impossível de repetir devido à peculiaridade das pedrinhas. Todavia, lhes valeu milhares de libras em encomendas; o anel ficou exposto por um tempo no estúdio lá embaixo, e os desenhos originais ainda estão lá, apesar de o *signor* Beppe, como o chamam, um dos artesãos de Goossens que sempre trabalhou no estúdio, ter assumido o controle dos negócios.

Eis mais uma área na qual o marechal teve consciência de sua total ignorância. Não entendia de diamantes, cortados ou não, além de uma olhada ocasional nas vitrines de joalherias na área da ponte Vecchio. Será que um anel poderia ter tanto valor para alguém matar por causa dele? Ou será que o holandês, ao vir para Florença no domingo, estava carregando diamantes, legal ou ilegalmente? Esta era uma transação internacional sobre a qual ele nada sabia; e estas pessoas, ingleses e holandeses, que pareciam sentir-se em casa em qualquer parte da Europa, ultrapassavam sua compreensão. Seu único contato com estrangeiros acontecia quando eles perdiam suas câmeras *Instamatic*. Passava o resto do tempo registrando roubos de Fiats 500 que nunca eram encontrados, um fio de palha no palheiro. Ou então ficava se arrastando de hotel em hotel, fazendo inspeções de rotina nos registros. Pela segunda vez, sentiu uma séria vontade de desistir de tudo. Sentia-se como se estivesse caçando fantasmas, e provavelmente só conseguiria acabar bancando o bobo. Apesar disso, o tenente se deu ao trabalho de vir falar com a *signora* Giusti...

– A *signora* disse – ele se lembrou subitamente – que o problema com a irmã da *signora* Wilkins ocorreu "duas vezes", não disse?

– E assim foi. Quando Goossens morreu, deixou tudo para a esposa, naturalmente, o que alimentou ainda mais a inveja da irmã; eu sempre disse que era um erro convidá-la para morar aqui.

– Ela morava aqui? Qual era sua situação financeira nesta época? O marido diabético havia morrido?

– Ah, sim, morreu sim, e ela ficou sem um centavo.

– Não havia nenhuma pensão?

– Não sei, não tenho certeza. Mas sei que ela não tinha nada. Frequentemente, quando brigavam e a *signora* vinha me procurar aos prantos, eu dizia que ela tinha que expulsá-la, que era ridículo ficar aguentando aquelas maldades, eu dizia: "depois de tudo que você fez por ela". Mas ela dizia que não conseguia, que ninguém podia jogar a própria irmã na rua, que ela não tinha nada. Não era bem assim, é claro, porque eu sei que a pensão que a *signora* pagava na época da doença do marido da outra continuava sendo paga. Ela não queria que a irmã se sentisse dependente, que tivesse de pedir dinheiro quando quisesse. Imagine só, desperdiçar sentimentos tão delicados com uma pessoa capaz de lhe apertar o pescoço por uns trocados! De qualquer forma, tenho certeza que o fato de ela continuar pagando a pensão significava que o marido mesmo não deixara pensão alguma. Nunca se falou disso abertamente, mas Toni uma vez deixou escapar para mim que houve rumores de suicídio, de modo que a seguradora se recusou a cobrir a pensão.

– Bem, e lá veio ela, e a casa na Inglaterra foi alugada. "Você vai se arrepender amargamente", eu disse a ela, e acho que ela se arrependeu mesmo, apesar de nunca ter dito isso verbalmente. Quanto mais gentil e generosa ela era, mais furiosa ficava a irmã, que queria ser respeitada e invejada, e não objeto de pena. Houve algumas cenas bastante chocantes, dava para ouvir daqui. As ameaças de suicídio, depois as idas ao médico, e tudo tinha de ser pago, as doenças imaginárias e mais ameaças de suicídio. "Mas não caia nessa", é o que eu costumava dizer. Pessoas assim sempre tomam cuidado para não se machucar, só as pessoas ao redor se machucam. Ela vai enterrar a nós duas, eu dizia... Bem, creio que errei quanto a isso, mas mesmo assim...

Mesmo assim, estava certa em princípio, pensou o marechal, apesar de agora parecer que a *signora* Giusti estava pronta para viver mais que todos os seus conhecidos.

– O que foi – ele disse em voz alta – que a *signora* não quis dizer ao policial ontem?

– Eu respondi as perguntas que ele fez, isso ele não pode negar.

– Mas ele deixou de fazer algumas perguntas, é isso?

– Um jovem daqueles... Ele não entenderia que às vezes as coisas dão errado em família. Duvido até que ele seja casado.

– Mesmo que não seja, ele certamente faz parte de alguma família.

– Não pensei nesse sentido.

– O que houve de errado?

– Bem, eu sempre disse que nada mais deu certo depois da morte do velho Goossens. Sempre existe uma pessoa que segura as pontas de uma família, uma pessoa a quem todos respeitam ou ao menos com quem a pessoa não quer brigar, até que esta pessoa morre... Geralmente é uma mulher, mas nesse caso era o velho Goossens; ele era tranquilo e firme, nunca foi de brigar...

– Toni sempre culpou a irmã, apesar de admitir que não tinha razão concreta para tal, mas eu ainda acho que essa é uma daquelas coisas que acontecem quando a figura central da família morre; antes disso todas as querelas são mantidas sob controle, mas depois que ela morre, mais cedo ou mais tarde as coisas acabam saindo dos eixos. Se o velho Goossens estivesse vivo... Bem, ele não estava, e qualquer que fosse a razão por detrás disso, eu nunca soube... A *signora* Wilkins, ou Goossens, como eu deveria chamá-la... E não darei ouvidos a nada que se fale contra ela, pense o que pensar... O fato é que ela saiu desta casa no dia do funeral e nunca mais voltou. Até hoje não sei onde ela está, Toni também não. E faz anos, pense só! Eu não fui ao enterro, já estava com dificuldades para me locomover, e ela não falou nada comigo antes de sair naquele dia, nem uma só palavra... Ela ficou dias fechada em seu luto.

Ela se recostou novamente aos travesseiros e passou a mão nos olhos.

– Fui eu quem tive de dizer a Toni que ela partira assim, sem mais nem menos. Ele estava trabalhando em Amsterdã na época, sabe; o pai o mandara para lá cinco anos antes para aprender a cortar joias e para assumir a filial de Amsterdã. Toni acabara de conhecer Wanda, a moça com quem se casou; e eles estavam pensando em se casar, eu me lembro...

– Houve alguma briga? Apesar de ele estar na Holanda e a madrasta aqui, poderia ter havido alguma briga por carta ou por telefone. Pode ter havido problemas de dinheiro depois da morte do pai, não pode? É o tipo de coisa que origina brigas em família o tempo todo.

– Não, essas coisas foram todas arranjadas direitinho. Os dois ficaram bem assistidos e Toni me garantiu que nunca houve briga nenhuma, sequer um bate-boca.

O marechal enxugou a testa com um grande lenço branco. Estava se sentindo sem chão novamente. Havia muitos detalhes nesta família e ele não tinha certeza se estava fazendo a pergunta certa. Tentou acrescentar um pouco de bom senso.

– Por que ele simplesmente não comunicou o desaparecimento à polícia? Ela podia ter sofrido um acidente, perdido a memória, ficado um pouco estranha...

– Não, ela não estava perdida, não nesse sentido. Toni tinha uma carta dos advogados dela na Inglaterra dizendo que ela estava cessando toda e qualquer comunicação com ele e que qualquer assunto urgente deveria ser resolvido através deles. Ele ligou para eles imediatamente, mas não conseguiu extrair nada, a não ser que ela estava vivendo em alguma outra parte da Inglaterra e mantinha contato com eles por carta, instruindo-os a vender a casa que até então ela só havia alugado. Toni queria ir atrás dela, procurar pelo país inteiro, mas Wanda, a noiva, não deixou. Não tiro sua razão, é claro, porque ela não chegou a conhecê-la. Só sabia que ela era madrasta de Toni e agira mal ao sumir daquele jeito, aborrecendo-o. Ela é uma criatura gentil, mas quando se trata de defender os dela... Wanda sentiu que procurá-la seria correr atrás de mais aborrecimentos, e fez pé firme. Ah, mas ele levou a mal, o Toni...

– Mas com certeza a moça estava certa. Ela era apenas madrasta dele, afinal, não era mãe dele, e se ela havia deixado claro que não queria mais manter contato com ele...

– Mas você não entende! Não entende mesmo. Lembra-se de como, mesmo quando ela e Goossens já eram casados, ela teve a delicadeza de hesitar em se mudar para o apartamento deles por não ter certeza se Toni ia gostar? Ela esperou quase um ano, essa era a consideração que ela tinha pelo garoto! Então foi o anel. Quando estava pronto, Toni e o pai o deram de presente a ela. Foi ideia de Toni. Foi como uma segunda celebração de casamento, e ela se mudou para lá naquela semana mesmo. Até então, somente eu sabia que eles eram casados.

– Bem, depois disso tudo correu bem. Ela ficava rejuvenescida quanto tinha pessoas para cuidar. Ela tomava conta da casa e ajudava nos negócios... E eles viajavam juntos também. Ela costumava dizer que Deus lhe dera duas vidas inteiras, que ela estava vivendo a juventude outra vez. E vou lhe dizer outra coisa: ela amava Goossens e eles sempre foram felizes juntos, mas a melhor coisa para ela era ter Toni. A vida inteira ela quis ter filhos, sabe...

– Deixe-me mostrar-lhe uma coisa... – ela tentou pegar o andador, mas sentou-se novamente. – Na gaveta da mesa, tire as fotografias... Não, o álbum não, as duas fotografias emolduradas... Isso... Agora veja por si mesmo!

Eram fotografias instantâneas tiradas em férias. Em uma delas, Goossens, forte e grisalho, estava de pé, envolvendo com o braço sua pequena esposa inglesa. Ao fundo, o mar e um céu limpo e profundo; mas devia haver alguma brisa, pois a mulher estava segurando os cabelos cacheados para que não tapassem seu rosto. No segundo instantâneo, que fora evidentemente tirado por Goossens, Toni, um jovem robusto de seus dezessete anos, com o físico do pai, mas um rosto mais modelado e olhos escuros joviais, levantava a madrasta nos braços, ameaçando jogá-la nas ondas que lhe batiam nos pés. Ele estava de sunga de banho, mas ela usava um vestido de verão branco com pontos vermelhos. Ambos estavam caindo na gargalhada, era o tipo de alegria sem sentido e descontraída, típica de famílias felizes.

O marechal ficou olhando para essa foto mais tempo do que o necessário. Ele estaria em breve na praia com seus garotos, mas quando eles estivessem acostumados um com o outro a ponto de começarem a dar aquele tipo de risada já seria hora de ele ir embora.

– Eu guardei na gaveta para não aborrecer Toni quando ele vinha. Antigamente ficavam na parede. Acho que posso colocá-los na parede outra vez, ou se você puder fazer isso para mim...

O marechal viu os pregos onde ficavam as fotografias, que deixaram marcas na parede, e as pendurou neles com cuidado.

– Não, aquele do outro lado... Era como eu usava antes... Dá para ver o anel, se olhar de perto, mas não dá para perceber como era, pois o cabelo dela está na frente. Ela nunca tirava o anel...

– Pensei que a *signora* tivesse dito que ele ficava em exposição.

– Ficou sim, até um mês depois que eles a presentearam com ele; ele estava tão orgulhoso do desenho do garoto, sabe, que queria que todos os clientes estrangeiros vissem o anel. Ela frequentemente os recebia, era assim que ajudava nos negócios. Jamais se cansou de elogiar os trabalhos de Toni. No final, Goossens expôs os desenhos no salão de vendas, mas ambos insistiram que ela usasse o anel. Ela jamais o tirou novamente, apesar de às vezes ficar com medo de ganhar peso e não conseguir mais tirar para limpar; era uma coisa tão delicada, sabe, não era como uma aliança de casamento... Ah, meu caro, se ela ao menos estivesse aqui eu não estaria assim, largada e sozinha com minhas memórias e um apartamento vazio ao lado.

– Fico surpreso que ele não tenha vendido – o marechal disse, pensando na enorme quantidade de gente sem casa na cidade, e em um lugar grande como aquele vazio, sendo usado apenas uns dias por ano.

– Ele não podia. O pai deixou para ele no testamento, mas com a condição que a madrasta poderia morar nele pelo resto da vida. Ela nunca mais chegou nem perto daqui desde o dia em que partiu, mas ele não podia vender; não que ele fosse vender. Ele sempre teve esperança que um dia ela voltasse.

"Fico imaginando"– pensou o marechal – "se ela não voltou..."

Mas ao olhar novamente para as fotografias, ele se absteve de pensar em voz alta. Aquela não era a criatura de lábios finos que lhe veio à mente quando estava cochilando! Então ele perguntou:

– A *signora* disse ao policial ontem que Toni costumava trazer pedras preciosas nessas viagens?

– Ele já sabia; talvez Wanda tivesse dito, mas em todo caso Toni era importador e exportador credenciado. Ele me disse que Wanda não vem para o funeral, ela não tem condições.

– Ele vai ser enterrado aqui? – O marechal estava surpreso.

– É o que parece. Imagino que seja decisão da sogra, talvez porque a saúde de Wanda não suportaria mais tristezas perto do nascimento do bebê, mas se quer saber, ela deve estar com medo que rumores de suicídio cheguem até lá, apesar de que seu jovem colega disse que o motivo oficial da causa seria "insuficiência cardíaca". A sogra já está a caminho... Mas eu não acho que ela virá visitar uma velha inútil como eu. Ninguém faz isso...

Ela pegou seu lenço rendado.

– A *signora* gostaria de ir ao funeral?

– Como posso ir a algum lugar? Não consigo nem descer as escadas. Não saio desta casa faz dez anos.

Provavelmente não era verdade, pois ela já afirmara ter estado na casa de repouso nas montanhas. Mesmo assim...

– Não, não... – ela prosseguiu, fungando. – O próximo funeral ao qual irei deve ser o meu próprio. Já vi gente demais sendo enterrada. Em breve terei minhas memórias. Ninguém precisa se aproximar de mim se não quiser... Não preciso de gente como aquela bruxa egoísta lá de baixo, e ela não precisa achar que eu... Você vai precisar sair sozinho, se for embora agora... Acho que vou tirar um cochilo.

Ela estava quase dormindo, parecia uma boneca mecânica cuja bateria estava acabando; seu rosto pequeno e vincado perdido em meio aos travesseiros. O marechal foi andando nas pontas dos pés até a porta da frente.

No andar de baixo, uma idosa gorducha o observava de sua porta.

– Como ela está?

– Está dormindo – ele hesitou, não era de ficar dando lição de moral. – Se não se importar, talvez pudesse dar uma subida de vez em quando...

– Irei hoje às seis e meia, como de costume. Não gosto de pensar que ela pode ficar sozinha antes de ir dormir... Uma noite dessas, ela vai morrer dormindo, é bem provável. Eu preparo alguma bebida quente para nós duas e subo. Quando vejo que ela está dormindo desço bem na hora do noticiário das oito, que não gosto de perder; algum problema?

– Não! Não... Fico contente de ouvir...

– Entendi. Ela foi lhe dizer que ninguém chega perto dela, suponho. Ela diz isso a todo mundo, mas lá nunca fica vazio, sempre tem alguém lá. Ela não está muito contente comigo no momento, pois tenho problema em uma das pernas e tive que me submeter a cirurgias e deixei de encontrá-la no fim da tarde umas duas vezes. Não acredite nas mentiras maldosas que ela conta; é seu único passatempo e ela é velha demais para aprender alguma outra coisa. Antes isso, de qualquer forma, do que contar aos outros sobre seu dinheirinho. Ela...?

– Se ela me contou sobre o dinheiro para seu enterro? Sim.

– Gostaria que ela não fizesse isto... Ah, tudo bem para o senhor, mas um dia desses... Aposto que ela ficou feliz de ver a *signora* Goossens voltar após tantos anos, seja como for; ela devia ter ficado animada com isso. Jamais a vi dizer uma só palavra maldosa sobre ela.

– *Signora* Goossens? – estupidamente, ele pensou primeiro na sogra holandesa que estava vindo para o funeral, mas é claro que ela estava falando...

– Disse que ela voltou?

– Ela não estava lá em cima também? Achei... Bem, eu acabei de vê-la de relance, descendo as escadas assim que abri a porta, então o senhor apareceu... Não posso imaginar onde mais ela poderia estar lá em cima, a não ser, talvez, no apartamento antigo... Imagino que não haja razão para...

– A *signora* falou com ela?

– Não... Não falei, não, mas também apenas a vi de relance, descendo apressada, e achei que ela tivesse passado para fazer uma visita à *signora* Giusti. Ora, se eu soubesse que o senhor queria falar com ela...

Mas o marechal já estava descendo as escadas correndo, com seu chapéu na mão e procurando pelos óculos escuros.

6

A *piazza* estava animada, cheia de gente, e o sol brilhando; o barulho dos gritos dos vendedores de rua, das mulheres fofocando e dos cachorros latindo era algo impressionante depois do silêncio deprimente nos fundos do apartamento da velha *signora*. Só os cachorros se moviam rapidamente, correndo uns atrás dos outros ao redor do chafariz que ficava no centro; todos os demais estavam em altos brados, mas com os membros pesados por causa do calor opressor do fim da manhã. Os olhos grandes do marechal, protegidos detrás dos óculos escuros, perscrutaram a multidão, debaixo da sombra das árvores, sem esperança, pois sequer sabia – à parte uma fotografia de vinte anos atrás – como era a aparência da mulher.

– E se eu soubesse – ele murmurou para si mesmo com irritação –, jamais a acharia no meio de tanta gente. Mas, seja como for, ela já deve estar a um quilômetro daqui...

Ele ficou lá, sem saber o que fazer, perto de uma barraca de roupas, pensando em qual seria o próximo passo.

Um vira-lata de pernas curtas trotou rapidamente em sua direção, cheirou os seus sapatos e então correu para dentro da porta escura de onde havia surgido. Provavelmente pertencia ao vendedor de flores que tinha uma lojinha do tamanho de um quiosque bem ao lado da entrada do edifício da *signora* Giusti. O marechal virou para trás e olhou lá para dentro, tirando os óculos escuros para se acostumar ao escuro do pequeno retângulo sem janelas. O cheiro de legumes frescos foi imediatamente sobrepujado pelo aroma das flores. Um homem de jaleco preto de artesão, de costas para a porta estreita, fazendo pequenos ramalhetes de flores envolvidos por papel decorado, do qual havia um pouco pendurado do lado de fora, à sombra de um toldo um pouco avariado. Só se via o pescoço gordo e branco do homem.

– Sinta-se em casa – ele disse, sem levantar os olhos.

– Estou com um pouquinho de pressa – disse o marechal, mais desconcertado pela estranha posição do homem, de costas para o sol e para os passantes, do que por sua súbita fala. – Será que o senhor não notou uma mulher saindo da porta ao lado agora mesmo?

O homem pousou o ramalhete no colo de seu avental preto e voltou os olhos encovados e cegos para o marechal sem dizer nada.

– Desculpe, eu não sabia...

– Um homem na sua função – o homem cego riu – devia se perguntar por que eu não fico sentado à porta do estabelecimento, olhando para fora. Há um banquinho ao seu lado, marechal, se quiser se sentar.

Ele pegou novamente o ramalhete e escolheu mais flores de uma mesa baixa em frente a si, acariciando-as no topo com seus dedos pálidos para reconhecê-las.

– Eu reparei – o marechal se defendeu –, mas não tive tempo de me certificar da razão. Parece que o senhor me conhece, não?

– O senhor passa aqui por perto todo dia, menos às quintas, ao fazer suas rondas. O senhor é muito pesado e caminha lentamente, olhando ao redor, imagino, e naturalmente eu o ouço responder quando as pessoas lhe chamam e dizem "bom dia, marechal". O que mais quer saber? Sobre a mulher que, pelo jeito, está lhe evitando?

Não havia dúvida que ele estava disposto a enrolar ao máximo possível para contar sua história, bem como fizera a *signora* Giusti para contar a dela, mas o marechal, por mais que quisesse deixar o cego ter seu momento, estava ansioso para sair.

– Perdoe a vaidade de um velho, marechal. Dá para notar que está com pressa pelo arrastar de seus pés. Uma mulher usando sapatos de saltos medianos chegou à entrada do edifício hoje de manhã e parou de repente. Assim que o senhor chegou, ela passou correndo por minha porta e entrou, e depois saiu de novo. Ela ficou lá fora, andando para cima e para baixo nervosamente, até que, depois de hesitar à porta por algum tempo, ela subitamente entrou e subiu as escadas; ela tinha chaves, sabe, então naturalmente eu fiquei imaginando qual seria o problema. Sua presença era a resposta óbvia. Também fiquei imaginando quem seria, pois não era moradora do edifício, eu os conheço todos. Enfim, ela desceu com muita pressa e o senhor passou um minuto depois, de modo que ela deve tê-lo visto ou escutado você descendo as escadas. Ela tem algo a ver com a morte do *signor* Toni?

– Talvez tenha. Sabe para que lado ela foi?

– Eu não garantiria que ela foi embora. Eu a ouvi atravessando a calçada de pedras em direção às barracas de camelôs e daí, é claro, eu a perdi em meio à multidão. Afinal, se ela queria entrar lá... Perdoe-me, marechal, não tenho nada que ficar querendo lhe ensinar como fazer o próprio trabalho.

Ele pegou um rolo de papel crepom cor-de-rosa e começou a fazê-lo girar habilmente entre os dedos, esticando a borda para formar um babado.

– Fico contente com sua ajuda – o marechal disse –, preciso de toda ajuda possível – estava de olho na rua lá fora. – Diga, por acaso se lembra de uma *signora* Goossens, ex-*signora* Wilkins?

– Com certeza me lembro dela. Costumava se sentar naquele banco e conversar comigo, principalmente no começo, quando ela não conhecia ninguém. Eu a ensinava provérbios florentinos e ela os anotava em um caderninho... – levantou o rosto pálido e sem visão e sorriu levemente ao se lembrar. – Ela adorava flores, sabe; tínhamos isso em comum. Ela também sabia os nomes de todas, e gostava de falar sobre seu jardim inglês. Era disso que ela mais sentia falta aqui. Depois ela foi ficando mais ocupada, depois de se casar, mas sempre comprava flores comigo. Jamais passava pela minha porta sem dizer "bom dia, *signor* Botticelli, como vai"? E, muitas vezes, arrumava tempo para um longo papo, quando não tinha muito que fazer na porta ao lado. Está de olho na *piazza*?

– Estou.

– Foi o que pensei. O senhor sabe trabalhar, dá para perceber. Pelo seu sotaque, é sulista?

– Sou.

– Foi o que pensei. Ela era uma boa mulher, a *signora* Wilkins, aliás, Goossens...

– E o *signor* Toni? Sabe alguma coisa sobre ele?

– Sei que amanhã farei uma coroa de flores para seu funeral. Todos nós chegaremos lá no final. Se alguém me aborrece ou tenta me trapacear, é isto que eu digo, digo "lembre-se que eu também faço coroas para funerais". Mas digo a mim mesmo, estou fazendo esta para Toni por encomenda do ourives da porta ao lado. Ele saberia lhe falar mais sobre o *signor* Toni; ele lhe devia muitos favores. Talvez lhe deva tudo. Ele estará no funeral amanhã, assim como alguns joalheiros e ourives da cidade. Se for à porta ao lado, peça para falar com o *signor* Beppe, que é como o chamam; ele é o chefe. Não está muito longe de casa, presumo? Quero dizer, de sua delegacia?

– Não, Piazza Pitti.

– Muito bem. Não demora muito e vai cair um temporal. Talvez o senhor possa dar um pulo aqui para dizer bom dia em alguma de suas rondas.

– Virei, sim. E agradeço sua ajuda.

– Pergunte pelo *signor* Beppe. Eu tenho um sininho aqui, eu o toco quando estou perto da hora de fechar. O assistente da porta ao lado vem me ajudar a fechar. Não é sempre à mesma hora, sabe, porque eu paro assim que acabo de vender as flores do dia. Não faço fortuna, como o senhor deve ter reparado, mas assim não me torno um peso para minha filha. Não gostaria de ficar vendendo bilhetes de loteria, como faz a maioria das pessoas que têm o mesmo problema que eu. Adoro flores, sabe. O aroma e a textura delas. Não preciso enxergá-las.

– Não.

– Pergunte pelo *signor* Beppe – ele repetiu, tateando em busca de uma bobina ou fita prateada – e estarei ouvindo. Se ela voltar, eu puxo o sino, caso o senhor não a tenha visto. Venha cá, Fido, vamos.

Ele tirou um biscoito do bolso do jaleco preto e o cachorrinho branco e preto entrou correndo, de rabo abanando, pela porta iluminada pelo sol.

Como o estúdio que um dia pertencera ao holandês não tinha licença para vender diretamente ao público, o que um dia fora uma vitrine estava agora coberto por grandes e empoeiradas folhas de papel branco, em conformidade com a lei. Havia um rasgo grande no papel, todavia, como era de costume nesses casos, um buraco rasgado à altura do olho de um homem sentado. Como ele esperava, o marechal, ao tocar a campainha do térreo e entrar novamente no edifício, abriu a porta de vidro fosco à esquerda e encontrou um velho em mangas de camisa e com um jaleco de lona sentado perto do rasgo na cobertura de vitrine, polindo o que parecia um monte de fivelas de cinto e dando uma olhada ocasional no que acontecia no mundo lá fora.

– Bom dia – disse ele, levantando os olhos, mas sem parar com o polimento –, em que posso lhe ajudar?

– Gostaria de dar uma palavrinha com o *signor* Beppe, se ele estiver.

– Com certeza que está. Vá por esta porta aí, siga direto pela oficina até chegar ao corredor que fica depois e então entre na primeira porta à sua esquerda. É onde fica o *showroom*, onde ele recebe compradores. Ele está com dois noruegueses agora, mas se for urgente...

– É, sim. E, se não se importa, prefiro falar com ele aqui. Preciso ficar de olho na *piazza*.

– Neste caso, precisa de um assistente – o velho respondeu com ríspido bom senso. Mas ficou de pé.

O marechal não negou, mas suspirou por dentro e disse:

– Vou esperar aqui.

Ele parou para olhar pelo rasgo no papel, só se aprumando ao ouvir passos rápidos atrás de si. O *signor* Beppe se aproximava de mão estendida. Ele pegou a mão grande do marechal e não perdeu tempo com preliminares.

– Então? Tem novidades para nós sobre Toni?

– Não exatamente. O senhor parece saber mais do que eu. O funeral é amanhã, pelo que ouvi falar, certo?

– Correto. Não sabia disso? Um jovem policial apareceu ontem para ver a *signora* Giusti e eu o pressionei. Alguém tinha de pensar nos preparativos para o funeral, afinal de contas. Wanda não virá, a esposa dele. Tenho para mim que ela queria ir, mas pelo que entendi a sogra de Toni é daquele tipo bem impositivo. Não que Wanda não tenha puxado um pouco da personalidade da mãe;

ela sabe disso muito bem... Mas em suas condições ela mal pode... Algo errado?

– Não – o marechal se aprumou. – Não... Só preciso ficar de olho na *piazza*.

– Sei. Bem, vamos para a frente da porta, então, conversar lá, para poupar suas costas.

– É melhor que não me vejam... Fiquei surpreso ao saber que ele seria enterrado aqui.

– Não há nada de surpreendente nisso. Sei que andam falando pela *piazza* que a família estaria temendo algum tipo de escândalo, mas posso lhe esclarecer o que acontece. Claro que pode haver algum fundo de verdade, considerando-se que houve rumores de suicídio, o que não é das coisas mais agradáveis para a família... Mas o fato é que ele sempre quis ser enterrado aqui. Estava no testamento dele, do qual fui testemunha. Ele queria ser enterrado com o pai e a mãe, nada mais natural. Algumas pessoas daqui o chamavam de "o holandês", como chamavam o pai, mas Toni nasceu e foi criado aqui. Ele era um de nós. Nem sabia falar holandês, só o suficiente para se virar nos negócios, e mesmo nesses casos era mais comum que ele falasse inglês. Viu alguém?

– Não...

– Posso perguntar quem está procurando?

O Marechal hesitou. O povo local parecia considerar a *signora* Goossens um tipo de santa. Ele não ia angariar muita simpatia se desse a entender que estava de olho nela, e precisava das informações que esse homem tinha para lhe dar. No final ele disse:

– Estou olhando para ver se por acaso entra alguém que não seja morador.

– Ora, por que não me disse? Posso mandar meu aprendiz ficar à porta, então se alguém entrar, ele corre para lhe avisar. Ah! Franco!

O rapaz magro de jaleco preto que apareceu de alguma oficina remota, esfregando as mãos em um pedaço de pano, fez o marechal lembrar-se daquela outra manhã e do jovem irmão religioso gentilmente limpando o óleo ensanguentado das palmas das mãos do moribundo.

– Fique lá fora, em frente à porta – instruiu o *signor* Beppe – e se alguém que não seja morador tentar entrar, corra aqui para avisar o marechal. O maçarico está desligado?

– Sim, já acabei... Mas não sei se está bom...

– Vou dar uma olhada em seguida. Pode ir.

O garoto se retirou.

– Eu o estou ensinando a recozer. Isso me lembra os velhos tempos, quando Toni começou. O que o pai deixou de ensinar a ele, eu ensinei.

– Mas com certeza não é muito mais velho que ele.

– Seis anos. Eu tinha vinte quando Toni começou a trabalhar.

– Já estava aqui na época?

– Estou aqui desde os meus doze anos de idade. Fui o primeiro aprendiz do velho Goossens. As coisas não eram como hoje em dia, é claro. Fazíamos umas joias na época, e também algum material bastante especial. Estou falando dos florentinos, sabe. Nos dias de hoje eles não têm dinheiro. A nobreza está passando necessidade e a burguesia, os que ainda podem gastar, estão mais interessados em gastar dinheiro na maior pedra preciosa do que na arte do joalheiro. Muitos vêm nos pedir para reparar ou refazer peças herdadas, mas muitas vezes acaba sendo uma peça feita aqui, então acabo fazendo o serviço abaixo do preço para não espantar os fregueses.

– Mas parece que os negócios aqui vão bem – os olhos grandes do marechal estavam registrando todo o equipamento no recinto e espiando pelo corredor que ele sabia levar a outros estúdios, de onde ele ouvia outras pessoas trabalhando.

– Ah, não estou dizendo que os negócios vão mal, longe disso. Estou falando, na verdade, da qualidade do trabalho, não da quantidade. Hoje em dia as peças boas que fazemos são exportadas; tenho dois compradores noruegueses aqui agora e eles vão aceitar qualquer coisa que eu ofereça... Mas este material – ele indicou a pilha de objetos de formato esquisito na mesa baixa à qual o velho estivera polindo – é nosso ganha-pão agora, ao menos no que diz respeito à cidade de Florença.

– Não consigo entender bem o que são. Fivelas de cinto? Não...

O *signor* Beppe pegou uma das peças e pôs na mão do marechal.

– É uma inicial...?

– É uma inicial. E o senhor a reconhecerá quando a vir acoplada a uma cara bolsa de couro, ou, se for dos menores, a um igualmente caro par de botas de couro.

O marechal reconheceu, sim, mas não era o tipo de loja na qual ele costumava pôr os pés, a não ser que um de seus clientes milionários fosse roubado quando ele estivesse passando.

– Nem sei lhe dizer quantas destas coisas nós fazemos em um ano; eles exportam pelo mundo inteiro, à parte as filiais em Paris e Nova York. Ganha-pão, marechal – ele pôs a peça sobre a mesa novamente. – Mas não é a esse tipo de coisa que um ourives talentoso vai querer dedicar seu tempo. Tenho meu velho pai para ficar polindo, o que é alguma coisa; ele não é um homem habilidoso, mas gosta de ser útil, e aos setenta e dois anos... O senhor ainda está nervoso, dá para ver, mas não precisa se preocupar, o garoto é de confiança. Sente-se aqui no banco, se quiser; meu pai está nos fundos, atendendo aos fregueses.

O marechal se equilibrou na ponta do banco baixo, de modo a poder espiar a *piazza* com facilidade, e ficou observando enquanto ele falava.

– Não tem muita gente podendo pagar um aprendiz hoje em dia – ele comentou. – Estive conversando ontem com um tipógrafo que disse que não podia nem pensar nisso...

Sua voz soou casual, mas seus olhos se dividiam entre a vitrine e o *signor* Beppe, passando pelo recinto e voltando à vitrine, e seu comentário foi só para puxar assunto.

– Eu tampouco poderia em circunstâncias normais. É graças a Toni que posso fazer isto e outras coisas...

"Talvez ele lhe deva tudo", o cego dissera.

– Comprei este comércio de Toni quando ele resolveu se instalar de vez em Amsterdã. A bem da verdade, ainda estou pagando, e por um preço tão baixo e por um período tão longo... Bem, eu trabalhei para o velho Goossens a vida inteira e ensinei a Toni a maior parte do que ele sabia, pois o artesão chefe vivia atribulado. Toni nunca foi de esquecer. Sua única condição no contrato de venda foi que eu mantivesse sempre um aprendiz.

– Mas isso deve lhe comer o lucro, mesmo assim. E agora que ele morreu?

– O pagamento vai para a esposa dele.

– E o aprendiz?

– O acordo permanece o mesmo. Não mantenho o garoto por obrigação, marechal. Este negócio significa muito para mim; trabalhei aqui a vida inteira. Meu filho estuda no *Liceo Scientifico* e quer ser engenheiro, mas a continuidade é o que faz desta cidade o que ela é. Se o trabalho dos artesãos morrer agora por falta de aprendizes...

– O que mais está no testamento?

– Nada de muito interesse: umas joias para a sogra e o mesmo para a madrasta que continua a ter o direito de morar no apartamento lá em cima, como desejou o pai. Ele não tinha mais familiares... Ah, e há um pequeno legado para uma velha senhora que mora lá em cima.

– A *signora* Giusti?

– Correto.

– Tem alguma ideia de por que a madrasta o abandonou tão repentinamente?

– Não, não faço ideia...

– Nunca especulou?

– Ela era uma boa mulher, e excepcionalmente boa para Toni. Ele a amava muito.

– Mesmo assim, ela o deixou sem dizer uma palavra. Não lhe disse nem mesmo uma palavra?

– Correto. Imediatamente após o funeral. Ela nem pegou seus pertences; parece que suas roupas ainda estão lá.

Ocorreu ao marechal se ela não teria feito a mesma coisa que fizera após a morte do primeiro marido: ir embora, largando tudo para começar vida nova em outro país. Não era impossível que tivesse se casado novamente. Mas seria mais sábio não dizer isso agora. Então ele disse:

– Toni deve ter ficado muito aborrecido, não?

– E ficou.

– Mas ele nunca tentou explicar, nunca falou de briga nenhuma?

– Não houve briga. Toni nem estava aqui quando ela partiu, ele estava em Amsterdã, e não sabia explicar; ficou tão perplexo quanto todos nós. Primeiro, ele telefonou e mandou carta atrás de carta através dos advogados dela, pedindo que ela o encontrasse e explicasse. Até que sua esposa, Wanda, fez pé firme. Nunca havia nenhuma resposta, enfim, de modo que ele meio que desistiu... Apesar de que recentemente...

– Recentemente?

– Estou pensando na última vez em que ele apareceu por aqui, deve ter sido uns quatro meses atrás. Ele parecia estar achando que havia alguma esperança de entrar em contato com ela.

– Ele não disse o porquê?

– Não. Apenas que ele sentia que agora ela teria de voltar.

— Sem mencionar uma razão?

— Não, apenas disse que sentia que ouviria falar dela, que ela teria de voltar agora. Eu não o pressionei a falar, pois esse assunto sempre o aborrecia. Ele nunca superou de verdade.

— Acha que poderia ter algo a ver com o bebê que estavam esperando?

— Imagino que talvez sim. Afinal, ela ia virar avó, por assim dizer, pela primeira vez.

— Nada mais mudara na vida de Toni?

— Não que eu saiba.

— E como ele lhe pareceu nesta última visita?

— Especialmente alegre. Principalmente por causa do bebê. Depois de oito anos, eles estavam quase perdendo as esperanças.

— Oito anos? Qual era o problema?

— Isto eu não saberia dizer. Só sei que ele ficou nas nuvens quando a notícia foi confirmada. Ele nos telefonou de Amsterdã.

— Costumava ficar em contato com ele em Amsterdã? Quero dizer, ele avisava quando vinha? A *signora* Giusti disse que ele às vezes lhe telefonava.

— Sim, a mim também, mas não desta vez.

— Então, tirando o telefonema sobre o bebê, não mantiveram mais contato pelos últimos quatro meses?

— Não foi o que eu disse. Eu disse que ele não me avisara que estava vindo. Ele não estava para vir, não pelos próximos dois meses. Qualquer transação que ele fizesse em Florença, fazia através deste estúdio. Ele lidava com outros joalheiros além de mim, mas sempre nos encontrávamos todos aqui; eu combinava tudo assim que ele telefonava. Podemos dizer que estávamos em contato de vez em quando, pois eu lhe mandava sua correspondência. Parte dela ainda chegava aqui, em geral catálogos e contas, além de notícias da prefeitura, taxas e coisas assim, pois ele era proprietário.

– Quando enviou o último lote de correspondência?

– Acho que umas três semanas atrás. Não mando as coisas uma por uma, faço um pacote quando há algumas; a não ser que algo pareça urgente.

– Podia haver uma carta de sua madrasta no último lote, então.

– Não, não podia. Em primeiro lugar, ele comunicou a ela seu endereço em Amsterdã depois de casar, através dos advogados, e em segundo lugar, se ela tivesse escrito, eu teria reparado na carta.

– Você as abre?

– Não, mas, como eu disse, eu só mando uma carta individual se parecer importante. Eu certamente teria reparado em uma carta pessoal postada na Inglaterra, teria até telefonado para ele imediatamente.

– Ele já lhe pediu para fazer isto?

– Não com essas palavras, mas eu sei como era importante para ele.

– Consegue se lembrar o que continha o pacote que enviou? Havia alguma carta pessoal?

Não precisava, afinal, ter sido postada na Inglaterra. Se a mulher estava lá agora, podia estar lá antes.

– Nenhuma carta pessoal. Lembro-me de pensar se não deveria esperar mais uma semana, mas o garoto estava mesmo indo ao correio para mim, então resolvi mandar aquelas que já tinha: um catálogo, uma carta requisitando determinadas pedras para um joalheiro local que ele havia deixado aqui quando apareceu, e que eu disse que ia encaminhar, e também uma carta da prefeitura. Só isso.

– Alguém havia encomendado pedras... Seriam valiosas?

O ourives riu da ignorância do marechal.

– É claro. Eram diamantes. Mas ele dificilmente os traria esta semana sem me avisar, se é isso que está pensando. Além do que, ele não teria tempo de comprá-los e cortá-los.

– E a carta da prefeitura?

– Não faço ideia. Esses envelopes amarelos são todos parecidos. Uma carta sobre o aumento das taxas, uma circular da biblioteca local, ou uma daquelas ofertas de teste de câncer ou raios-X gratuitos do departamento de saúde... – o ourives deu de ombros.

O marechal ficara de pé e estava colocando seu chapéu. Estava convencido que estava tudo lá, ele só precisava captar; todos os elementos de um crime e todos os elementos de uma briga de família também; mas todo mundo insistia em dizer que não havia crime nem briga. Sempre que ele tentava agarrar algum dos elementos, ele evaporava como se fosse um fantasma à luz do dia.

Ele se sentou novamente, deixando o corpo cair, e pegou um lenço para enxugar a testa.

– E mesmo assim algo causou a ruptura daquela família... E por que ele traria aquelas roupas escuras com ele, como se estivesse vindo ao próprio funeral...

– Há quem diga que foi isso mesmo.

– E o senhor é um deles? – o marechal o encarou.

– Não sou, não – ele respondeu baixinho –, mas isto o senhor é quem sabe.

– Muito pelo contrário! – as grandes mãos do marechal estavam apertando os joelhos de frustração, o rosto vermelho de calor e de uma espécie de raiva sem direção, como um touro importunado por tempo demais na arena. – Muito pelo contrário; e eu sei que se eu não encontrar a resposta antes do enterro dele, jamais encontrarei essa resposta. Funerais, a questão sempre se resume aos funerais.

– A maior parte dos problemas de família é assim. Funerais e dinheiro.

– E essa família parece ter ambos de sobra, para não falar dos diamantes. Se ao menos eu conseguisse sentir que tenho mais tempo, eu...

Ele se virou e segurou as palavras antes de ouvir o cego tocando o sino e o garoto subindo a escada às pressas.

A cinco centímetros de distância, um rosto branco e maligno estava espiando pelo rasgo no papel.

7

O rosto recuou também em um segundo, e o marechal teve tempo de reconhecer tanto medo quanto surpresa em sua expressão antes de sumir e ele foi até a porta, esbarrando no aprendiz que entrava correndo. O *signor* Beppe não vira nada em pé de onde estava, saiu correndo atrás do marechal e avistou a mulher dobrando a esquina quase correndo.

– Ah! Marechal! – chamou, surpreso. – Mas esta é a *signora*! A *signora* Goossens!

Mas o marechal, apesar de ter ouvido, não parou sua perseguição, e logo depois que dobraram a esquina, nem ele nem a mulher foram mais vistos.

– Agora, *signora* – o marechal sussurrou consigo mesmo. – Agora... – apesar de que ele não devia ter dito aquilo naquele momento.

Ela diminuíra um pouco o passo ao sair do quarteirão, e estava caminhando em passo normal pela Via Mazzeta. Ela podia não saber ainda que estava sendo seguida, mas mesmo assim estava caminhando um pouco rápido demais para o calor que fazia, o que a tornava fácil de reparar ao abrir caminho entre os compradores letárgicos e turistas que passeavam. Ao chegar à diminuta Piazza San Felice, onde quatro ruas se encontravam em um emaranhado de tráfego parado, ela deu uma olhada para trás e o marechal teve certeza que ela o viu antes de hesitar um segundo e virar à esquerda.

Primeiro ele achou que ela fosse virar à esquerda novamente para voltar à Piazza Santo Spirito, mas ao em vez disso ela atravessou e pegou a bifurcação que dava na Piazza Pitti, desaparecendo por um momento em meio a um grupo de turistas japoneses, as únicas pessoas que caminhavam com a mesma ligeireza que ela. Quando ele a viu novamente, ela estava bem debaixo da luz do sol, a meio caminho do pátio elevado em frente ao palácio.

Era incrível, mas parecia que ela estava indo para a delegacia, que fica atrás da arcada à esquerda, mas após hesitar por um instante no cenário de cartão-postal, ela adentrou as grandes portas centrais que levavam ao pátio e às entradas de todas as galerias, atrás das quais ficava o Jardim Boboli. Ela imediatamente se perdeu em meio à aglomeração sob a arcada. O marechal, que estava esbaforido de subir a ladeira atrás dela, teve um momento de pânico ao ser tragado pela multidão e sua visão ficou turva. Ele estava absorvido demais até então para perceber que sua vista estava ficando cada vez mais fraca, mas agora as lágrimas rolavam pelo seu rosto, e ele estava tão cego quanto uma toupeira que acabou de sair do buraco. Com raiva de si mesmo, ele tateou pelos bolsos à procura dos óculos escuros. Quando conseguiu avistá-la novamente, já não tinha muita esperança de alcançá-la, mas a multidão estava trabalhando a favor dele, e não dela. Ela subiu às pressas a grande escadaria à direita que levava à galeria Palatine, e deve ter tido de descer ao alcançar o quarto e último andar, pois não tinha comprado entrada. A bilheteria ficava no pátio, à esquerda da escadaria.

Ele a viu tentando descer em meio a um grupo de alunos que seguiam o professor, que agitava um lenço vermelho preso em uma vara. O barulho embaixo da colunata era ensurdecedor, e duas mulheres corpulentas de calças em tom pastel estavam agarrando o marechal pelo braço, exigindo com voz aguda que ele lhes dissesse como chegar em algum lugar incompreensível. Ele puxou o braço para se livrar delas e foi para o centro do pátio, como a *signora* Goossens acabara de fazer, quando viu, atônito, que ela estava indo para o Jardim Boboli.

– Com licença, com licença!

O caminho talhado em pedra que levava ao jardim era estreito, e os turistas acalorados seguiam em passo de tartaruga, provavelmente felizes por alguns momentos à sombra. Quando ele pedia licença só conseguia que eles ficassem parados, olhando para ele, bloqueando ainda mais a passagem. Um homem jovem e grande vestindo *shorts* virou-se e o atingiu no rosto com uma enorme mochila com extremidades metálicas.

– Com licença! Deixe-me passar, pelo amor de...

Enfim ele chegou ao alto da ladeira, sob o olhar pulsante do sol, com a cúpula da catedral cintilando sob as árvores. Ele virou à direita, soltando um jato de cascalhos. E viu a mulher se movimentando com rapidez em meio a um grupo escolar que vinha na direção oposta. Se ela tivesse diminuído o passo e se misturado às pessoas teria sido impossível segui-la, mas ele foi abrindo caminho entre a multidão, quase correndo.

– Quer dizer que está com medo de mim – murmurou o marechal entre dentes. Ele já estava sem fôlego e sentiu o cascalho queimando as solas dos sapatos. A intensidade do sol naquele espaço aberto e empoeirado chegava a ser enjoativa. A perspectiva de sair à caça pelo jardim não deixava o marechal exatamente entusiasmado. Como já havia morado lá por muitos anos, ela devia conhecer o jardim melhor que ele, e sem dúvida ia se resguardar na parte final, onde a vegetação era mais espessa. Havia pelo menos três saídas que ela poderia usar...

– Onde você está indo agora? – ela estava na parte mais baixa e tomara a estrada que passava pela parte dos fundos do palácio, depois a bifurcação à esquerda onde um gigantesco Pégaso branco cintilante se elevava diante de uma ladeira de grama aparada. Ele a perdeu por um momento, quando ela desapareceu ao redor da curva onde uma sentinela romana marcava o começo do caminho cercado por loureiros. Ele apertou o passo, desnorteado. Concluíra que ela entrara no jardim para se passar por turista, ou então para tentar se livrar dele, mas agora não estava bem certo. Aquela parte do jardim era sempre tranquila, e ela tinha de saber disto. Talvez sua tentativa de se esquivar na galeria fosse um mero pretexto e ela, na verdade, tivesse marcado um encontro no jardim.

– Bem, se for isso, eu também vou ao encontro, *signora*, se não se importa...

As trilhas cobertas por loureiros formavam um emaranhado de caminhos sombrios ao lado de um íngreme declive. Ele parou no começo do primeiro desses caminhos, observou a alameda de cascalhos que parecia sumir em infinita escuridão, viu sua presa seguindo em frente com toda disposição e correu atrás dela. À primeira interseção, seu vestido claro desapareceu em meio à folhagem verde-escura à direita. Quando o marechal chegou lá, ela já havia sumido. Ele parou e pegou o lenço para secar a testa e a nuca.

A não ser pelos tinidos de um melro apaixonado – invisível em meio à grama seca e aos arbustos emaranhados depois dos confins da trilha coberta –, fazia silêncio no jardim e o marechal ouvia a própria respiração pesada. Ele bem que gostaria de se sentar no banco de pedra que sobressaía mais à frente, mas seu instinto lhe disse para seguir em frente. Foi caminhando bem lentamente, escutando com dificuldade em meio à pesada trituração de seus passos. Quando ele saiu por um momento à luz do sol da interseção principal ficou tão cego, mesmo com os óculos escuros, que a passagem em frente a ele se tornou um túnel preto indistinto e apenas muito gradualmente, à medida que ia caminhando, começou a discernir novamente a cobertura de galhos retorcidos e borrões de luz pela trilha. Então parou.

Ouviu um farfalhar seguido por passos no cascalho. Vinha de algum ponto do caminho paralelo ao que ele estava. O marechal espiou pelo emaranhado de folhas perfumadas, depois dos tufos de mato que separavam uma trilha da outra, e viu o movimento de uma roupa clara. Não havia como atravessar, então ele correu o mais silenciosamente que podia para virar na próxima esquina. A silhueta pálida ainda estava lá.

– Bom dia, marechal. O que o traz aqui? Não é seu dia de folga, é?

– Não, não... Não é.

O jardineiro de camisa branca de mangas arregaçadas, que estava atando uma pequena muda de loureiro em uma vara de apoio, era vizinho de porta do marechal. Interrompeu seu trabalho, em expectativa, enquanto o marechal ficou olhando para ele, vacilante.

– Outro batedor de carteiras?

– Não exatamente. Eu queria falar com uma mulher... Uma turista... Pensei tê-la visto, mas deve ter sido o senhor.

– Uma mulher bem idosa? Usando um vestido claro?

– Sim, essa.

O jardineiro apontou com o cortador na mão enluvada. O cheiro das folhas de louro que estava cortando e amarrando era quase opressor.

– Ela subiu mais. Se quer saber, acho que está perdida, mas nem se deu ao trabalho de responder quando eu disse bom dia, então deixei para lá.

O marechal subiu a trilha com esforço. Não havia ninguém à vista ao longo dela. Ele estava pingando de suor, apesar da sombra dos galhos ao alto, e a camisa e o cinto estavam ensopados. Novamente ele avistou pontos brancos em alguma trilha distante em meio ao verde escuro e correu atrás, só para se deparar com uma estátua de matrona romana sorrindo cegamente para ele, com uma das mãos quebrada e estendida.

– Maldita! – murmurou o marechal sem especificar se estava se referindo à mulher de carne e osso ou à de pedra.

Ele havia chegado ao topo do "labirinto" e a perdera. Não havia nada a fazer senão começar de novo. Ela podia perfeitamente ter tomado outra rota, mas como ele tinha pouca ou nenhuma esperança de encontrá-la, podia tanto ficar à sombra quanto desbravar o arrasador brilho solar sobre os caminhos sem cobertura. Ele tomou o caminho escarpado que dava direto no centro lá embaixo, ocasionalmente escorregando um pouco com os sapatos na poeira ocre do cascalho, e o cascalho às vezes entrava em seu sapato.

Ao chegar à parte de baixo, ele parou perto do tanque de peixes, olhando para o outro lado da ilha. A água verde e parada estava cheia de peixes alaranjados e cercada por limoeiros de ponta-cabeça em grandes potes de terracota. O calor e o silêncio eram hipnóticos, e ele estava quase se sentando em um banco de pedra e fechando os olhos. Causava-lhe dor física forçar o olhar a se desviar da visão de verde e dourado e seguir caminhando. Pensou que já seria uma ajuda se pudesse arrumar um pouco de água para beber e tirar um pouco do gosto de pó da boca. Mas quando seguiu na direção do barulho da fonte de água, ele encontrou, em um arbusto sombrio, a estátua de um homem verde, coberto de musgo, de casaco e calças curtos, esvaziando sua garrafa de vinho sem fundo em um barril agarrado com força por um garotinho, com uma placa debaixo das imagens de pedra que dizia "água não potável". O marechal deu um suspiro, seguiu em frente, tomando parte na cena e esticando as mãos para o homem de musgo enchê-las, e molhou a cabeça. Ele começou a voltar por uma das trilhas inferiores, parando para ouvir na primeira interseção.

Assim que seus passos cessaram, ele ouviu os dela. Dirigiam-se rapidamente em direção a ele. Ela dobrou a esquina da trilha à esquerda dele e quase foi dar de cara com ele. Ele ficou parado, aparentemente impassível detrás de seus óculos escuros, tentando aproveitar o máximo dessa primeira oportunidade para dar uma olhada no rosto dela. Os olhos eram frios e sem expressão e os lábios estavam reduzidos a uma fina linha estranhamente cruzada por vincos verticais como se tivessem sido mumificados em expressão de fúria egocêntrica. Apenas uma mancha vermelha no pescoço e um movimento involuntário da cabeça indicavam seu nervosismo quando ela desviou dele, assustada, e desceu a ladeira correndo, deixando atrás de si pequenas nuvens de poeira amarelada.

O marechal foi atrás com persistência e segurança. Como a vira de perto, se deu conta que, por mais ineficientes que tivessem sido seus esforços para segui-la, ela não sabia. Ela parecia ter corrido o tempo todo, convencida que ele estava em sua cola e tentando sair de vista. Ele quase teria concordado com o jardineiro que achava que ela estava perdida.

Seria possível que nestes anos todos em Florença ela não tivesse passado muito tempo no Jardim Boboli? Parecia improvável... O único oásis verde em meio a todas aquelas construções de pedra tão opressoras... E mesmo assim não sabia bem que rumo tomar... A não ser que ela estivesse à procura de alguém.

Na base da elevação, ela hesitou antes de tomar a direita em direção ao palácio. Quando foram se aproximando da área abarrotada onde os turistas se reuniam, ele se aproximou dela. Estava perto da hora do almoço, e as pessoas de *shorts* ou vestidos leves de verão estavam subindo em direção aos bancos de pedra do lado sombreado do anfiteatro e abrindo toalhas de piquenique, seguidos de perto por gatos magros e de olhos selvagens. O sino da catedral, sua torre visível além das árvores, começou a soar o Ângelus e o marechal começou a pensar o que ia acontecer com seu almoço.

Quando saíram pelo pátio e continuaram em direção ao estacionamento ele sentiu saudades de sua sala comprida, escura e fresca, sentiu vontade de tirar o uniforme suado e os sapatos empoeirados e cheios de terra, vontade de tomar um banho, comer e cochilar em sua poltrona. Mas ele continuou seguindo a mulher, que começara a olhar ansiosamente para o relógio de pulso.

Aonde estamos indo agora...? O marechal se perguntou enquanto ela abria caminho pela calçada estreita da Via Guicciardini em direção à ponte Vecchio. Ele já havia concluído que não gostaria de ser turista se eles tinham de ficar se exaurindo daquele jeito o dia inteiro. Atravessaram a ponte entre as pequenas joalherias. Será que ela estaria indo encontrar algum joalheiro? O holandês podia facilmente ter trazido alguma coisa consigo, talvez alguma importação ilegal... Mas a mulher passou direto pela ponte sem sequer se dar ao trabalho de dar uma olhada nas lojas, e agora estava na Por Santa Maria, uma via mais larga, e estava olhando novamente para o relógio. Se ela tinha um compromisso, não era no Jardim Boboli, onde estava apenas tentando se livrar dele.

No mercado de flores, ela virou à direita na Via Vacchereccia, uma rua pequena que dava para a Piazza Signoria onde ficava o Palazzo Vecchio, o velho palácio com seu topo com ameias, seus escudos heráldicos e torres de pedra. Antes de entrar na *piazza*, a mulher parou e olhou novamente para o relógio. O marechal olhou para o dele. Passava do meio-dia. Ela ainda estava hesitando, tentando olhar com indiferença para a vitrine de um grande café na esquina, onde chocolates feitos à mão e embalados em grosso papel amarelo formavam pequenos montes. O marechal imaginou se ela ia entrar, mas após dar uma olhada nos preços dos pequenos quadrados de chocolate, ela recuou alguns centímetros e entrou em um bar comum.

O marechal, observando-a do meio da rua, disse a si mesmo: – Ótimo – e a seguiu, entrando também. Mesmo assim, ele pensou ao pegar um guardanapo e servir-se de um sanduíche, estava muito longe de parecer algo ligado ao comércio internacional de diamantes. Parece que a santa *signora* não gostava de se separar do dinheiro. Ele pediu um café e um copo de água, e ao tatear pelo bolso da camisa à procura do dinheiro que achava estar lá, acabou concluindo que foi melhor mesmo ela não ter entrado em outro lugar.

O bar estreito só tinha três mesas e a *signora* Goossens estava sentava em uma delas com dois sanduíches e uma bebida gelada.

– Tem telefone aqui?
– Naquele cantinho no fundo.
– Dê-me uma ficha.

Do cantinho, ele via os dois sanduíches e um dos sapatos dela. O marechal fez seu telefonema, observando os dedos finos, que pareciam garras, pegar um dos sanduíches, que saiu do seu campo de visão.

– *Stazione* Pitti.
– Gino? É você?
– Sim, marechal. Onde o senhor está? Seu almoço vai...
– Eu sei, mas não poderei voltar. Divida o meu almoço entre vocês.

Eles sempre estavam com fome. Gino era conhecido por devorar três tigelas de *pastasciutta* antes de começar a refeição principal.

– Alguma notícia?
– Só uma. Um viciado em drogas foi preso tentando vender um Fiat 500. O garoto para quem ele estava vendendo o carro foi preso primeiro por passar heroína, com a qual ele ia pagar pelo carro, até que se descobriu que o carro era roubado, de modo que ao menos desta vez nós encontramos um Fiat 500.

– E qual é a notícia? – a surpresa do marechal se deu quando ele tinha acabado de dar uma boa dentada no sanduíche.

– A notícia é uma pergunta, se vamos procurar pelo dono, pois não foi registrada queixa de roubo do carro. Lorenzini disse que provavelmente nunca vão dar queixa, pois o carro não vale muito.

– Já conferiu...

O segundo sanduíche continuava no prato, mas o pé desaparecera.

– Marechal...?

Ele desligou e correu até a porta, largando uma nota de cem liras no balcão ao passar. Se ele perdesse um segundo que fosse, a teria perdido, mas avistou seu vestido cor de creme e seu caminhar apressado ao entrar no Palazzo Vecchio. Então, ela voltou ao seu costumeiro passo firme. Se iam bancar os turistas novamente, por ele tudo bem. O Palazzo Vecchio só tinha uma entrada pública e ele teria a maior satisfação de ficar esperando ao lado. No interior, turistas esbarravam uns nos outros pelo pátio mal iluminado, tirando fotografias com *flash* do querubim de bronze de Verocchio agarrando seu gordo peixe sobre a água gotejante do chafariz, sem se importar, se é que sabiam, que aquela era apenas uma cópia. Da esquerda do pátio, funcionários de escritório saíam aos borbotões daquela parte do palácio que era usada como prefeitura.

Os dois *vigili* de capacetes brancos que estavam de guarda às portas principais olharam com curiosidade para o suado e desconjuntado marechal, mas ele lhes deu "bom dia" sem oferecer qualquer explicação, de modo que eles voltaram a bater papo, parando de vez em quando para orientar os visitantes a chegar aos apartamentos monumentais.

– Isso não pode continuar assim – reclamou um deles, levantando o capacete para colocar um lenço de bolso. – Parece uma sauna turca. Faz três noites que não durmo direito.

– Não vai continuar – disse o outro em tom sinistro, e o rugido de um trovão que se aproximava confirmou sua profecia.

Só então o marechal se lembrou das palavras do florista cego: "não demora muito e vai cair um temporal", e olhou para o céu com ansiedade. Ainda estava inocentemente limpo e azul, mas o ar estava mais pesado de umidade que nunca, e o rugido desconfortável estava agora mais contínuo. Ele virou-se para olhar para o pátio bem na hora e viu uma mulher saindo. Quando o viu lá, ela levou um pequeno susto, deu meia-volta e fingiu admirar o querubim de bronze e a água do chafariz. Será que ele devia tê-la seguido, afinal? Parecia apenas outra tática para se esquivar dele, mas se ela tinha encontrado alguém... Era improvável, pois ela estivera lá dentro apenas por uns minutos... Mesmo assim, dava tempo para algo trocar de mãos, não dava?

Os olhos dele perscrutaram os turistas que estavam saindo carregados de câmeras, mochilas e guias. Ele devia tê-la seguido lá dentro; ela estava muito mais agitada por ter sido encontrada lá do que quando quase dera de cara com ele no jardim. Ele ficou olhando para ela, sabendo que ela estava sentindo seu olhar, apesar de estar de costas. Até que ela resolveu seguir e foi subitamente em direção a ele, com os ombros duros e retos, mas com a cabeça virada e levemente baixa, apesar de seu evidente esforço para mantê-la empinada. Depois de passar por ele, ela deu aquela nervosa viradinha de cabeça outra vez, quase como se estivesse dizendo: "pense o que quiser, tenho todo o direito de fazer o que estou fazendo"! Mas havia algo em sua atitude, pensou o marechal ao atravessar a *piazza* atrás dela, que o fazia pensar que ela estava irritada e frustrada. Será que ela se atrasou para o compromisso por ter ficado dando voltas para despistá-lo? Seria tarde demais para ela fazer o que queria fazer? Ela parou na esquina da Via dei Calzaiuoli. Lá havia um quiosque de jornais, ela comprou um jornal inglês e ficou parada olhando para ele por um momento. O marechal parou perto de uma porta do outro lado da rua e ficou olhando para as partes dela que estavam visíveis detrás do jornal aberto. Ele percebeu que os saltos de seus sapatos cor de creme eram grossos e não tão altos, como o florista cego acertadamente avaliara. Seriam aqueles sapatos que a *signora* Giusti ouviu nas escadas? Era mulher. Saltos altos. Bem, não eram muito altos, mas eram altos o bastante para soarem diferentes de sapatos masculinos. Ele pensou se ela ainda usava o famoso anel, ou se fora descartado junto com tudo que pertencia ao seu passado. Daquela distância não dava para ele saber. Quanto tempo ficariam naquela esquina? Ela, em algum momento, daria um passo...

Ele deu uma olhada na rua em direção ao quarteirão da catedral onde ficava a torre do sino. Olhou mais. A torre não estava lá. Ele tirou os óculos escuros e olhou para eles antes de olhar para a rua novamente. Não se enganara: nada de torre à vista. A parte inferior da rua desaparecera em uma nuvem grossa e cinzenta, e a nuvem vinha em direção e ele, sibilando de chuva. As pessoas começaram a correr, gritando e se enfiando portas adentro, e a rua ficou vazia quando um raio a atingiu com um trovejar irado e ensurdecedor. A nuvem ainda não havia alcançado a *piazza* e o pedaço de céu sobre o marechal ainda estava azul. Olhou ao redor em busca de abrigo, imaginando se conseguiria alcançar o Palazzo Vecchio, mas a mulher recuou para debaixo do toldo do quiosque, evidentemente pretendendo ficar lá.

O marechal também recuou para dentro de uma entrada que oferecia pouco abrigo, mas que tinha ao menos um degrau largo e calhas de madeira, logo acima, que se projetavam em pelo menos um metro para fora do edifício.

Mesmo assim, quando a chuva o atingiu, foi em cheio, ensopando-o dos pés à cabeça, fazendo-o até engasgar. Ele se encostou o mais perto que pôde da parede da entrada, e a água fazia redemoinhos ao passar sob seus pés. Na súbita escuridão, os lampiões de rua apareciam e sumiam de novo e a iluminação rasgava a lateral de um dos edifícios altos. Um ou dois táxis ainda estavam tentando avançar lentamente pela Via dei Calzaiuoli com os faróis dianteiros acesos, mas o resto do tráfego parara, e os carros estavam temporariamente abandonados no meio da rua.

Agora ela estava se escondendo dele em meio a um grupo de turistas com suas capas de chuva de plástico coloridas e transparentes, que a acompanharam sob o toldo, gritando quando a água cinzenta fazia marolas ao redor de seus tornozelos, e cobrindo as orelhas encapuzadas com as mãos molhadas a cada explosão rasgada que reverberava entre os edifícios altos.

O marechal conhecia a natureza dessa besta. Depois de irromper junto à grandiosa e imponente cúpula, cujo globo dourado brilhou nas nuvens como um desafio, ela ia se espalhar pela cidade. Aterrorizaria a população e atingiria tudo em seu caminho. Depois partiria para as árvores altas do Jardim Boboli, seguindo em frente com determinação para, enfim, imprimir sua fúria arremetendo contra outra colina ao redor da cidade, estourando e rugindo por lá até o fim do dia e por toda a noite. Retornaria diversas vezes para atacar os mastros vermelhos e brancos que abundavam no cemitério.

As luzes voltaram de novo, e permaneceram. O marechal imaginou se os funcionários do parque já tinham começado a evacuar o Jardim Boboli, avisando as pessoas para manter distância das árvores, pois qualquer uma delas estava sujeita a ser partida ao meio. Ele se lembrou de ter deixado a janela do banheiro aberta... Quem sabe não pudesse achar um telefone antes de o temporal chegar ao Pitti.

Um par de pés em sandálias finas com unhas pintadas de vermelho veio chapinhando pela água, e uma moça ofegante, com o vestido ensopado colado ao corpo, parou no degrau ao lado do marechal. Ela estava carregando uma bandeja ensopada com três copos descartáveis de café e uma pilha de sanduíches se desintegrando e flutuando na bandeja. Ela provavelmente estava voltando para uma das butiques com um lanche para as colegas quando foi surpreendida pela chuva. A água pingava de seus cabelos escuros. Depois de olhar para cima e para baixo, uma ou duas vezes, para a rua escurecida, ela riu para o marechal e disse – Que adianta? – Então foi saltitando pelas águas revoltas novamente, saindo de cabeça baixa.

Os sapatos do marechal estavam cheios da água que escorrera por suas calças. Ele tentou secar o rosto um pouquinho com um lenço, mas só conseguiu molhar o lenço. A chuva, que começara quente, agora estava ficando fria e ele começou a tremer. Alguns dos turistas saíram correndo para buscar abrigo com suas capas de chuva iridescentes, e ele viu a *signora* Goossens novamente, os cabelos tingidos lambidos no rosto e o rosto pálido de medo, seus olhos gelados encarando o temporal com pessoal antipatia. Será que ela achava que era algum tipo de compensação divina? Se ela achava isso, sem dúvida considerava injustiça...

"*Tenho todo o direito...*" – Direito de quê, afinal? O que ela estava fazendo aqui depois de todos aqueles anos? E se ela envenenou o enteado, que razão poderia ter?

O relâmpago passou à rua seguinte e só foi visível devido aos *flashes* assustadores, acompanhados por trovões ensurdecedores que já fizeram o marechal ficar com uma dor de cabeça aguda. Os postes de luz projetavam uma lívida penumbra que era mais lúgubre do que fora a escuridão do temporal, e o cheiro sulfúreo de descarga elétrica se misturou ao cheiro de terra da água da chuva jorrando dos tetos de terracota. A chuva não dava sinal de arrefecer, e os chafarizes e escoadouros já transbordavam. A água saía lavando tudo em longos lençóis para alcançar a rua lá embaixo, causando uma barulheira; cachoeiras se formavam onde quer que houvesse um cano de drenagem defeituoso, e rostos sorridentes de pedra vomitavam, malévolos, em suas tigelas inundadas.

As pessoas chamavam umas às outras por sobre o barulho do aguaceiro batendo no chão e esguichando; apenas o marechal e a mulher se observavam mutuamente em silêncio de lados opostos da rua, e a expressão nos olhos frios dela era de ódio.

– Marechal? Onde está?
– Em um bar – desta vez ele a estava vendo por inteiro; ela tentava ajeitar os cabelos com um lenço enquanto esperava chegar seu *caffelatte*[10]. – Escute, Gino, vá até as minhas acomodações e feche a janela do banheiro, sim? Se não for tarde demais para evitar uma inundação.
– Tudo bem, nós já fizemos isso, senhor. Lorenzini conferiu o edifício inteiro e pôs uma tábua sobre a grade do porão. Disse que o temporal vai ser dos piores.
– E é. Não chegou ainda até vocês?
– Não, mas está bem perto; está escurecendo... – por trás da voz de Gino, o marechal ouviu os alto-falantes do Jardim Boboli onde anunciavam um aviso em quatro

---

10 Em italiano "café com leite". (N.T.)

línguas. – Ficamos sem luz por um momento, mas já voltou. Lorenzini disse que esperava que o senhor estivesse deste lado do rio...

– Não estou, mas também não estou longe. Até mais tarde.

– Não está longe demais de casa, imagino? De sua base?

O cego, como Lorenzini, sofrera no ano de 1966. Em Florença, "antes da inundação" tinha uma conotação mais recente que a da Bíblia, e todos os edifícios tinham uma pequena placa de cerâmica com uma linha ondulada desenhada na altura que a água alcançara naquele quatro de novembro. Algumas das placas ficavam no nível do segundo e do terceiro andar.

Dava para o marechal sentir a cidade inteira tensa e desconfortável ao seguir, com cansaço, a mulher pela ponte Vecchio. As luzes estavam acesas nas vitrines dos joalheiros e muitos dos donos de lojas estavam do lado de fora de suas lojas discutindo se eram adequados ou não a dragagem e reforço do leito do rio que ainda estavam sendo executados. Um dos grandes escavadores amarelos estava abandonado em um banco de areia artificial e as pessoas se debruçavam no parapeito central da ponte para observar a água marrom que corria e dragava com ela vastos galhos arrancados das árvores lá longe, no interior, onde a chuva deve ter começado dias antes.

O único conforto do marechal ao voltar com passos infelizes pela Via Guicciardini era que a *signora* Goossens estava tão ensopada quanto ele; mas como ela era um pouco mais velha e como ele não era um homem vingativo, não foi lá muito reconfortante mesmo. Pouco antes de chegarem a Pitti, ela entrou em uma *pensione* à esquerda e ele foi caminhando com dificuldade atrás dela. Era um lugar no qual teria de passar de qualquer jeito, se um dia desistisse desta caçada maluca.

Quando ele subiu à recepção no primeiro andar, ela já havia pegado sua chave e desaparecido, e ele não tentou ir atrás dela, apenas disse, quando o confuso recepcionista entregou o livro de registros em suas mãos, que pingavam:

– Preciso usar seu telefone.

Ele abriu o registro antes de ligar e copiou em seu bloquinho encharcado o número de um passaporte britânico e o nome Theresa Goossens. Ele não gostou de ela ter o mesmo nome de sua esposa, por mais que dissessem que ela era boa pessoa. Ela havia chegado no dia anterior, quinta-feira.

– *Stazione* Pitti.

– Gino? Sou eu de novo. Quero que diga a Lorenzini para me encontrar imediatamente na esquina da Pensione Giottino. Estou na recepção. Se ele não me encontrar aqui, diga para não se preocupar e voltar direto para Pitti. Entendeu?

– Pensione Giottino... Sim, anotei tudo. Tem um recado para o senhor, marechal; quer que eu leia?

– Vamos lá.

– Uma senhora telefonou e disse... Eu anotei porque pareceu um pouco estranho... Ela disse: "não, nenhuma de nós, e já conferi os garotos também. Ninguém". Ela disse que se chama Franca e que o senhor entenderia do que se tratava.

– Sim. Obrigado.

Desligou.

"Não havia mulher nenhuma", ele murmurou consigo mesmo, mas gostou da discrição de Franca e achou engraçado ela ter conferido com os garotos também. Realmente, ele não conseguia imaginar o holandês pegando uma prostituta, mas a ideia de ele pegar um dos travestis que ficam ao longo do rio... Mesmo assim, quando era para conferir, era preciso conferir tudo, senão não havia sentido.

– Algo errado, marechal? – o recepcionista, que também fazia as vezes de porteiro, observava-o com apreensão.

– Não – respondeu o marechal.

A única coisa que ele queria evitar era atrair um dos rapazes para aquela história, mas não podia continuar encharcado daquele jeito, e tampouco poderia negligenciar aquele hotel.

Ele tinha de ficar de pé onde estava até Lorenzini aparecer, pois estava molhado demais para se sentar em alguma das cadeiras verdes baratas no *hall* de recepção. Já havia deixado pegadas grandes e pretas e uma trilha úmida que se espalhava pelo pedaço de tapete perto da mesa. Mais uma vez, ele notou com alívio a relutância da *signora* Goossens em gastar dinheiro; ele ficaria nervoso se tivesse que ficar pingando na entrada do *Hotel Excelsior*.

Lorenzini subiu as escadas correndo, como sempre fazia; seus olhos verdes brilhavam de curiosidade.

– Esta *signora* aqui – o marechal apontou o nome no registro. – Se ela sair do quarto, o porteiro aqui, tenho certeza que ele está prestando atenção, apesar de ser educado o bastante para fingir que não está, vai lhe dizer quem ela é. Se ela sair, quero que a siga.

– Seguir... – Lorenzini ficou de queixo caído. – Segui-la? Mas... Quero dizer... Não sou detetive!

– E o que isso tem a ver?

– Bem... Estou de uniforme, senhor. Ela vai me perceber. Quero dizer, tenho que ficar me escondendo e disfarçando e coisas assim?

– Por que diabos você iria fazer isso?

– Ora... Para ela não me ver.

O porteiro olhou para um e para outro como se estivesse assistindo a uma partida de tênis, a boca ligeiramente aberta. Ele e Lorenzini pularam quando o marechal explodiu.

– Mas que diabo importa se ela vai vê-lo ou não? Só quero saber aonde ela vai, só isso! Eu quero saber aonde ela vai! Você entendeu?

– Sim, senhor.

– Simplesmente não a perca de vista!

– Sim, senhor.

– E mantenha contato comigo. Vou para casa. Estou ensopado!

Depois dessa informação supérflua, ele foi descendo a escada com passos pesados e murmurando, para consternação de alguns hóspedes que estavam subindo. – Ficar se escondendo e disfarçando, pelo amor de Deus...!

A chuva aliviara ligeiramente e, mesmo tão molhado, o marechal acabou passando nos outros hotéis que havia pelo caminho antes de voltar para casa, e deixou claro ao dono da Pensione Giulia que não estava gostando de ele não ter encontrado a data de emissão do passaporte de Simmons, apesar de ele ter certeza que havia "rabiscado em algum papel".

– Mas, marechal, e se ele tiver expirado? Sério, o que espera que eu faça? Não é responsabilidade minha se as pessoas não estão com os documentos em dia.

– Sua responsabilidade! Você não sabe o que significa essa palavra. Mas um dia desses, você vai se arrepender. Estará gritando, pedindo ajuda e vai querer que nós venhamos correndo.

– Bem, de qualquer forma, foi só por uma noite, não fez mal nenhum – o proprietário disse acanhadamente.

E o marechal explodiu de novo.

Quando ele finalmente estava de volta à delegacia, duas horas depois, Gino estava à porta do escritório, esperando por ele. Havia grandes poças d'água no cascalho, mas o pior havia passado e ele havia tirado a tábua que impedia que o porão fosse inundado.

– O senhor está ensopado! – o jovem Gino disse, consternado. – Marechal, é melhor que eu lhe diga...

– Gino, meu rapaz, seja lá o que tenha para me dizer, deixe-me entrar primeiro.

– Mas é que Lorenzini telefonou e...

– Ele a perdeu de vista! Eu quebro o pescoço dele, ajude-me!

– Não, senhor, quero dizer, não, ele não a perdeu de vista, mas disse...

– Por que está murmurando?

Gino olhou por sobre o ombro com uma expressão infeliz.

– Ele disse para lhe dizer que ela tomou um táxi e ele a seguiu e agora está na Borgo Ognissanti e queria saber o que fazer. Só que isso faz uma hora...

– Onde ele está? E onde diabos se enfiou essa mulher que ele deveria estar seguindo? Pelo amor de Deus, quer me deixar entrar?

Como Gino continuou imóvel, o marechal foi empurrá-lo para abrir caminho. Ele não reparou no carro a mais estacionado atrás da *van*.

– Mas, senhor, é lá que ela está, ou estava, e agora há um policial...

O marechal passou por ele e entrou no escritório. Na ponta da mesa havia um chapéu levemente molhado com uma flama dourada na frente e uma fita prateada. Na cadeira dele, de frente para um relatório e com o dedo enluvado tamborilando levemente no papel, estava sentado o jovem tenente, com o rosto pálido e os lábios franzidos.

8

O marechal nunca esteve mais feliz. A pasta do caso Goossens estava aberta e seu conteúdo espalhado sobre a mesa à sua frente, e ele estava rabiscando, apressado, em uma folha de papel ofício. Debaixo da janela alta, carros iam e vinham, suas sirenes aumentando e diminuindo ao chegar aos portões eletrônicos do comando central. Depois da tempestade, as últimas horas de sol pareceram um novo dia, e o céu amplo e claro ganhava tons de rosa. Quando, ocasionalmente, a porta da sala de operações do outro lado se abria fazendo estrondo, o marechal não levantava os olhos do trabalho, mas uma expressão de satisfação aparecia em seu rosto. Ele sentia que o barulho dos computadores era para seu bem. O tenente fora entrar em contato com as autoridades francesas e conferir a data em que a *signora* Goossens cruzou o canal. O marechal, que se alistara bem antes das coisas ficarem tão computadorizadas, gostaria de ter ido com ele, mas temia atrapalhar ou tocar em algo que não deveria. Para ele, os rapazes lá dentro pareciam mal ter saído da faculdade, e ele pensou, ao observá-los passar: "por Deus, como esses rapazes são instruídos hoje em dia". Ele sentia tanto orgulho deles, como se fossem seus próprios filhos.

Ouviu uma batida na porta, então um *carabiniere* entrou com duas xícaras de café e biscoitos em uma bandeja.

– O tenente Mori mandou trazer, senhor.

– Obrigado. Deixe-me afastar estes papéis para que você possa colocar a bandeja aqui.

Ele ficou sentado em sua cadeira por um instante, bebericando café. O rapaz que o trouxera era jovem e tinha o rosto rosado, e ele se lembrou de Gino. Ele sorriu, como todo mundo fazia ao pensar em Gino, e lembrou de seu rosto amedrontado quando o marechal e o tenente apareceram, vindos do escritório, e o encontraram ainda tentando dispersar a inundação em frente à entrada. Era a cara que fazem os filhos quando os pais começam a brigar e eles não podem fazer nada. O marechal dera-lhe um tapinha no ombro ao sair, querendo dizer "tudo bem, rapaz".

Porque estava tudo bem. O tenente, após um preâmbulo errante e constrangedor, anunciara finalmente que a *signora* Goossens fora encontrá-lo, e o marechal se preparou, já procurando em sua mente uma explicação para dar – não ao tenente, mas para sua própria esposa, depois de sua súbita transformação. Na hora ele não pensou que estivesse arriscando tanto, mas o constrangimento do tenente e sua relutância em dizer o que tinha a dizer fizeram o marechal pensar que a coisa era bem mais séria do que ele esperava. Teve dificuldade de se concentrar no que lhe era dito; ficou lá, sentado, de rosto vermelho e olhando para as próprias mãos grandes e entrelaçadas. Finalmente, e só porque o tenente se virou para falar diretamente com ele em tom urgente, uma frase clara alcançou a consciência atormentada do marechal.

– Havia qualquer coisa naquela mulher, a *signora* Goossens, que achei profundamente perturbadora; senti que ela estava escondendo alguma coisa. Mas então por que ela teria me procurado? Senti uma espécie de desacato em sua postura, como se ela tivesse feito alguma coisa, mas achasse ter todo o direito de fazê-lo... Não sei exatamente como dizer, marechal, mas tenho certeza que, se o senhor a visse...

Houve uma pausa longa o bastante para que as últimas palavras entrassem na cabeça do marechal, e para que ele começasse a se recompor. Ela não dera queixa de nada. Não ousara, então. Fingira não saber que estava sendo seguida e se apresentou às autoridades para ganhar razão. A coisa parecia girar em torno disso... "Eu tenho direito"...E o tenente percebera também, e ficara igualmente desnorteado.

– Durante todo o tempo em que falou comigo, seus olhos estavam agitados, como se alguém fosse pular de repente de dentro do armário e prendê-la. Não consigo imaginar quem...

O marechal nada disse.

– Ela reconhece... Ela disse... Que ela veio visitar o enteado, apesar de ter passado dez anos sem vê-lo, mas não consegui fazê-la dizer por que; ela só disse que era uma questão particular de família, que só dizia respeito a si mesma, e que não teria a menor influência no suicídio...

– Ela usou a palavra suicídio?

– Sim. Mas eu já havia mencionado o que o promotor substituto achava, então... Realmente não entendo por que ela estava tão nervosa. Do jeito que ela ficava olhando para a porta, parecia que ela estava com medo que alguém a tivesse seguido até minha sala...

O marechal olhou para seu sapato molhado.

– Sei que o senhor pensa que eu estou exagerando, mas vou lhe confessar uma coisa: este é meu primeiro caso... O primeiro que encaro sozinho...

O marechal fingiu surpresa em sua expressão.

– Sim – insistiu o tenente –, é sim.

Quantos anos ele teria? Vinte e quatro ou vinte e cinco? Parecia mais novo. Talvez por causa das sardas. Debaixo delas, seu rosto estava levemente ruborizado; ele devia estar irritado consigo mesmo por ter baixado a guarda, por se esquecer que era um tenente falando com um humilde marechal-xerife, de se comportar como um novato nervoso pedindo ajuda a um homem mais experiente. O marechal sentiu um aperto no coração de vê-lo corar, mas não podia lhe dizer o que ele queria saber sem transferir para aqueles jovens ombros a responsabilidade por suas próprias atividades não autorizadas. Então resolveu perguntar:

– Seu pessoal falou com o promotor substituto?

– Rapidamente, no final da tarde, antes de vir para cá.

– E o que ele disse?

– Ele... Ele já mandou seu parecer ao juiz orientador, pedindo *archiviazione*[11].

– Sei.

– Eu realmente pensei que o senhor... Que quando o senhor veio me encontrar ontem de manhã, que o senhor achava que...

– Que o holandês foi assassinado, senhor. Sim.

– Claro que eu investiguei cuidadosamente, e tem uma ou duas coisas que não se encaixam direito com os casos típicos de suicídio. Se o senhor ficar sabendo de qualquer coisa...

– Sei de uma coisa ou outra, senhor.

– O juiz orientador não vai assinar a *archiviazione* antes do funeral, para o caso de algum membro da família registrar queixa. Isto significa que temos até amanhã na hora do almoço...

– Então temos de fazer o melhor possível, não é, senhor? Se não se importa... Acho que preciso me trocar...

Só então o tenente percebeu que o uniforme do marechal estava ensopado.

Agora já passava um pouco das oito e meia e a luz lá fora se dissolvia no anoitecer. O marechal terminou seu café e acendeu a luminária da mesa do tenente. Parecia que agora tinham uma hora a mais do que o esperado. Haviam telefonado do consulado da Holanda para dizer que tinham uma mensagem da sogra do holandês; o bebê nasceu às cinco da manhã de hoje, um menino, duas semanas

---

11 Em italiano "arquivamento". (N.T.)

prematuro. Devido ao parto da filha, a sogra não apanhou o trem de ontem à noite, como planejara, e sim o expresso Holanda-Itália esta tarde. Esse trem só chega a Florença às dez e trinta e seis de amanhã, de modo que o funeral foi remarcado para as dez e meia. O ourives, *signor* Beppe, tomou todas as providências assim que o corpo foi liberado pelo Instituto Médico Legal. O holandês agora jazia em seu caixão no estúdio da frente do ourives, que fora esvaziado para esse propósito, e decorado com as flores do cego e duas velas de cera virgem.

– É melhor aqui – dissera o ourives quando o marechal e o tenente apareceram para dar os pêsames a caminho do comando central – do que lá – os olhos voltados momentaneamente para o teto. – Nunca o vi infeliz neste recinto.

Eles não discordaram do ourives.

– Marechal... – o tenente correu para dentro da sala com um pedaço de papel na mão, colocou-o de frente para o marechal sem dizer nada, e sentou-se ao seu lado na mesa.

– Bem, nós tínhamos de esperar por isso, tenente – disse o marechal, e olhou para o pedaço de papel. – Ninguém cometeria a tolice de mentir sobre isso, ao menos não depois de preencher um cartão de embarque.

– Eu sei – o tenente esfregou os olhos de nervoso. – É só que estamos tão acuados pelo tempo que todas as perspectivas de progresso devem ser consideradas em termos de minutos desperdiçados.

Pela experiência do marechal, averiguar o óbvio era parte importante de qualquer investigação, mas agora dificilmente seria a hora de se pensar assim.

– Fiz uma lista de tudo que sabemos – disse ele. – E de todas as pessoas envolvidas de alguma maneira; talvez possamos começar pela sequência de eventos até onde sabemos. Se quiser, lerei em voz alta para o senhor poder pensar.

– Vamos lá – o tenente levantou os olhos por entre os dedos.

– Certo. O holandês esteve aqui pela última vez quatro meses atrás, e ficamos sabendo através do *signor* Beppe que, em algum momento da visita, ele mencionou que a madrasta, a quem não via há cerca de dez anos, iria voltar agora. Ele não disse por quê. Quanto aborrecimento ele não teria nos poupado se tivesse dito. Depois que ele foi embora, sua correspondência lhe fora enviada, mas, aparentemente, não havia nela nada digno de nota. Em todo caso, a *signora* Goossens disse que veio a Florença para encontrar o enteado, de acordo com correspondência que trocaram entre a Inglaterra e Amsterdã. Então o holandês viajou para Florença, dizendo à esposa que era a negócios. O *signor* Beppe e a *signora* Giusti dizem que a esposa era contra a madrasta do marido, pois não a conhecia pessoalmente e só a conhecia como uma pessoa que aborreceu profundamente seu marido ao desaparecer. Presume-se que seja por essa razão que ele não lhe tinha dito a verdade. Ele pegou o expresso Holanda-Itália que parte de Amsterdã às oito e dezenove da noite, e que deve ter chegado a Florença às dezesseis e trinta e três da tarde do dia seguinte, domingo. Na verdade – ele consultou novamente suas anotações para ver os detalhes fornecidos pela estação-mestre –, o trem se atrasou em dezenove minutos em Basle devido ao descarrilamento de um trem de carga, e por causa disso se atrasou em todas as paradas seguintes, perdendo assim mais tempo até finalmente chegar em Florença às quatro para as sete. De acordo com o que ele comeu, sabemos que parou em pelo menos dois lugares para comprar comida. Podemos averiguar isto, se necessário. Carne fria e queijo etc., ele só podia conseguir com um churrasqueiro, pois era domingo. O café ele pode ter comprado em qualquer bar.

– Para tanto, precisaríamos de uma foto recente dele, e não temos.

– A *signora* Giusti deve ter alguma em seu álbum. Não podemos visitá-la agora, ela estará deitada, mas talvez amanhã...

– Aliás, ele não ligou para a *signora* Giusti ao chegar no apartamento. Será que isto teria algo a ver com a intenção de manter o episódio em segredo? Mas também pode ser por ele ter chegado quando ela já estava recolhida e não haver motivo especial para perturbá-la. Ela sempre se recolhe às sete e meia. A mulher misteriosa chegou lá pelas oito. Podemos presumir que ela já havia comido, pois não comera com o holandês. Ao menos, acho muito difícil que ela tenha lavado a própria louça e não a dele; seria muito estranho. Talvez ela tenha preparado o famoso café enquanto ele comia. É provável, pois a julgar por onde seu prato foi encontrado na mesa, pelo que me lembro, ele teria ficado de costas para a mulher enquanto ela fazia o café entre a pia e o fogão.

O tenente pensou por um momento e disse:

– Isso indica que era alguém conhecido; com certeza, não parece que havia uma prostituta...

– Não havia. Já me certifiquei. Uma delas poderia estar mentindo, é claro, mas não vejo por que uma prostituta iria querer matá-lo.

– Para roubá-lo? Ele poderia estar levando pedras preciosas, quem sabe ilegalmente...

– Neste caso, ela teria ficado no local até ele querer dormir para então roubá-lo, e não brigar com ele e partir. De acordo com a *signora* Giusti, ela partiu imediatamente depois da discussão. Depois houve muito quebra-quebra; isto talvez fosse o holandês procurando pelo banheiro, talvez procurando um frasco de aspirina do qual, em algum momento, ele pegou dois comprimidos, achando que se enganara e tomara algo venenoso. E foi só isso até que eu o encontrei, mas o patologista disse que ele vomitou a primeira dose, ou parte dela, e depois de dormir a maior parte do tempo, ele acordou e tomou mais café, se intencional ou não, não saberia dizer. A mulher desconhecida evaporou no ar e, se ela roubou algo, não sabemos. Pedras legalmente importadas viriam com documentação, e haveria cópias desses documentos em seu escritório em casa, mas não existe documentação alguma. Um importador registrado não tem razão para fazer a besteira de carregar material ilegal, pois, de acordo com o *signor* Beppe, não compensa, o que parece fazer sentido. Ela poderia ter roubado outra coisa, é claro, como uma carta comprometedora, mas ele não parece fazer esse estilo, e, novamente, ela com certeza teria esperado até ele dormir, seria mais seguro. De qualquer forma, ela desaparece na noite de domingo. Na terça-feira, a *signora* Goossens chega a Florença, curiosamente no mesmo trem que tem vagões vindos da maioria das cidades do norte da Europa... Ela se hospeda na Pensione Giottino. Ela tem encontro marcado com o enteado, mas não diz o porquê. Está tudo errado!

– O que é? – o tenente despertou de seu estado contemplativo.

– Bem, se... Ela disse que o encontro estava marcado para quando?

– Bem, ela não disse quando. Naturalmente, como ele estava morto quando ela chegou...

– Quem será que contou a ela?

O tenente pegou outra folha de anotações e franziu o cenho.

– Entende o que digo, à parte isso? Se eles tinham um encontro marcado para quarta-feira, ou mesmo para a noite de terça, por que o holandês sairia de casa no sábado para chegar aqui no domingo? Principalmente se levarmos em conta que tudo indica que ele não tinha mais nada a fazer por aqui e que sua esposa estava irritada por ele viajar. A carta da madrasta concordando em encontrá-lo, ou marcando o encontro...?

– Não estava entre as coisas dele, e sua sogra não achou nada que indicasse a razão da visita entre os papéis dele em casa. É bem provável que ele tenha jogado fora, considerando-se que ele estava fazendo segredo da história toda. Assim, se a *signora* Goossens não chegou aqui antes de terça-feira, no dia seguinte à morte, se realmente havia uma mulher com ele no apartamento, como achamos, então ele também tinha de ter um encontro marcado com ela, e não só com a madrasta. Afinal, ela não poderia tê-lo encontrado no apartamento por acaso, creio que não, considerando-se que ele passa poucos dias por ano na cidade. Isso pode indicar que a *signora* Goossens não tem nada a ver com a história, como ela diz...

Ambos ficaram em silêncio por um momento, pensando no rosto pálido, de lábios tensos e expressão de insubordinada retidão.

– Não acredito nisto – o marechal teimou em dizer, olhando para a cópia do cartão de embarque dela. Ele deu um soco na mesa com seu pulso grande e então se lembrou de onde estava.

– Desculpe, tenente.

– Tudo bem. Sinto a mesma coisa, mas não há como escapar dos fatos. Tem certeza que o homem não disse mais nada antes de morrer?

– Nem uma palavra mais. É de surpreender que ele tenha conseguido dizer o que disse. Mesmo assim, não ajudou muita coisa, pois se um dia viermos a descobrir quem era a visitante misteriosa, teremos as palavras dele, "ela não", o que nos deixa na estaca zero outra vez.

– Se foi verdade, sim... Mas, sabe, como ele estava esperando a madrasta, e como ninguém sabia sobre um possível encontro com outra mulher, ele podia estar com medo que suspeitássemos da *signora* Goossens, como de fato suspeitamos, e estivesse apenas tentando protegê-la.

– Suponho que sim, mas não acho que... – o marechal franziu a testa, lembrando-se da voz do holandês e do jeito que um olho se abriu para o nada quando ele morreu. – Se ele estivesse em condições de pensar nisso, e honestamente não acho que ele estivesse, acho que seria capaz de dizer algo mais esclarecedor, ou dizer "não foi minha madrasta", ou algo assim. Não, tenho certeza que não foi isso. E por outro lado... Posso não ter lhe dito, mas foi um dos irmãos da *Misericordia* quem observou isso... Ele pareceu surpreso. Por que estaria?

– Surpreso? – o tenente bateu com os dedos na mesa. – Bem... Se ele estava surpreso por não ser ela, só poderia significar que ele pensou que deveria ser ela, pois ela foi a única pessoa que ele encontrou.

– Verdade... E obviamente ele não se lembrou do café, senão não teria bebido mais dele. Bem, suponho que tenha sido isso, então.

– Você não parece muito convencido disso, marechal.

– Não... Não, tenho certeza que o senhor tem razão... É só que não disse a coisa no tom certo... Mas espero que esteja certo.

O tenente ficou olhando para ele por um instante, mas a expressão neutra do marechal não transpareceu nada. Ainda assim, o tenente teve a cautela de perguntar:

– O senhor não tem mais nenhum palpite de por que ele teria dito aquilo?

– Bem, apenas o óbvio.

– E qual é?

– Que a mulher não era quem ele pensava que era.

– Grande ajuda! Não sabemos quem ela era e agora temos de supor quem ele achava que era!

– Entendo que não seja de grande ajuda... – os grandes olhos do marechal percorreram o recinto que estava todo escuro naquele momento, exceto pelo jato de luz branca sobre a mesa bagunçada do tenente. – É só que esta parece a razão óbvia... Quero dizer, não poderia significar que não foi ela quem o envenenou, certo? Se foi ele quem se envenenou, ele poderia ter dito, ou deixado um bilhete, e não poderia achar que fosse ninguém a não ser esta mulher, já que ele não teria estado com mais ninguém.

– Até onde se sabe.

– Verdade. Até onde se sabe... – o marechal baixou para ler suas anotações. – Suponho que isso não seja o que se chama de evidência; é apenas um rumor, informação genérica.

– Exato. Isso vai depender, de forma geral, da veracidade dos depoimentos das pessoas, e posso citar ao menos um deles – observou o tenente –, que é muito dado a contar elaboradas mentiras.

– A *signora* Giusti? É verdade que boa parte dessas informações veio dela. Ela lhe disse mentiras? – o marechal estava sinceramente atônito. Não podia acreditar que ela ousaria tratar um oficial do jeito que...

– Ela me disse que a assistente social tentara roubá-la.

– Disse? Roubar o quê?

– O dinheiro de seu enterro; prometi não contar a ninguém da existência do dinheiro, mas realmente... Ao que parece, ela entrou no quarto e encontrou a jovem com as mãos debaixo de seu colchão.

– E ela não poderia estar simplesmente fazendo a cama como de costume, suponho.

– Claro que não. Tentativa de roubo. Ela poderia também, no meu entendimento, estar tentando um envenenamento lento.

– Sei – o marechal começou a se dar conta que, em virtude de sua maturidade e dos profiteroles, o tenente viajara um pouquinho. – Todavia, a família do holandês parece ter lhe despertado os melhores sentimentos, dentro do possível, e estou quase convencido que ela nos disse a verdade sobre eles, a não ser que...

– A não ser que o quê?

– Eu estava pensando que, se não for isso, então ela é muito esperta. Ela pode ter inventado a mulher misteriosa... Mas é claro que isso foi antes de entrarmos lá, antes que ela soubesse que alguém havia morrido.

Será mesmo? O marechal podia até ver a velha rindo maliciosamente entre os travesseiros, podia até vê-la com a chave do holandês na mão, vê-la seguindo aos trancos e barrancos pelo corredor e perguntando, antes de ver qualquer coisa: "o que você encontrou? Alguém morreu?". E nas mãos do holandês estavam suas chaves. Fora fácil presumir que ele iria pedir ajuda à *signora* Giusti, mas como eles poderiam saber que ele não havia acabado de voltar de lá, depois de tê-la visitado antes, para saber o que ela havia lhe dado e que o fizera passar mal?

– Qual é o problema, marechal?

– Eu... Estou tentando parar de pensar na *signora* Giusti apenas como uma velha, como alguém a ser desconsiderado. É isso que fazemos com os velhos, como se sua idade os tornasse menos humanos, menos indivíduos. E foi a própria *signora* Giusti que me alertou quanto a isto. Ela gosta de atenção, sabe... Não de popularidade, mas sim de atenção.

– Certamente não acha que...?

– Por que não?

– Bem, porque...

– Porque ela é velha. É isto que estou tentando explicar, tenente. Eu sei que não estou me expressando muito bem. Nunca fui muito brilhante...

"O buraco de fechadura velho, mais abaixo. Por ele deve dar para ver todo o interior da casa."

Será que ela vira alguma coisa? Será que havia, mesmo, outra mulher?

"Quando ele vem, a primeira coisa que faz é vir me ver."

E se ele não tivesse ido? Será que o veneno era para a tal mulher, seja ela quem for, e o holandês morreu por engano?

– Com certeza – o tenente observou –, é simplesmente porque, na idade dela, o que ela teria a ganhar?

– Na idade dela, não teria nada *a perder*. Quanto ao que ela poderia ganhar, não sabemos... Vingança, ciúme, até uma pequena herança.

– Sei disso – disse o tenente. Havia uma fotocópia do testamento, obtido com os advogados do holandês, na pasta em frente aos dois. – Mas não se mata um velho amigo em troca de dois milhares de liras. Mesmo que ela conseguisse se locomover, não conseguiria muita coisa com isso. Podia no máximo comprar umas roupas novas, acho.

O marechal pensou por um momento e então disse baixinho:

– Poderia bastar para seu enterro.

– O quê?

– Poderia pagar seu enterro. Deve ser para isso. Acho que é a única coisa que importa para ela agora.

Ele podia sentir aqueles dedos fininhos lhe agarrando o braço desesperadamente.

O que acontecerá com meus pobres ossos velhos?

– Ela se preocupa em ter um enterro digno, tudo bem. Fico imaginando... Temos o número do ourives? O telefone de casa, digo?

– Temos, sim. Tem uma lista na parte de trás da pasta.

– Acho que devemos ligar para ele, se o senhor concordar...

– Vamos lá. Não posso dizer que tenho as mesmas suspeitas que o senhor, mas tem razão ao dizer que não devemos ignorá-la como suspeita em potencial. Mas não será difícil descobrir se ela tinha pílulas para dormir ou café vienense, pois ela não tem como sair para comprar nada sozinha. O senhor precisa admitir, marechal, que ela é uma suspeita bem improvável. Mesmo que ela não saiba nada sobre a perícia policial e tudo mais, ela deveria saber que nós a descobriríamos.

– Apenas se parássemos de tratá-la como uma velha sem importância. E ela nos telefonou – o marechal disse enquanto discava. – Telefonou-nos duas vezes. E quando cheguei lá, ela ficou conversando comigo por uma hora antes de dizer que havia algo errado com a porta ao lado. E se nós a descobríssemos? O que faríamos? Ela talvez fosse mandada para um asilo de velhos senis, mas alguém lhe tiraria sua herança, sabendo para que era? Ela, mesmo assim, teria garantido um lugar para o descanso eterno de seus ossos. Funerais! – o marechal bateu com as mãos nos joelhos. – Funerais, brigas e diamantes! Está tudo aí, se ao menos... Alô? *Signor* Beppe? Desculpe por incomodá-lo em casa. Quem está falando é o marechal Guarnaccia...

– Ah! Boa noite, marechal. E o senhor conseguiu falar com ela?

– Falar com...?

– Com a *signora* Goossens! O senhor foi atrás dela com bastante...

– Ah, sim... Eu... Ah... – ele sentiu os olhos do tenente sobre ele e evitou encará-lo. – Eu liguei para falar sobre outra coisa.

Na hora não lhe ocorreu, mas foi sorte o tenente deixá-lo fazer a ligação, do contrário...

– O senhor disse que o holandês deixou uma pequena herança para a *signora* Giusti.

– Sim, correto. Nada demais, afinal ela é muito velha, sabe, e pensou que não parecia provável que ela vivesse mais do que ele... Ele estava enganado quanto a isso, que Deus tenha sua alma. Se ela tivesse algum herdeiro, é claro que ele teria deixado algo mais substancial, mas dentro das circunstâncias...

– Sim... Diga-me, o senhor diria que ele era um homem generoso?

– Generoso? Já lhe disse o quanto eu devo a ele. Eles eram todos generosos, o pai dele era a mesma coisa.

– E a madrasta?

– A madrasta também. Excepcionalmente generosa.

– Sei. Eu estava apenas pensando na *signora* Giusti... Parece que ela vendeu a maior parte dos móveis, então...

– Então o senhor pensou por que Toni nunca a ajudou? Bem, eu posso lhe dizer por quê. Ele ajudava. Mas ela não queria aceitar um centavo que fosse dele. Ela é uma velha estranha e orgulhosa. Ela já teve muito dinheiro, sabe, quando o marido era vivo, de modo que a ideia de aceitar a caridade de outra pessoa era algo que não conseguiria fazer. O que Toni fazia era combinar com a assistente social para pagar as contas dela através de seu banco, e ele pagava para mandarem-na para um lugar nas montanhas no verão, para que ela não sofresse devido ao calor. Acho que ela pensa que é de graça.

– Ela não sabe nada dessas combinações?

– Não que eu saiba. Ela pode ter suspeitado e feito vista grossa, não sei dizer. De qualquer forma, de vez em quando, quando ela quer dinheiro por alguma razão, ela vende um móvel, sem conseguir praticamente nada por eles, nem preciso dizer, mas ninguém consegue impedi-la.

– Ela sabia da herança?

– Ah, eu creio que sim. Quer dizer, esta era a questão em si, dar-lhe um pouco de tranquilidade. Ela pensa, sabe, que não haverá ninguém para enterrá-la, já que ela não deixou familiares vivos. Naturalmente, Toni prometeu cuidar de tudo, mas lhe aterrorizava pensar que ninguém o avisaria de sua morte, ou que algo pudesse acontecer a ele antes de sua morte, daí a herança. É o que basta para lhe dar um funeral digno. Mesmo assim, ela está sempre querendo fazer acordos alternativos, só para garantir. Ela não sabe, por exemplo, que eu sei de tudo sobre o testamento e sobre Toni ter prometido cuidar de tudo, e me fez prometer que ia cuidar do funeral dela. Ela tem um tantinho de dinheiro debaixo do colchão...

O marechal não pôde conter o riso.

– Ela acha que é o suficiente?

– Então o senhor sabe?

– Tanto quanto o senhor.

– Então entende o que quero dizer. Sabe Deus quantas pessoas vão cuidar do funeral dela! Agora, se ela acha que o dinheiro é suficiente, é realmente difícil dizer. Lembre-se que, hoje em dia, ela não tem contato com o mundo exterior e pode ser impossível para ela entender como o dinheiro dela vale pouco. Pense só em quantas coisas se poderia comprar com cem mil liras no tempo dela...

– Posso imaginar.

– Mesmo assim, ela deve ter percebido o aumento no custo de certas coisas e pode ter ficado preocupada. Ela me disse que ainda havia o resto dos móveis para vender, se preciso fosse. O apartamento não é dela.

– De quem é?

– De Toni, agora, da viúva. Foi posto à venda cinco anos atrás, e Toni comprou. Sempre havia o risco de um novo dono querer despejá-la ou ao menos subir o aluguel para o preço atual, e ela não teria como pagar. Ele pretendia vender de novo depois que ela morresse.

– Entendi. Bem, obrigado. Mais alguma notícia sobre o que aconteceu exatamente com Toni?

– Não. Alguém está com o corpo?

– Nós arrumamos uma mulher para passar a noite com ele e amanhã cedo tomarei o lugar dela. O senhor irá ao funeral?

– Sim, creio que sim, e também a *signora* Goossens. O senhor não sabe quem a informou da morte do holandês, sabe? Não foi o senhor?

– Eu? O senhor sabe que eu apenas a vi de relance. Devo admitir que achei que ela teria me procurado a esta altura, mas não procurou. Imagino que qualquer pessoa na *piazza* poderia ter-lhe contado. Também havia uma ou duas linhas sobre o falecimento no jornal de ontem, é claro. O senhor sabe onde ela está hospedada? Não está no apartamento, já dei uma subida lá e bati na porta. Não que eu a culpe...

– Ela está na Pensione Giottino na Via Guicciardini.

– Certo. Amanhã telefonarei para avisá-la do que foi arranjado.

– Mais uma vez, obrigado, e perdoe o incômodo...

– Não foi nada.

O marechal pôs o fone no gancho e encarou o olhar cheio de expectativa do tenente.

– Bem – ele disse. – Eu tinha razão quanto à herança. É para o funeral. Mas havia alternativas. De toda forma, acho que será preciso dar uma olhada no apartamento dela e conversar com a assistente social. Não podemos fazer agora, é claro, ela estará dormindo. Mas amanhã...

– Verei o que posso fazer. Mas será difícil, se não impossível, conseguir um mandado de busca. – O jovem corou devido à própria impotência, mas estava certo no que dizia.

– Talvez não seja necessário – observou o marechal suavemente. – Acho que uma palavrinha com a assistente social, quando ela chegar de manhã, vai bastar para saber se ela tinha ou não tinha pílulas para dormir e sobre aquele café peculiar; ou ao menos o café, as pílulas ela poderia ter guardado por anos. Eu vou ao funeral, é meu dia de folga.

– Não é uma forma muito agradável de aproveitá-lo.

– Mas irei mesmo assim. Mesmo sem tê-lo conhecido, sinto que gostei desse holandês. O nome dele era mesmo Ton...

– O senhor tem alguma outra anotação para ler?

– Só esta lista de pessoas envolvidas. Não estou bem certo por que fiz a lista, talvez porque as histórias da *signora* Giusti acabaram me confundindo mais do que esclarecendo. Pode ter sido de propósito, é claro, se ela...

– Podemos ouvir a lista?

– Claro, senhor. Primeiro, o próprio holandês; pai holandês, mãe italiana, ambos mortos. A madrasta, *signora* Goossens; é consenso que todos eram muito felizes juntos, mas depois da morte do velho Goossens ela foi embora para a Inglaterra e nunca mais viu o enteado. Ontem ela chegou para se encontrar com ele... Acho que teremos de descobrir o porquê se quisermos chegar a algum lugar... Mas, em todo caso, ele estava morto antes de ela entrar no país. O *signor* Beppe, que devia muito ao holandês e era amigo de longa data, não tem como se beneficiar de nenhuma maneira com a morte do holandês, até onde se sabe, e foi testemunha do testamento. Qual foi a outra testemunha, sabemos?

– Outro artesão do mesmo estúdio, um velho amigo do pai dele, que morreu três anos atrás.

– Certo, assim resta apenas a *signora* Giusti... Bem, já vimos essa parte. Em Amsterdã temos a esposa dele, e a sogra, que é viúva. Acha que teremos oportunidade de falar com a sogra amanhã?

– Foi combinado um encontro para depois do funeral no escritório do promotor substituto com o cônsul holandês ou seu representante. Deverei estar lá, mas por alguma razão tenho para mim que ela não terá muito a dizer. À parte disso, sinto que a coisa toda se desenrolou por aqui, seja agora ou dez anos atrás, e que este pessoal de Amsterdã não tem nada com isto. É claro que posso estar totalmente errado...

– Até agora, concordo com o senhor. Sei que não sou muito competente com esses assuntos e que não temos nada a oferecer ao promotor substituto. Só gostaria de saber por que ele tem tanta certeza que foi suicídio. Se até o professor Forli duvida disso...

– Ele duvida?

– Bem, tenho impressão que sim, devido às palavras que escolheu usar no relatório. A menção às aspirinas, por exemplo...

– Bem, é bastante fácil ter dúvidas, e para ser justo com o promotor substituto, acho que ele também tem as dele, por causa da aspirina e por não haver nenhum bilhete. Mas até onde ele sabe, suas dúvidas o levam a acreditar que foi morte acidental em vez de suicídio. Ele sequer está considerando outras possibilidades, não há razão para tal. Não há razão para assassinato, nem suspeito nem pista, sequer impressões digitais evidentes naquela cafeteira, e não há testemunhas, a não ser que seja levada em consideração a *signora* Giusti, que além de idosa, é dada a mentir. Mesmo se acreditarmos nela, ainda nos restará o fato do holandês estar vivo depois da partida da mulher misteriosa, chegando mesmo a tomar outra dose no dia seguinte.

Ele não acrescentou que o promotor substituto praticamente o acusara de tentar exagerar este fato, já que era seu primeiro caso, para enaltecer a si próprio, e o tratara com evidente ironia, mas o marechal também tinha fortes suspeitas.

As luzes se acenderam na rua cálida lá embaixo, o que indicava que já eram mais ou menos nove e meia. Um mosquito pousou nos papéis espalhados sob a luminária e saiu rapidamente quando o marechal levantou a mão.

– Então, pronto – o tenente disse –; a não ser que haja mais alguém em sua lista.

– Não...

Mas deveria haver? Ele falou sério ao dizer que a *signora* Giusti o confundira; os personagens que ela lhe exibira – ingleses, italianos e holandeses, em sua maioria, pessoas falecidas há muito tempo – já estavam tão misturados em sua cabeça que era difícil desembaraçar as relações da *signora* Giusti das relações do holandês. Ele achava que não estava faltando ninguém, e apesar do ourives ter certeza que, tirando a esposa, a sogra e a madrasta, o holandês não tinha mais ninguém. Voltou-se novamente para a lista e percorreu o conteúdo da pasta com olhos cansados. Havia uma fotografia instantânea colorida, tirada da carteira do holandês; era a imagem de sua esposa sentada em um jardim, ao lado de um pastor alemão, e seus cabelos, como observara o professor Forli, eram tão louros que pareciam quase brancos. Agora ela devia estar deitada em alguma cama de hospital ao norte. O que estaria lhe passando pela cabeça enquanto ficava deitada sem dormir naquele ambiente asséptico? Mãe, pela primeira vez, e sem marido. Ou será que ao menos lhe deram alguma coisa para dormir?

– Se o senhor tem certeza que não há mais ninguém – interrompeu a voz do tenente, apesar de estar, ele também, olhando para a fotografia –, acho que devemos descer e comer um sanduíche e depois arrumo alguém para lhe dar uma carona até a Stazione Pitti.

– Prefiro ir a pé, senhor; para esticar as pernas. Mas um sanduíche seria ótimo.

No bar que havia no pátio lá embaixo, o *carabiniere* que os serviu conhecia os hábitos do tenente e lhe serviu um copinho de cerveja para beber com o sanduíche, e então disse:

– E para o senhor, marechal?

Jamais lhe ocorreria beber cerveja, mas ele sentiu vontade de ser sociável e pediu a mesma coisa.

– Um hábito do norte – o jovem levantou seu copo. – À sua saúde, marechal.

Não havia outros fregueses e o *barman* ligou o rádio no volume máximo. A luz fluorescente azulada, o impecável piso ladrilhado e as caprichosas fileiras de garrafas ganhavam um aspecto desolado àquela hora da noite, quando as patrulhas da polícia já tinham passado e tudo estava em silêncio.

– Tenho um rapaz nortista lá em Pitti – o marechal disse à guisa de preencher o vazio.

– É claro! Um dos garotos de Pordenone!

– O senhor os conhece?

– Todos já ouviram falar deles. Não os conheço pessoalmente, apesar de já tê-los visto juntos. Tenho um amigo que leciona na escola do exército, o tenente Cecchi; ele me falou sobre eles. Parece que passam todo o tempo livre juntos. Eles não são realmente de Pordenone, sabe, são mais do interior mesmo. Pordenone deve ser a única cidade que conheciam até se alistarem. De qualquer maneira, quando chegaram aqui, comparavam tudo que viam "ao de Pordenone", então o nome colou neles. Estranho, sendo eles tão inseparáveis, que não tenham se matriculado juntos na escola.

– Não consegui persuadir o rapaz – o marechal disse com tristeza. – Ele simplesmente não tem ambição para o futuro.

– Bem, se eu fosse o senhor, continuaria tentando. Cecchi diz que o irmão está se saindo bem. Agora, acho que está na hora de também encerrarmos nosso expediente. Se algo lhe ocorrer, qualquer coisa, ligue para mim. Senão, nos encontramos na Piazza Santo Spirito amanhã de manhã.

Posso dizer com sinceridade que não estou ansioso por outro *tête-à-tête* com a *signora* Giusti...

– Se achar que ajuda em alguma coisa, posso passar aqui antes e acompanhá-lo.

– Pode ajudar bastante; ela parece gostar do senhor... Mas é seu dia de folga, afinal de contas...

– Se já vou ao funeral... – o marechal deu de ombros.

– Bem, se tem certeza. Que horas a assistente social chega por lá?

– Creio que se chegarmos às nove e meia ela já estará lá.

– Ainda acho que podemos estar perturbando uma senhora muito idosa sem necessidade.

– Talvez não haja necessidade – o marechal insistiu calmamente –, mas o senhor não precisa se preocupar, ela não vai se sentir perturbada. Ela gosta de atenção, como eu já disse.

– Mesmo assim, devo dizer que, por mim, daríamos uma olhada nesta *signora* Goossens que todos insistem ser um paradigma de virtude.

– É difícil acreditar – o marechal concordou – com aquele rosto duro e de lábios tensos...

– Mas... Então, o senhor a viu?

– Não, não – o marechal mentiu placidamente. – Só estou me baseando em sua descrição, só isso.

– Sei. Tem certeza que prefere voltar a pé?

– Certeza total.

Mais uma vez, antes de sair, ele garantiu ao tenente que se algo de importante lhe ocorresse, telefonaria, a despeito do horário. Algo de fato lhe ocorreu e eram três e quinze da madrugada. Ele não telefonou porque, fosse importante ou não, seria impossível fazer qualquer coisa àquela altura, se é que seria possível fazer algo. Ele acordara subitamente, nada grogue, completamente alerta, como se fosse hora de acordar. Apesar de não se lembrar, seu cérebro devia estar funcionando enquanto ele dormia, de modo que caiu a ficha sobre quem estava faltando em sua lista da noite passada e ele acordou. Apesar de estar totalmente acordado, ficou com medo de se esquecer, então virou para o lado e acendeu a luminária ao lado do telefone, onde havia um bloco. Escreveu nele: "a irmã". E então voltou a dormir.

9

Quando o despertador soou às oito, uma hora mais tarde que o normal, o marechal já estava acordado e deitado na cama, com a mente funcionando mais rápido do que o relógio e olhando fixo para a foto de seus pequenos sobre a cômoda de frente para ele.

– São duas – ele disse em voz alta, referindo-se à *signora* Goossens e sua irmã. – Uma chegou na terça-feira e a outra chegou... Quando? No domingo, ou antes, suponho. São duas, as desgraçadas! Que diabo elas estavam querendo? Que tipo de influência o holandês tinha sobre elas a ponto de fazê-las voltar aqui após tantos anos? Fosse o que fosse, elas o mataram por isso. Ou uma delas matou. Não esta, a *signora* Goossens, eles conferiram a data de sua chegada, e duas pessoas a identificaram, o vizinho que a viu descendo e o *signor* Beppe. Então, ela estava fora, mas elas certamente poderiam ter tramado tudo juntas, conseguindo fazê-lo marcar um encontro com a madrasta. Foi por isso que ele disse "ela não", porque ela não era a madrasta. Eles discutiram violentamente... Por causa de quê? Pelo mesmo motivo que discutiram dez anos atrás... A tal coisa que ninguém me conta. Todo mundo jura que não havia brigas, mas, ora, diabos, todas as famílias brigam! Por que essa não teria suas brigas? Talvez fosse uma briga que envolvesse todos eles, o estúdio e o *signor* Beppe, a velha *signora* Giusti, todos eles, e ninguém ousa tocar no assunto. É inútil...

Ele se levantou e começou a se aprontar. Enquanto se barbeava, foi lhe crescendo a raiva ao pensar que tanta gente estava lhe enganando para encobrir alguma coisa. Especialmente ao pensar no *signor* Beppe. Ele podia jurar que o *signor* Beppe era um homem honesto, mas ele enfatizou tanto que a *signora* Goossens era boa e generosa, que apesar de ter partido depois do funeral sem dizer uma palavra sequer, não houve briga nenhuma. Ele disse que não poderia ter havido, pois Toni estava em Amsterdã na época...

O marechal se cortou.

– E não é nada além do que você merece – ele resmungou consigo mesmo enquanto procurava um lápis hemostático, esbarrando nas coisas como teria feito o holandês. – Em Amsterdã, com certeza! Então, por que ele não estava no funeral do próprio pai? Pois é o que parece, se a mulher partiu imediatamente... E não houve briga? Ele podia ter namorada por lá, mas ninguém perde o funeral do próprio pai por causa disso!

Isso quer dizer que a briga devia ter origem anterior à morte do velho Goossens... Talvez datasse da época em que Toni resolveu trabalhar lá. O marechal desistiu de procurar o lápis hemostático, colocou um pedaço de papel absorvente sobre o corte e foi se vestir.

Quando ele entrou pelo escritório da frente, Gino estava à mesa telefônica.

– Bom dia, marechal.

– Bom dia. Onde está Lorenzini?

– Lá em cima, senhor, escrevendo um relatório. Alguém acabou de dar queixa de um carro que sumiu do estacionamento. Devo chamá-lo?

– Esqueça... Vou sair! Pensando melhor – ele disse –, eu mesmo o chamarei.

Ele foi para o pé da escada e gritou:

– Lorenzini!

– Sim, senhor! – Lorenzini veio descendo ruidosamente.

– Quero que volte à Pensione Giottino.

– É para ficar de olho naquela mulher outra vez? – ele começou a baixar as mangas.

– Exatamente. Às onze e meia ela vai a um funeral no Santo Spirito. Eu estarei na igreja, então quando ela chegar lá, eu assumo a situação. Não creio que ela vá a mais nenhum lugar antes disso, mas fique de olho só para garantir.

– Certo, senhor.

– Onde está Di Nuccio?

– Lá em cima, senhor.

– Diga para ele não sair até você voltar – abaixou o tom de voz: –, não quero que Gino fique sozinho; ele é jovem demais...

Ao sair, o marechal esfregou a cabeça de Gino, despenteando-o, e disse:

– Cuide-se, rapaz, ficarei em contato com você.

– Sim, senhor. O senhor volta para o almoço, marechal?

– Não sei. Eu lhe digo quando telefonar... – Às vezes, em seu dia de folga, ele almoçava no clube dos policiais, mas hoje não estava pensando em aparecer por lá.

O sol estava queimando com mais intensidade do que nunca desde que a chuva clareara a atmosfera no dia anterior. O calor emitia ondas dos tetos dos carros e ônibus do lado de fora do palácio, e enxames de turistas japoneses, sempre os primeiros em movimento, ocupavam a entrada principal aos borbotões. O vendedor de cartões-postais já estava fazendo uma rápida venda e o carrinho de sorvete havia acabado de chegar. O marechal foi descendo a ladeira por entre os carros e entrou em um bar de esquina próximo à *piazza* para tomar o café da manhã. O guarda do banco em frente estava apoiado sobre o refrigerador de sorvetes na entrada. Lá ele passou a maior parte da manhã, protegendo-se do calor, olhando para o banco do outro lado e, volta e meia, pegando a garrafa de água mineral que guardava no refrigerador.

– Hoje não é seu dia de folga? – perguntou o *barman* quando o marechal pediu seu café da manhã e pegou uma barra de chocolate do mostruário do balcão. – Por que está de uniforme?

– Vou a um funeral no Santo Spirito.

– Ah – disse o *barman*. – Deve ser o do holandês, certo? Aquele que se suicidou.

O comentário não melhorou o humor do marechal.

O tenente já estava esperando quando o marechal chegou à *piazza*, então ele apertou o passo um pouquinho.

– Tudo bem, marechal; cheguei um pouco cedo. Não que eu esteja esperando que nada aconteça, mas mesmo assim... Achei que talvez pudéssemos ligar para o ourives, já que estamos aqui, quem sabe não surgiu alguma novidade.

– Boa ideia, senhor... – o marechal estava querendo mesmo dar uma palavrinha com o ourives.

O aprendiz estava sentado em um canto escuro do estúdio, vestindo um terno escuro que devia ter desde a primeira comunhão, pois as mangas eram curtas demais para ele. Ele se levantou ao entrarem.

– O *signor* Beppe está nos fundos – ele murmurou –, se quiserem que o chame.

Mas o *signor* Beppe os ouviu entrar e apareceu imediatamente, aproximando-se para apertar as mãos de ambos sem dizer nada.

O holandês fora vestido com o terno escuro e a gravata que trouxera consigo. Alguém pensou, desde a noite passada, em colocar luvas brancas em suas mãos avariadas. Havia um rosário em torno delas. Deitado lá, ele parecia bem sólido e holandês. Os olhos escuros e joviais ele herdara da mãe, além do talento para desenhar e pintar. O marechal fez o sinal da cruz e acenou ao ourives, para que ele os acompanhasse para fora do recinto.

Do lado de fora da porta de vidro fosco, depois de pedir permissão ao tenente ao dirigir-lhe uma rápida olhada, o marechal disse:

– Lamento tocar neste assunto no dia do funeral, mas temos muito pouco tempo...

O ourives acompanhou cuidadosamente as palavras do marechal, e ficou evidente sua perplexidade com a súbita ausência de cordialidade em suas palavras.

– Quando o senhor disse que a *signora* Goossens foi embora daqui imediatamente após o funeral, estava falando literalmente? No mesmo dia?

– Mais precisamente na mesma hora. Ela nem sequer voltou à casa, até onde sei, e ninguém a viu por três dias antes disto, os três dias da autópsia, por se tratar de morte súbita. Ela se trancou no apartamento e não quis falar com ninguém. Devia estar muito abalada.

– O senhor foi ao funeral? O senhor saberia se algo tivesse acontecido, como uma briga...

– Não, eu não estava lá.

– O senhor não estava... – o marechal olhou para ele e depois para o tenente, que parecia tão perplexo com o rumo que a coisa estava tomando quanto o ourives.

– Mesmo assim – o ourives observou –, não vejo com quem ela poderia ter brigado; Toni estava em Amsterdã.

– Por quê?

– Por quê? Bem, ele estava trabalhando lá na época. E estava cortejando a esposa, também... E, seja como for, ela não o convidara a vir, portanto... Com licença, um momento...

O carro fúnebre estacionara em frente ao estúdio, e dele estavam saindo os funcionários da funerária.

– Terei de deixá-los por um instante, eles querem selar o caixão e levar para a igreja. Por aqui – ele orientou os homens. – Aqui dentro.

O marechal pegou um lenço e enxugou a testa.

– Não entendo mesmo...

– Não consigo ver aonde quer chegar... – o tenente estava alinhado e impecável em seu uniforme; o marechal, que estava sem paciência, já estava passando calor e suando em bicas, o que, com aquele tempo, era um desastre. Não havia chance de se refrescar de novo, a não ser quando tivesse a oportunidade de tomar um banho frio.

– Estou tentando chegar à razão pela qual o holandês não foi ao funeral do próprio pai. Se houve uma briga, talvez tenha ocorrido antes de o velho Goossens morrer. Também tenho de lhe dizer, senhor, que deixei uma pessoa de fora da minha lista ontem à noite. Foi estupidez minha e só posso atribuir meu esquecimento ao fato de só ter comido um sanduíche o dia inteiro, mais nada.

– Desculpe, eu devia ter lhe providenciado uma refeição decente à noite, mas realmente não houve tempo... Mas por que não comeu na hora do almoço?

– Tive de fazer outra coisa – o marechal respondeu pela tangente, ralhando consigo mesmo por dentro. Não podia continuar assim... Quem sabe não fosse melhor abrir o jogo... Mas e se a coisa terminasse mal? E era o primeiro caso do tenente...

– Quem era? A pessoa que o senhor esqueceu?

– A irmã. A *signora* Goossens tinha uma irmã que morou com ela por um tempo e era, segundo a opinião geral, uma pessoa desagradável, invejosa e má. Ao menos – ele se corrigiu – de acordo com a *signora* Giusti. De qualquer forma, parece que a *signora* Goossens sempre a ajudou, e imagino se agora as duas não vivem juntas na Inglaterra, e se não foi a irmã quem esteve aqui no domingo à noite.

– Quando o holandês esperava pela madrasta?

– Exatamente. Daí a surpresa dele. E então aparece a *signora* Goossens, toda virtuosa, e se surpreende ao saber que ele está morto.

– Mas por que, marechal? Acho que nada disso vai impressionar o promotor substituto, mesmo em nível de teoria. Por que esta dupla terrível iria matar o coitado do homem?

– Para ser honesto, senhor, não faço a mínima ideia, e o pior é que não acho que podemos ter muita esperança de um dia vir a descobrir a razão, nem que tivéssemos um ano para investigar, que dirá em poucas horas. Estamos lidando com gente muito inteligente, pessoas engenhosas. Que tipo de domínio essa senhora Goossens tem sobre as pessoas daqui para todos defenderem-na assim, apesar de ela sumir daquele jeito, apesar de sua expressão! Brigas de família, senhor. Elas são o verdadeiro demônio em famílias como esta, nas quais todos protegem a todos, até parentes que se odeiam, tudo para não haver escândalo.

– Talvez – disse o tenente – devamos subir para falar com a *signora* Giusti. O tempo está passando. Podemos ao menos descobrir o nome da irmã, o que nos ajudaria a tentar descobrir quando ela chegou aqui e onde ficou. Mesmo assim, receio que seja tarde demais.

– Deve ser tarde demais. A *signora* Goossens pode ter ficado para o funeral, mas a irmã já terá partido.

O caixão estava sendo levado para fora e eles subiram uns degraus da escada para deixá-lo passar. Os vendedores e seus fregueses fizeram o sinal da cruz quando o ourives e seus colegas de trabalho carregaram o caixão pela *piazza*, e um grupo de jovens de férias, trajando *shorts*, parou para olhar. Um deles tirou uma foto deste momento de peculiaridade local.

O marechal subiu a escada atrás do tenente.

Primeiro, ninguém atendeu a campainha; e quando, após longa espera, uma irritada assistente social abriu a porta, eles ouviram a *signora* Giusti gemendo atrás dela. Não era aquele choramingo de chantagem emocional que ela acionava quando desejava, mas um barulho muito diferente, um gemido repetitivo e ritmado, como o de uma criança perdida ou que foi deixada sozinha por muito tempo.

– Ela caiu da cama – a assistente social explicou – à noite. Ela está muito estressada e machucou o pulso. O que desejam?

– Podemos falar com ela um instante? – o tenente perguntou, olhando feio para o marechal que o envolvera naquilo.

– Podem, se quiserem. Isso pode ajudá-la a se recompor um pouco. Eu a pus de novo na cama...

Ela abriu a porta do quarto para eles.

– Vou fazer algo quente para ela beber com o sedativo.

As persianas externas do quarto estavam fechadas, e a luz do sol formava um padrão listrado sobre a colcha branca e o chão sem tapete.

– *Signora* Giusti – murmurou o marechal, inclinando-se sobre ela. Mas não houve resposta. O gemido rítmico e contínuo persistiu. Mais parecia um som animal do que humano. Devia estar assim por horas a fio, pois a voz estava rouca. Uma de suas mãos frágeis jazia descoberta pela colcha branca e com o pulso enfaixado. O marechal teve medo de tocar-lhe com sua mão grande. Portanto, murmurou outra vez:

– *Signora* Giusti, viemos visitar-lhe...

Desta vez ouve uma leve quebra no ritmo do gemido e ela mexeu a cabeça um pouquinho.

– Viemos lhe visitar – ele repetiu, sem saber o que dizer.

– Acho que é melhor irmos embora – murmurou o tenente, descontente.

Mas então a velha senhora pareceu notá-los e o gemido assombroso se modulou e se transformou em um lamento humano.

– Eu caí da cama – ela choramingou – e me machuquei; veja só minha pobre mão, veja só...

– Eu sei – o marechal disse baixinho –, mas a senhora vai melhorar agora.

– Vieram me visitar?

– Sim, viemos lhe visitar.

Ela nem perguntou se haviam lhe trazido alguma coisa.

– Eu trouxe chocolate para a senhora – o marechal disse, mas então ela recomeçou a choramingar, às vezes parecendo um animal outra vez, às vezes chorando como uma criança.

– Eu tive que deitar no chão, passei a noite toda no chão... Nem sabia que horas eram... Porque estava escuro... E achei que ia morrer... Sozinha... No chão...

– Já passou.

– Não quero morrer no chão...

– Isso não vai acontecer. A senhora não vai morrer. A assistente vai lhe trazer uma bebida agora, e então a senhora vai dormir bem. A jovem apareceu e levantou a cabeça da *signora* Giusti para lhe dar goles de leite quente e um comprimido.

– Ela toma pílulas para dormir? – o marechal perguntou baixinho.

– Santo Deus, não. Acho que um calmante de verdade poderia matá-la; é só um tranquilizante muito leve – ela pôs a velha senhora para dormir. Dentro de instantes ela parou de choramingar e estava adormecida. A mão com o pulso enfaixado continuou no mesmo lugar.

Ela parecia pequena demais para a cama alta e antiga, seu rostinho afundava em meio aos enormes travesseiros. Acima dela, o querubim empoeirado de mogno os mandava fazer silêncio. Os três foram até o corredor, pé ante pé.

– Ela vai melhorar? – o tenente perguntou. – Será que ela não precisa de um médico?

– Acho que não – a jovem disse. – É só um machucado na mão. Eu enfaixei para ela se sentir melhor.

– O que aconteceu exatamente? – o marechal perguntou.

– Ela se molhou à noite – respondeu a jovem, olhando constrangida para o tenente. – Às vezes acontece. Ela tentou se levantar e resolver o problema sozinha, e acabou escorregando. Ela precisa ficar em algum lugar onde possam tomar conta dela o tempo todo, mas não adianta tentar tirá-la desta casa por um mês que seja durante o verão, e estaremos com poucos funcionários durante muito tempo com o início das férias. Eu pensei se o senhor não poderia tentar persuadi-la... Ela parece gostar muito do senhor.

Então o marechal também escapara de sua língua ferina, ele e a família holandesa. Dava para ele sentir os olhos do tenente lhe acusando, "e o senhor queria acusá-la".

– Fiz o que pude – ele disse –, mas ela tem medo de ser roubada.

Ele quase mordeu a língua ao lembrar que a assistente social tinha sido acusada de mexer debaixo do colchão dela.

A jovem pegou um monte de roupas de cama molhadas e uma camisola de náilon cuja cor original desbotara muito tempo atrás.

– Se não há mais nada... Gostaria de levar isto aqui para a lavanderia, enquanto ela está dormindo...

O marechal olhou com expectativa inocente ao tenente, que então se forçou a dizer:

– Será que eu posso apenas lhe fazer umas perguntinhas?

Um sino soou na *piazza* e o marechal, ao ouvi-lo, murmurou vagamente:

– Acho melhor descer...

Ele mais sentiu do que viu Lorenzini entrando na igreja, tentando não fazer barulho, mas conseguindo, mesmo assim, derrubar uma pilha de folhetos de propaganda da missa que estavam no fim do banco, ao entrar. Começaram a sussurrar.

— E então? Ficou de olho nela?

— Sim, o tempo todo. Mas ela saiu e eu tive de pegar um táxi. Tudo bem? Quer dizer, vou ser reembolsado?

— Sim, claro — o marechal resignou-se em pagar.

— Aonde ela foi?

— Ao Palazzo Vecchio. Fiquei esperando um pouco do lado de fora, pois só havia uma entrada pública, então decidi segui-la lá dentro.

— Estupidez sua; poderia tê-la perdido facilmente lá dentro.

O Palazzo Vecchio outra vez. Então ela devia mesmo ter uma razão...

— Não a perdi de vista. Eu a peguei saindo do cartório.

Por que ela iria ao cartório? Com certeza o Instituto Médico Legal teria registrado, e se não tivesse, o *signor* Beppe, que organizou o funeral... Apesar de que ela deveria querer uma cópia do atestado de óbito. Seria isso que ela estava querendo ontem? Então não é de admirar que tenha ficado furiosa! Ela se atrasou ao tentar despistá-lo. Ele se lembrava dos funcionários indo embora quando eles chegaram. Estranho. Ela devia saber que fechavam ao meio-dia...

— Não descobriu o que ela foi fazer lá?

O cartório era uma sala comprida onde filas kafkianas de pessoas esperavam exaustivamente por cópias de seu estado civil, cópias das quais precisavam para tudo, desde pedir passaporte a renovar a matrícula todo ano na escola. Sempre havia discussão entre as filas de gente irritada, ou na mesa onde algum infeliz, depois de esperar por duas horas ou mais, escutava que não havia trazido o documento certo para requerer o documento que queria. O marechal podia imaginar a *signora* Goossens em uma daquelas filas, morta de raiva, com aqueles lábios finos e aquela expressão de fanática no rosto. Talvez não estivesse querendo atestado de óbito do enteado; podia estar querendo uma cópia de sua certidão de casamento ou algum documento relacionado ao que acontecera dez anos antes – talvez o atestado de óbito do marido?

– Você não viu de que balcão ela saiu?

– Não. Pensei em ficar e perguntar, mas a teria perdido de vista.

– Fez bem.

A pequena congregação se sentou e uma ou duas pessoas se viraram para ver o que era aquele cochicho que vinha de trás. Entre elas estava a *signora* Goossens, que se assustou nitidamente ao ver o corpanzil familiar do marechal. Será que ela achava que tinha se livrado dele após sua visita ao comando central para bancar a parenta enlutada? Uma pessoa na primeira fila permaneceu sentada mais tempo que as outras; uma mulher muito bem vestida de preto, com os cabelos ondulados tingidos de louro rosado. Com certeza era a sogra do holandês, uma evangélica pouco à vontade em uma igreja católica. Ela sempre se levantava e se sentava um pouco depois dos demais, após dissimular uma olhada ao redor.

O marechal deu uma olhada rápida no relógio.

– Pode voltar lá? Ao cartório, quero dizer... Você precisa chegar antes que fechem. Terá de correr, já são vinte e cinco para o meio-dia. Depois vá direto para Pitti; telefonarei para lá.

Lorenzini saiu na ponta dos pés, desta vez sem derrubar nada, mas fazendo tamanho barulho ao fechar a porta que o eco reverberou por toda a construção.

O marechal pegou seus óculos escuros e os colocou no rosto quando o cortejo fúnebre emergiu sob a acachapante luz do meio-dia, e pensou que era um crime mandar alguém sair correndo com aquele tempo, mas um táxi demoraria mais devido ao trânsito intenso e à mão única, e o cartório só abria pela manhã, e amanhã seria tarde demais.

Houve uma confusão com os carros. O *signor* Beppe mandara vir dois, um para a família e outro para si mesmo e o pessoal do estúdio. Os outros ourives e joalheiros que foram convidados estavam em seus próprios carros. A *signora* Goossens e a sogra holandesa não se conheciam, de modo que o *signor* Beppe fez as vezes de diplomata em surdina e as persuadiu a seguirem juntas no primeiro carro. Cada uma ficou em um canto do banco de trás do carro preto, em silêncio. Eram bem parecidas de costas, o marechal percebeu, apesar de que a inglesa era bem menor.

– Imagino que aquela seja a sogra holandesa – disse uma vozinha na altura do ombro do marechal.

Ele se virou. Era o florista cego, que estava de pé e com o rosto levantado, escutando.

– Claro que não irei ao cemitério, mas pensei em aparecer para ouvir a cerimônia. Acho que o padre falou muito bem.

– Muito bem – concordou o marechal, que estava ocupado demais com Lorenzini para ouvir uma palavra que fosse do breve sermão.

– É claro, o senhor estava ocupado com outras coisas – o cego disse tranquilamente. – Alguma novidade?

– Não... Na verdade, não...

O carro fúnebre deu a partida.

O cego fizera o marechal se sentir deselegante e desatencioso, mas agora era ele quem estava parecendo pouco atencioso, pois ele disse:

– Eu estava esperando que a *signora* Goossens viesse, para dizer a verdade. Mesmo em circunstâncias tão tristes, seria bom conversar com ela um pouquinho como nos velhos tempos. Mas sem dúvida a viagem é longa da Inglaterra para cá, e talvez ninguém lhe tenha dito...

– Nós diremos a ela – o marechal abriu a porta do carro. – E ela estava no primeiro carro com a sogra. Talvez ela não estivesse com vontade de bater papo.

– No primeiro carro? Sim, havia outra mulher que entrou primeiro que a sogra... – ele virou seu rosto pálido na direção dos carros que começavam a entrar em movimento. – Mas o senhor está enganado, marechal. Aquela não é ela.

– Tenha a santa paciência! – enfureceu-se o suarento marechal, batendo a porta do carro repetidas vezes e inutilmente. O cego estava voltando lentamente para sua alcova de flores por entre as barracas de camelôs. Conseguiu enfim fechar a porta do carro e acelerou atrás do cortejo fúnebre, alcançando-o do outro lado do rio. – É de propósito, só pode ser! Eles estão saindo do caminho para me confundir. Eles só podem estar me escondendo alguma coisa. Eles estão de combinação com essa desgraçada. E alguém deve estar ganhando alguma coisa com isso. Só pode ser! Bem, se não foi ela, foi a irmã, e se não foi a irmã, foi ela. Vamos acusar as duas, isso sim!

Ele trocou de marcha quando o cortejo começou a subir em direção a Trespiano, onde, acima da cidade-hospital, as torres de rádio brancas e vermelhas estavam fincadas no topo do monte; ao fundo um céu azul escuro profundo de tirar o fôlego. As encostas abaixo eram cobertas pelo cemitério.

– Qual delas fez aquilo é quase irrelevante. Pelo que entendi, elas devem ter viajado uma com o passaporte da outra. Mas eu vou pegar as duas! – ele deu um murro no volante. – Por Deus, eu vou agarrar aquelas duas!

Estavam em frente aos portões do cemitério.

Quando o caixão do holandês estava descendo para dentro do lóculo ao lado do de seus pais, o marechal ficou bem atrás da *signora* Goossens, respirando em sua nuca, que estava tensa de nervoso. As placas em homenagem ao velho Goossens e sua esposa italiana eram ligadas a um pequeno vaso na frente, no qual havia algumas flores mortas já fazia um bom tempo. O marechal se perguntou quem as teria posto lá. A mulher sequer deu uma olhada nas placas. Quando começaram a lacrar o lóculo, o marechal foi até o prédio da administração e pediu para usar o telefone.

– Gino? Escute, não vou voltar para o almoço... Lorenzini já voltou?

– Ainda não. Marechal, recebemos uma ligação de... Espere... Da Pensione Giulia. O proprietário queria falar com o senhor. Ele pareceu nervoso.

– Devia estar mesmo.

– Senhor...?

– Nada. Ele terá de esperar. Ele sabe muito bem que quinta-feira é meu dia de folga; ele só deve estar querendo me irritar. Se ele ligar de novo, diga que retorno assim que voltar.

– E quando voltará, senhor?

– Não faço a menor ideia. Não se preocupe, eu manterei contato. Tenho de ir agora. *Ciao*, Ciccio.

A lampadinha vermelha fora acesa em frente ao lóculo e o encontro fúnebre estava se transferindo para o escritório. O marechal notou que foi o *signor* Beppe o encarregado de fornecer uma cópia do atestado de óbito e uma fotografia. A partir destes seriam feitas a inscrição na lápide e uma imagem de cerâmica a serem colocadas na parede em frente ao local com os restos mortais do holandês. Será que a *signora* Goossens havia retirado o atestado de óbito para o *signor* Beppe? Ele poderia ter lhe pedido que o fizesse quando ligou na noite anterior, mas parecia improvável. Era essencial chamá-lo a um canto o mais rápido possível e perguntar.

O marechal deu um jeito de surpreendê-lo quando estavam passando pelo portão principal do cemitério. Apenas o carro fúnebre entrara; os demais carros ficaram em um estacionamento com piso de pedrinhas na ladeira.

– Foi o senhor quem pegou o atestado de óbito que acabou de passar?

– É claro. Ontem. Eu cuidei de tudo – encaminhou-se para no carro.

– Espere... De que morreu o velho Goossens?

– Problemas cardíacos. Morreu no hospital. Por quê? Qual é o problema? Com licença, marechal, mas o senhor está se sentindo bem? Ficamos tanto tempo debaixo do sol que eu mesmo não estou me sentindo na melhor das condições...

– Não... Não, estou bem. Diga-me, a *signora* Goossens e sua irmã... O senhor diria que elas eram parecidas, quer dizer, fisicamente?

– Creio que sim... Sim; é só que elas tinham personalidades tão diferentes que ninguém diria que eram parecidas. A *signora* Goossens ficou um pouco mais gordinha quando estava morando aqui. Sempre culpou a comida italiana de que ela tanto gostava. Ao se mudar para a Inglaterra, perdeu peso novamente. Não é mais a pessoa animada de antigamente, mas creio que nenhum de nós está ficando mais jovem...

"Lá vamos nós de novo", pensou o marechal, passando a mão distraidamente em seu pescoço queimado de sol.

– O senhor tem mesmo certeza que é ela? – perguntou ele em voz alta.

– O quê?

– O senhor tem mesmo certeza que é ela? Não acha que pode ser a irmã?

Onde estava a desgraçada, aliás? O primeiro carro estava partindo apenas com a sogra.

– Não estou entendendo... A irmã dela?

– Sim, a irmã dela! – uma ideia inominável estava nascendo em sua mente e lhe despertando a fome de saber mais. Onde ela estava...?

– Mas é claro que não é a irmã! Não sei onde o senhor está querendo chegar!

Por isso ela não conhecia os caminhos do Boboli tão bem, por isso ela não sabia que horas fechava o cartório... Mas como ela o fizera de bobo, mesmo assim! Mas a ideia inominável ainda estava no fundo de sua mente e ele sabia, antes mesmo de acontecer, que o *signor* Beppe ia confirmar essa ideia.

– Quero chegar à irmã – ele insistiu. – Está bem claro, não está?

– Para mim, não está não. Não sei o que quer dizer, mas sei que esta não é a irmã, é a *signora* Goossens! Sei pela mesma razão que o senhor sabe! – o *signor* Beppe estava com o rosto vermelho. Olhou para seus funcionários em busca de apoio para aquela situação ridícula. Estavam todos olhando de dentro do carro, inclusive o motorista.

– O senhor já me perguntou isto o suficiente! – o *signor* Beppe repreendeu-o. – A mulher morreu, pelo amor de Deus, e já faz dez anos! Eu lhe disse que depois do funeral dela, a *signora* Goossens...

– Depois do funeral *dela*? Pelo amor de Deus! Eu achei que o senhor estava falando do funeral de Goossens, o pai!

– Mas isso foi um ano antes. Foi depois disso que a *signora* Goossens convidou a irmã para morar aqui e então a irmã morreu... Se fosse o funeral de Goossens pai, eu estaria nele, certo? E Toni estaria aqui... Bem, todo mundo aqui ficou sabendo que a irmã morreu...

– Bem, ninguém me disse! E dez anos atrás eu nem estava aqui!

Ele deu meia-volta no chão de cascalhos e saiu correndo pesadamente pelo portão, passando o lenço ao redor do pescoço enquanto corria. Eles ficaram olhando para ele por alguns instantes, desconcertados, até que o motorista perguntou se podiam ir.

– Creio que sim – o *signor* Beppe entrou no carro, que se afastou do portão. Todos, com exceção do motorista, levantaram os pescoços e fizeram sombra nos olhos com as mãos para olhar para trás.

A silhueta do marechal, coberta por tecido cáqui, corria com passos pesados, às vezes chutando cascalho, às vezes grama, ao pegar atalhos. Depois de um tempo ele parou, olhando para os lados. Os túmulos se estendiam até onde alcançava a vista, quilômetros de sepulturas. O lugar estava vazio sob o sol impiedoso do meio-dia. Nem mesmo um pássaro ou um inseto quebrava o silêncio mortal entre os pequenos montes cobertos de grama e as jarras quebradas com flores quase podres. Os raios lancinantes se abateram sobre as costas do marechal, onde havia uma grande mancha de suor debaixo do paletó. Ele respirava ruidosamente, com dificuldade.

– Se eu estiver chegando tarde demais...

Ele começou a seguir para o prédio da administração. Ao se aproximar, deu um grito chamando o funcionário que o deixara telefonar antes. O homem saiu com um cigarro na mão e apontou a direção que o marechal queria.

– Ele vai ter um ataque cardíaco se não tomar cuidado – o homem falou consigo mesmo, jogando o cigarro no chão de cascalho enquanto observava o marechal se afastar. – Não vai nem precisar voltar para casa...

Quando ainda tinha alguma distância a percorrer, o marechal avistou o grupo de três que estava procurando, mas não diminuiu o passo até chegar perto o suficiente para reconhecer o rosto dela, até saber que ela o vira, até ver que ela estava apavorada, apavorada demais para tentar fugir do lugar onde os dois homens estavam ocupados com um túmulo aberto.

Os homens só repararam nele quando ouviram sua respiração arfante, e então pararam de trabalhar. Ele fez um sinal para que continuassem e eles abriram o caixão. O ossuário jazia ao lado, à espera.

Ele fixou os olhos nos dela. Ela estava tremendo um pouco e o suor descia em pequenos córregos de ambos os lados de seu rosto coberto de pó de arroz. Ela podia desmaiar, mas aguentaria firme até o fim, encarando de modo desafiador os óculos escuros do marechal. Ela estava usando um vestido preto e seu peito inflava e desinflava dentro dele como se ela também tivesse corrido para chegar lá. O barulho dos homens trabalhando cessou, e ambos sabiam que o caixão estava aberto sem olhar para ele.

– Certo, *signora*...?

Os homens estavam esperando. O marechal estava determinado a não olhar antes dela. Ele queria ver o rosto dela ao baixar os olhos em direção ao caixão. Ela protelou o quanto pôde, mas os homens deram sinais de impaciência; ela não podia fazer mais nada. Lentamente, ela baixou os olhos.

O que o marechal esperava encontrar no rosto dela? Arrependimento? Pesar? Talvez algum vestígio de emoção humana. Decepcionou-se. Viu a tensão se formar nos lábios dela, que encolheu o queixo ligeiramente em um gesto involuntário, e sua expressão típica se formou em suas feições.

Eu tinha direito...

– Tudo bem, *signora*?

Ela fez que sim, e eles se prepararam para continuar com o trabalho.

O marechal olhou rapidamente, já sabendo o que veria.

Os ossos da *signora* Goossens estavam limpos, apesar da pele mumificada. Seu traje fúnebre, apesar do tom amarelo-escuro, permanecia intacto até o momento em que a pá foi recolher os ossos, quando então se desintegrou. Quando uma das mãos cruzadas do esqueleto caiu ao lado das costelas, os pequenos diamantes, esmeraldas e safiras refletiram o sol brilhante a partir do anel de ouro ornamentado, onde estavam incrustados.

Ele se virou ligeiramente quando começaram a remover os restos mortais com a pá, sem a menor cerimônia, para colocá-los no pequeno ossuário que seria lacrado em uma parede.

– Deus abençoe sua alma – ele disse a si mesmo, visualizando-a muito tempo atrás, a ouvir os provérbios do cego, as reclamações da *signora* Giusti, aproveitando a benção que era sua segunda vida... Ele ouviu a mulher interromper os trabalhadores e entendeu o que ela estava fazendo.

– E que Deus me perdoe por ter falado mal dela, sem saber...

– É parente? – perguntou depois um dos trabalhadores, com simpatia. Percebendo que ele estava emocionado.

– Não... Não...

– É costume ter o padre... – o trabalhador murmurou ao olhar para a mulher de modo desaprovador. Ela estava usando o anel.

O marechal não os seguiu para ver o ossuário ser lacrado. Em vez disso, esperou no escritório onde, na hora devida, a mulher teria de vir assinar o registro para confirmar que os restos mortais foram identificados e reenterrados em definitivo. Ela podia entrar em pânico e sair correndo, mas ele duvidava depois do que acabara de ver.

– Preciso usar seu telefone outra vez – se antes ele ficou se perguntando por que, após a morte do holandês, ela não deixou os ossos da irmã apodrecerem em uma cova comunitária, agora ele já sabia. Ele não tinha poderes para impedir o lacre nem para abrir o ossuário sem um mandado.

Funerais, brigas e diamantes. E tudo isso porque a irmã, a despeito de tudo, fora mesquinha a ponto de não pagar para que a irmã tivesse o que a *signora* Giusti chamava de "enterro digno". Ela não devia saber das implicações de um enterro no solo; não devia ser o costume em sua terra. E ninguém lhe dissera nada, pois todos achavam que ela já sabia – naturalmente, pois se supunha que ela era a *signora* Goossens, que vivera muitos anos na Itália e enterrara o marido respeitosamente no mesmo cemitério. Quem se acharia em condições de comentar sua decisão? Quem sequer soube disso, quer dizer, à parte Toni, que deve ter sido quem foi até lá para colocar aquelas flores no lóculo de seus pais. Ele sabia, e tinha certeza que sua madrasta não era o tipo de pessoa que negligenciaria os ossos da irmã depois do período de dez anos...

– Alô? O tenente Mori, por favor. Eu sei que ele está em conferência com o promotor substituto, é por isso que estou ligando... Ele está esperando... Sim, sim, e rápido... Alô? Alô? Obrigado. Tenente? Marechal Guarnaccia. Tenho de ser breve; ainda estou no cemitério. Descobri tudo, ou mais ou menos tudo. Aquela mulher não é a *signora* Goossens e, sim, sua irmã. A *signora* Goossens morreu dez anos atrás e a mulher registrou a morte em seu próprio nome... Sim... Sim... Eu só sei que entre a morte e o funeral ela se trancou no apartamento e se recusou a ver quem quer fosse, e depois do funeral foi embora sem passar no apartamento. O enteado estava em Amsterdã, de qualquer forma, e ao que parece, ninguém foi convidado ao funeral. Ela se instalou na Inglaterra, bem longe de onde a *signora* Goossens morava e vendeu a casa através de seus advogados... Bem, tudo que ela teve de fazer foi imitar a assinatura, as cartas podem ter sido datilografadas... De qualquer forma, todos dizem que elas eram muito parecidas, então... Eu sei por causa do anel que mencionei ao senhor ontem, uma peça única que a *signora* Goossens usava e que não saía de seu dedo porque ela ganhou peso. Ainda estava no corpo que eu vi ser exumado. A irmã foi mesquinha a ponto de não pagar pelo lóculo e obviamente não entendia as implicações de um enterro no solo... Não sei, talvez seja diferente na Inglaterra... A questão é que a ordem de exumação foi mandada a Amsterdã quando chegou aqui... É fácil entender por que toda a correspondência endereçada a Goossens T. era deixada no estúdio, aos cuidados do *signor* Beppe; após todos estes anos não é de surpreender que nem ele nem o carteiro tenham reparado que a carta da prefeitura era endereçada ao "senhor", e não à "senhora". O holandês já esperava algo do tipo, pois mencionara a possibilidade de agora a madrasta aparecer. Há flores no túmulo de seus pais, o que indica que ele apareceu aqui quando estava em Florença, portanto, sabia daquele tipo de enterro... Sim, nada mais natural... Exatamente, era sua chance de encontrá-la; e eu não me surpreenderia se, ao repassar a carta, ele se oferecesse para cuidar pessoalmente da exumação, caso ela não pudesse fazê-lo, e então seria o fim, pois ele veria o anel. Em qualquer caso, ele devia ter intenção de vir aqui com ela, de modo que ela devia estar desesperada antes mesmo de se encontrarem e ele reconhecê-la. Ela deve ter vindo para cá já bem preparada para... Não, está sendo lacrado, como eu poderia detê-los, seria preciso um mandado... Mas há provas, o anel! Tudo bem, mas com certeza ele pode tomar minha palavra para tal...!

Era incrível! Com certeza, depois de tudo aquilo eles não poderiam se recusar...

– Sim. Sim, senhor, eu sei que o senhor só pode fazer o que está ao seu alcance... Mas há testemunhas; a *signora* Giusti...

Mas a *signora* Giusti, informou o tenente, ainda estava deitada como a deixaram, só que agora tinha uma enfermeira ao seu lado. Ela não estava com nenhum ferimento específico e provavelmente voltaria ao normal a qualquer momento, já acontecera antes. Mas também podia não voltar ao normal. Se ela sobrevivesse, haveria inúmeras testemunhas do fato de que ela era uma incurável mentirosa. E uma entrevista com o promotor substituto seria uma oportunidade enviada dos céus para ela destilar suas acusações mais suculentas.

O marechal estava muito aflito.

– Há outra testemunha! Um vizinho que conheceu a *signora* Goossens por anos a fio! É o florista cego da *piazza*. Ele afirma que esta mulher não é ela. Tudo bem que ele é cego, mas... Mesmo assim, ele ainda pode ouvir! Ele sabe distinguir uma pessoa de outra. Sim, senhor. Sim, senhor. O que devo fazer agora? Muito bem, senhor. Vou segui-la o quanto puder, mas se ela sair do país...

Se ela saísse do país, seria o fim. Se não tivessem provas suficientes para um mandado agora, podiam esquecer tudo. Falsidade ideológica não era crime passível de extradição, e não tinham nada de concreto contra ela no que diz respeito ao assassinato.

Ele viu a mulher se aproximando ao longe. Com certeza já havia terminado. Rapidamente, ele ligou para Pitti.

– Não sei quem vai pagar por isso tudo – resmungou o funcionário do cartório –, eu tenho de pagar por todas as minhas ligações...

O marechal pôs quinhentas liras na mesa e fuzilou-o com o olhar.

– Gino? Tudo bem, rapaz?

– Sim, senhor. Lorenzini chegou e queria falar com o senhor, mas teve de sair novamente. Há testemunhas que viram aquele carro sendo levado hoje de manhã, um casal que estacionou o carro bem ao lado do outro quando estava sendo roubado. Eles tinham acabado de voltar e, quando ele viu que horas tinham estacionado lá, o garagista os pediu que esperassem e veio nos contar. Lorenzini está lá pegando uma declaração. Mas ele deixou um recado aqui, caso o senhor ligasse. Devo ler o recado?

– Deixe para lá, não importa.

– Mas, marechal, Lorenzini disse que é imprescindível, que o senhor precisava ser informado com urgência... – havia decepção na voz de Gino.

– Eu sei, mas já descobri. Era o atestado de óbito de Theresa Goossens...

– Não, não é este o nome...

– Está certo... Claro que não é... Qual é o nome dela?

– Lewis – ele pronunciou com dificuldade. – Joyce Lewis.

– Tudo bem – que tipo de mentalidade a pessoa teria para registrar a própria morte desse jeito? – Não há nada mais?

– Apenas... O homem da *Pensione Giulia* telefonou de novo. Estava furioso.

– Ah, estava? E por quê?

– Porque... – Gino estava constrangido de ter de repetir. – Porque ele disse que o senhor sempre vai lá para aporrinhar... Foi o que ele disse, marechal...

– Tudo bem. Continue.

– Mas quando ele precisa do senhor, o senhor não aparece. Se ele ligar novamente...

– Se ele ligar novamente, mande-o ligar para 113.

O proprietário da *Pensione Giulia* telefonou de novo, sim, sussurrando furiosamente:

– Venha aqui ou vou dar queixa de vocês! Ouviu? Sou um cidadão de respeito e tenho direito de receber ajuda quando preciso. Vocês só sabem pensar em perseguir as pessoas! Mas vou fazer com que percam seus empregos! Conheço pessoas importantes nesta cidade! Sou amigo pessoal de...

Gino, que jamais ouvira falar das pessoas influentes de quem o outro se dizia amigo, não sabia o que fazer. Se alguém influente tentasse provocar sua demissão, será que o marechal teria como impedir? Ele achava que sim. Por outro lado, ele ouvira falar de alguns casos, não de pessoas sendo demitidas, mas sendo subitamente transferidas. Ele tinha de ficar em Florença com o irmão. Jamais se separaram antes...

O telefone tocou novamente.

– Alguém vem ou não?

– Eu... Sim... Alguém irá... – talvez Di Nuccio...

– Bem, que seja rápido, estou lhe avisando! A coisa é séria!

– Acho que o senhor devia ligar para o comando central, então, e eles enviarão uma patrulha...

– Estou ligando para vocês, não estou? Porque vocês ficam a dois minutos daqui. Se eu tiver de ligar para o comando central, vocês vão se arrepender.

O cidadão respeitável não disse que ele não queria ninguém do comando central fuçando seu pedaço; o marechal era uma praga, mas havia uma relação recíproca. Antes um mal conhecido...

Gino desligou o telefone. Quem sabe Di Nuccio...

Di Nuccio, ainda em sua fase de mau-humor e incomunicabilidade, estava no andar de cima, datilografando com o ventilador ao seu lado sobre a escrivaninha e a camisa aberta até a cintura.

Do alto da escada, Gino disse:

– Tem um homem da Pensione Giulia que não para de ligar, ele quer que um de nós vá até lá...

– Diga ao marechal quando ele ligar – murmurou Di Nuccio sem tirar os olhos do trabalho.

– Eu disse. Ele mandou dizer a ele que ligasse para 113.

– Então diga.

Gino esperou, mas Di Nuccio continuou datilografando sem dizer mais nada. Não adiantava tentar falar com ele esta semana.

– Precisamos de água mineral – ele se aventurou timidamente. – A garrafa que temos aqui é a última. Alguém precisa ir ao bar...

– Droga! Agora você me fez errar! – Di Nuccio não estava com a menor vontade de se deixar convencer a sair para tostar lá fora. Irritado, datilografou uma série de letras X sobre o erro.

– Se você atender ao telefone, caso ele toque antes de Lorenzini voltar – Gino disse –, eu vou.

– O promotor substituto não gostou nada, vou lhe dizer... Nós não falamos ainda com o cônsul, que deve estar se perguntando o que significam essas interrupções. Teremos de contar a ele e à madrasta, suponho, antes que partam. Algo mais de sua parte?

O marechal conjeturou o que mais estariam esperando, mas disse:

– Nada, a não ser o fato de que ela está cada vez mais assustada...

Estavam em um restaurante *self-service* para turistas e ele a via da cabine de onde estava ligando. Ela havia selecionado uma combinação nada apetitosa de comida vivamente colorida e estava sentada de frente para o prato sem tocar na comida, apenas dando goles ocasionais na água, com as mãos trêmulas.

– Ela está tão tensa que se eu pulasse em frente a ela agora, ela cairia dura.

– Receio que haja poucas chances disso. Não conseguimos entrar em contato com o juiz orientador que pode ter pedido *archiviazione*, ou não. Parece que ele está em um trem expresso a caminho de Roma.

– Então ele certamente não assinou, pois isso tem de ser feito depois do funeral... De qualquer forma, já é alguma coisa se o promotor substituto quiser entrar em contato com ele. Ao menos significa...

– Significa que ele está se precavendo contra todas as eventualidades. Seja como for, ele não desacredita totalmente em sua história...

"Que bom da parte dele", o marechal pensou.

A mulher ainda não estava comendo e um ou dois dos outros fregueses começaram a olhar para ela. Ele estava ciente dos turistas barulhentos que passavam aos montes ao lado da vitrine à sua direita na qual havia uma série de pratos de vidro padronizados com a mesma imagem de um sorvete coberto por morangos muito vermelhos.

– É claro que ele observou que... Ainda está aí, marechal?

– Estou.

– Ele observou que mesmo assim pode não haver nada de concreto, que a *signora* Goossens pode ter dado à irmã o anel mencionado.

– Só que ela não conseguia tirar o anel, não sei se o senhor se lembra.

– Isto é uma coisa que seria impossível de provar agora. Em todo caso, não é uma prova muito contundente em comparação com o cartão de embarque; esqueceu-se disto?

Era verdade que ele havia parado de pensar nesse ponto. Mas se não havia mais dois suspeitos e a mulher só havia entrado no país na terça-feira, dia seguinte à morte do holandês...

– Não existe possibilidade de haver algum engano?

– Dificilmente. Todos sabemos como são a alfândega e o departamento de imigração da França... De qualquer forma, eu vi a passagem dela, que é desta data.

– Sei.

– O senhor não acha – o tenente perguntou, esperançoso – que ela tem um cúmplice, um homem, talvez, de quem nada sabemos, acha?

– Não... – o marechal olhou para ela, que estava limpando os lábios com um lenço e as mãos trêmulas. – Não, eu diria que ela está sozinha nisso.

– Bem, então pronto. Mandei uma pessoa conferir onde o holandês comprou sua comida... Eu consegui persuadir a assistente social a me deixar pegar uma fotografia do álbum da *signora* Giusti. Pelo que entendi, o senhor deixou de suspeitar da velha?

– Sim.

– Bem, nós faremos o possível...

Havia algo naquele "nós" que incluía apenas os funcionários e magistrados; o marechal tinha muito medo de perder seu único aliado. Em seguida, ligou para Pitti, olhando direto para a mulher enquanto isso. Ela estava a um passo de ter um colapso, mas seu egoísmo duro como aço a mantinha sob controle, observando cada movimento dele. Ele era seu inimigo. Ela não podia saber que ele não tinha poder para tocar nela, e sem dúvida estava imaginando que seus telefonemas teriam a ver com armadilhas para ela que estariam sendo espalhadas pela cidade. Se ela fosse capaz de ouvir, não entenderia nada.

– Gino? Ah, é você, Di Nuccio. Lorenzini já chegou?

– Sim, acabou de começar a almoçar. Devo chamá-lo?

– Não precisa. Só diga para ele ficar de prontidão, posso precisar dele de novo. Onde está Gino, afinal?

– Foi comprar água.

Estava muito quente. As ruas estavam vazias quando Gino caminhou pela Via Mazzeta em direção à Piazza Santo Spirito depois de deixar os frascos de água mineral no bar da esquina. Na volta, pegaria as garrafas cheias. Decidiu que faria uma escala na Pensione Giulia só para ver se o proprietário sossegava e, se realmente houvesse algum problema, ele mesmo telefonaria para o comando central. Ele achava que assim estaria fazendo o melhor para todos. O marechal não estava falando sério quando mencionou o número cento e treze, só disse aquilo porque estava irritado com alguma coisa. De qualquer forma, ele tinha mesmo que sair para comprar água, então era questão de bom senso, sob qualquer perspectiva...

O proprietário estava esperando ansiosamente detrás da porta de cima.

– Você veio com toda calma! Por aqui, eles estão no quarto dez.

– Espere – Gino disse, pois apesar de saber muito pouco da vida, aprendera com o marechal a ser cauteloso. – Diga-me primeiro o que se passa.

O homem olhou com nervosismo para o corredor que levava aos quartos e disse em tom de voz discreto:

– Há dois sujeitos esquisitos enfiados lá dentro, esperando, e não gosto nada do jeito deles, e tenho certeza que um deles está armado, deu para perceber o estojo na cintura...

– Escute... Dois jovens deram entrada naquele quarto ontem à noite. Eles chegaram tarde, em um trem vindo de Roma. Bons jovens, bem vestidos, de boa aparência... E dinheiro de sobra... Deu para ver logo de cara. O quarto está reservado para duas noites. Depois que eles saíram hoje de manhã, esses dois esquisitos apareceram. Eles me assustaram.

– Por quê?

– Por quê? Bem, é o jeito deles. Eles começaram perguntando educadamente pelos dois jovens, mas quando eu disse que eles haviam saído, mas que deviam voltar antes do almoço, eles se entreolharam de um modo estranho e foram cochichar naquele canto. Até que disseram que iam esperar. Insistiram em esperar no próprio quarto, e como eu não tenho sala de espera... Bem, não quis dizer que não. Eu os achei um pouco sinistros, entende o que digo? Eu os chamei imediatamente, sabe, pois se alguma coisa acontecer...

– Eles estão lá desde então... Eles insistiram para que eu nada dissesse aos dois quando eles chegassem, que eles queriam fazer uma surpresa. Bem, sei por experiência própria o que este tipo de surpresa quer dizer...

– Sabe?

– Modo de falar – o cidadão respeitável cortou incisivamente. – As coisas que já li nos jornais...

– E o que aconteceu quando os jovens voltaram, ou eles não voltaram? – Gino estava anotando tudo em seu bloco.

– Bem, eu os avisei, não é? Não quero que nada de ruim aconteça no meu prédio. E eles saíram imediatamente.

– A que horas foi isso?

Ele calculou.

– Há apenas uma hora. Foi quando eu comecei a lhes telefonar de novo... Se estes dois saírem, vão querer descontar em mim, não é?

– Esse casal: eles foram embora sem levar as malas e sem explicar quem seriam os homens?

– Ora, eles voltarão, é claro – ele parecia menos seguro agora. – Sequer me pagaram. Eu os observei da janela quando estavam saindo. Entraram em seu carrinho e deram a volta no quarteirão.

– Cerca de uma hora atrás – Gino olhou para o relógio. – Que horas eles saíram pela primeira vez?

– Cedo... Acho que pouco depois das oito.

Às oito e meia alguém roubava um carro na Piazza Pitti.

– O senhor disse antes que eles vieram de trem – *"confira todos os detalhes prosaicos"*, o marechal sempre dizia.

– Sim, vieram... Bem, quem sabe pegaram um carro emprestado... Jamais pensei... O que vai fazer?

– Ligar para o comando central – o que mais o marechal faria? – E ver seu livro de registro.

– Tenente? Sou eu. Alguma novidade?

– Nada. Alguém vai pegar o magistrado no expresso Ambrosiano que vem de Roma. Onde você está?

– De volta à *Pensione Giottino*, onde ela está ficando. Ela está em seu quarto, supõe-se que tirando um cochilo.

Mas ela não estava dormindo. O marechal, para a fúria do gerente, subira até o segundo andar e se ajoelhara desavergonhadamente para olhar pelo buraco da fechadura. Ela estava sentada rigidamente na ponta da cama, olhando direto para a frente e espremendo um lencinho entre as mãos finas como garras.

– Não há muito que eu possa fazer a não ser que o promotor substituto decida... – o tenente parecia estressado. Será que estava arrependido de ter entrado naquela situação?

O marechal persistiu:

– O senhor disse que viu a passagem de trem dela; o que a levou a mostrá-lo ao senhor?

– Acho que eu disse a ela que o funeral era na quinta-feira, e ela disse que pensara em marcar a viagem de volta para quarta. Ela pegou para conferir e eu aproveitei a oportunidade...

– A oportunidade que ela estava lhe oferecendo, senhor – o marechal terminou com toda a educação que tinha. Por que não podia haver um homem experiente naquela função? – Não sei com que frequência saem voos para a Inglaterra, mas se ela tomasse um voo na segunda, não daria tempo de ela pegar o trem e chegar aqui na terça?

– Não tenho certeza...

O marechal esperou pacientemente.

– Vou falar com o promotor substituto; se ele concordar, podemos começar a investigar. Claro que vai levar tempo...

– E não temos tempo nenhum. Mesmo assim...

– Farei o que posso. Enquanto isso, se quiser ir para casa, posso ver se ele manda alguém...

Mas o marechal queria levar aquilo até o fim, mesmo se ela vencesse. Não era mais questão de escolha. Ele não tinha força de vontade para fazer mais nada que não fosse insistir em seguir aquela mulher que lhe enchia de terror, seguindo-a até se exaurir e alguma força externa os separar.

– Não – disse ele –, vou continuar esperando aqui.

10

Gino fez mais uma última ligação.
– Di Nuccio? É Gino... Estou na Pensione Giulia, como estava de passagem... Escute, pode conferir dois nomes para mim na lista?
Não havia necessidade de especificar qual lista. Ele leu os nomes do livro de registros.
– Estão? Achei que estavam em Roma, foi o que me lembro de ver. Sim, aqui, ou estavam... Nada ainda, só liguei para o comando central, mas de qualquer forma eles fugiram, mas há dois homens, os agentes que os estão seguindo... Não, não vou, a não ser para dizer a eles que os dois fugiram em um Fiat 500... Sim, só pode ser, pois seria na hora do roubo, portanto, se você me der o número... Certo... Sim, entendi. Vou dizer-lhes logo de cara para que possam ir atrás, e depois ficarei esperando aqui pelos homens do comando central e explicarei. Certo, até mais tarde.

Gino pegou o pedaço de papel do bloco de telefones onde rabiscara o número do carro.

– Leve-me até o quarto, rápido!

Sirenes soavam ao longe.

– Nada disso é culpa minha – reclamou o proprietário, agora totalmente apavorado. – Eu liguei para vocês imediatamente. Estou garantido.

Os dois percorreram a esquálida faixa de carpete que levava ao quarto número dez. As sirenes soavam mais alto.

Os dois agentes da Digos, que estavam há duas horas dentro do quarto, tensos, ouviram o uivo frenético das sirenes e os passos apressados da dupla soaram ao mesmo tempo. O casal que eles estavam procurando tinha seis mortes nas costas e eram conhecidos, na ocasião, por usar metralhadoras semiautomáticas. O primeiro agente deu dois tiros antes de o quarto ser invadido. O outro deu um tiro um segundo depois. Quando viram Gino, havia um buraquinho vermelho, como se fosse um terceiro olho, entre os dois olhos azuis suavemente surpresos.

– Moleque idiota! – gritou um dos agentes para Gino quando ele caiu de costas, rachando a cabeça na maçaneta da porta. – Moleque idiota!

O outro, apavorado e fora de si, continuou atirando inutilmente contra a parede.

A última ligação do marechal veio da estação às duas e dez. A mulher aparecera subitamente na recepção da *pensione*, o rosto coberto por manchas vermelhas, mas com uma expressão determinada. Ele sabia, antes mesmo que ela pedisse o táxi, que ela ia tentar escapar, desafiando-o a detê-la. Quando viu que o recepcionista tentou, mas não conseguiu lhe arrumar um lugar no voo da tarde, ela pediu um táxi para levá-la à estação. A passagem que ela mostrara ao tenente, apesar da reserva para quarta-feira, era válida por três meses.

– Sou eu, Guarnaccia. Estamos na estação. Ela está indo embora.

– Que horas?

– Mais ou menos agora. Mas será que agora faz diferença?

– Provavelmente. Descobrimos que ela pegou um voo para Pisa no domingo passado. Não havia nenhum voo saindo de lá depois que o holandês foi morto, de modo que ela não poderia ter partido de novo antes da segunda de manhã cedo. Isso significa que ela tomou um voo para Londres a tempo de pegar o trem que pegou. Também significa que ela deve ter ficado em outro lugar na noite de domingo. Estamos investigando todos os lugares possíveis, mas agora dependemos muito da sorte e de chegar ao lugar certo o quanto antes. Que horas sai o trem dela?

– Daqui a uns vinte minutos.

– Sei. Assim parece que as esperanças são nulas. Vou continuar mesmo assim. Sempre existe a chance de o trem se atrasar.

– Já está atrasado, o maldito.

Esse era o problema. Ele a seguira até a estação, onde ela tentara trocar a reserva.

– As reservas desse trem estão fechadas. Sinto muito. Já não estão mais no computador. Em todo caso, há dois dias temos disponibilidade de reservas para Calais, então...

Se a mulher criasse caso ou perdesse a paciência, o atendente provavelmente começaria a atender outra pessoa e a ignoraria, mas ela ficou lá, olhando para ele, paralisada. Tendo chegado tão longe, era evidente que ela era incapaz de repensar ou mesmo de recuar. Ao sentir isso, o atendente se viu na obrigação de dizer alguma coisa.

– Quer que eu veja se há vagas para o trem de amanhã à noite?

Ela o encarou, indecisa. Aceitando seu silêncio como um consentimento, ele digitou o código e esperou que um cartão impresso saísse da máquina. Então ele disse:

– Também está lotado. Sinto muito, *signora*.

Ainda assim ela ficou lá, incapaz de tirar os olhos dele, querendo que ele a colocasse em um trem. Ele coçou a cabeça, olhando para o cartão.

– A *signora* não pode ficar mais um ou dois dias? – ele perguntou, tentando animá-la um pouco. – Não gosta de Florença? Fique conosco mais um pouquinho e verei para quando posso lhe arrumar uma reserva... No fim de semana é difícil, mas na segunda-feira costuma ser bem mais tranquilo... O que acha? – Reconhecendo seu sotaque, ele chegou até a perguntar em inglês: – *You like Florence? A beautiful city? A few days more, eh?*[12]

---

12 Em inglês: "Você gosta de Florença? "A cidade é bonita, não é mesmo?" "Só mais alguns dias, o que acha?" (N.T.)

O marechal estava parado ao lado da cabine de venda de passagens, a poucos metros dela. Ele viu uma gota de suor se formar em sua têmpora e descer pelo pescoço. A fila atrás dela começou a se interessar pelo caso e agora um homem de terno branco abriu caminho para dar seu conselho.

– Com certeza, se é uma questão de emergência, a *signora* pode viajar sem reserva.

– É verdade – uma mulher entrou na conversa. – Eu mesma já fiz isso e não é tão ruim assim. Ao menos até chegar a Paris, mas mesmo assim...

– Não neste trem – o atendente negou, fazendo que não com o dedo. – Só com reserva. Não há assentos normais. É sempre possível que alguém cancele a reserva, é claro, mas não posso fazer nada. É preciso esperar o trem chegar e falar com o *chef-du-train*[13]... Mas, se quiser, posso conferir o trem para Amsterdã, havia uns lugares lá da última vez que eu... O que foi? Não fique tão apavorada, não estou tentando lhe mandar para a Holanda! Todos os trens seguem juntos até Thionville, na França; a *signora* pode passar para um trem comum amanhã de manhã.

– Pobrezinha, veja só, não parece em condições de...

– Viajar se torna pior a cada ano que passa...

– E ela está de preto; acho que está de luto...

– Qual é o problema? – Outro funcionário apareceu ao lado do colega na cabine. – Tome. Alguém vai aparecer para pegar isto às três. Vou embora. O que está acontecendo aqui?

---

13 Em francês: "responsável pelo trem". (N.T.)

– Esta *signora* quer pegar o expresso para a Holanda, o que sai às dezenove e quarenta e um minutos, mas as reservas para Calais se esgotaram.

– Bem, a passagem dela é válida por três meses; ela tem de ir quando houver lugar.

– Eu sei, mas amanhã é a mesma coisa, e... – ele indicou a roupa preta e o rosto pálido e manchado, tão incongruente em meio aos braços e pernas bronzeados e roupas leves de verão.

– Só um minuto – o segundo atendente saiu às pressas da cabine e reapareceu em segundos com a solução.

– Expresso duzentos, Holanda-Itália das treze e vinte e sete... Não há disponibilidade de reserva no momento, mas ela terá um lugar, e os lugares para reserva serão adicionados mais ao norte. Ela terá de trocar de trem em Milão.

– Mas com certeza o trem já saiu, não?

– Deveria ter saído. Está uma hora e dez minutos atrasado. Ainda não chegou aqui...

O marechal foi obrigado a perdê-la de vista enquanto telefonava, não que fizesse diferença agora. Depois de desligar, ele abriu caminho lentamente por entre as pessoas e plantou as palmas das mãos no quadro com as composições e plataformas de partida dos principais trens.

– Treze e vinte e sete... Plataforma dez... Tomara que esteja neste terminal... Basileia... Amsterdã... Bagagem... Oberhausen... Aqui estamos nós... Milão, mas primeira classe... Segunda... Sete trens e provavelmente menos de um quilômetro para caminhar...

Mesmo assim ele não parou para pensar por que estava perdendo tempo.

Enquanto seguia, esbaforido, até o ponto mais extremo da plataforma, ele pensou que o tenente parecia ter mudado sua disposição e estava novamente animado para a caçada, o que era estranho.

O marechal não sabia que, muito por acaso, um jovem jornalista que estava no comando central da polícia à procura de notícias viu o cônsul holandês saindo do escritório do promotor substituto e o reconheceu. Com um pouco de esforço, ele descobriu a história toda.

– Tem tudo – ele disse ao editor ao telefone, muito animado. – Briga de família, relíquias de família, um mistério de dez anos solucionado...

As manchetes do dia seguinte já estavam sendo preparadas:

MORTE MISTERIOSA DE ESTRANGEIRO
MERCADOR DE DIAMANTES
SEGREDO DE FAMÍLIA ENTERRADO COM O CORPO!

O jornalista e um ou dois de seus colegas correram para o cemitério, para a casa do ourives e de volta ao comando central dos *carabiniere*, onde encurralaram o promotor substituto e o tenente. O promotor substituto praticamente arrancara a pasta do caso Goossens das mãos do tenente.

– Temos investigado este caso já faz alguns dias, naturalmente...

– E o senhor tem uma pista?

— Digamos que tenho algumas indicações, as quais estão sendo criteriosamente investigadas.

— Pretende fazer alguma prisão? O que pode impedir essa mulher de sair do país?

— Até agora, temo que nada possa impedir.

E como eles sabiam que não havia trem nenhum antes das sete e quarenta e um da noite, correram todos para o aeroporto de Pisa.

— Expresso duzentos das treze e vinte e sete, vindo de Roma, passando por Basle, Lucerne, Frankfurt, Paris, Bruxelas, Amsterdã e Calais, está para chegar à plataforma onze, viajando com setenta minutos de atraso...

O marechal não estava mais sozinho. O secretário do magistrado que estava esperando pela chegada do Ambrosiano que vinha de Roma viu o marechal e foi até ele lhe perguntar se estava lá pela mesma razão. E o próprio magistrado chegou; os três estavam juntos na plataforma onze quando chegou o expresso da Holanda. A *archiviazione* não fora assinada.

Enquanto conversavam, os três não paravam de olhar para a plataforma, imaginando que o mandado chegaria a qualquer momento.

A mulher entrou no trem.

A plataforma ficou subitamente animada com vagões de jornais, sanduíches e bebidas, e um carrinho veio puxando um comprido trem de bagagens. Havia um grande saco de correspondências a ser embarcado; ainda ia demorar um pouco para o trem sair. As pessoas saíam e entravam desajeitadas com suas bagagens. Uma garota subiu e perguntou ao marechal em alemão: – Este é o vagão para Oberhausen? – pensando, talvez, que ele fosse algum funcionário da estação ferroviária.

Ele mostrou a placa onde se lia "Milano" e apontou: – Mais para trás.

Na sala de operações da central de comando, o tenente estava andando para cima e para baixo com nervosismo. De vez em quando ele parava em uma das mesas telefônicas e perguntava:

– Nada ainda?

– Nada. Quer que eu tente pelos subúrbios?

– Acho que não... Espere! Será que ela teria a ousadia de usar seu passaporte antigo? Não para viajar, mas em algum hotel menos cuidadoso... Estaria vencido, pois ela estava oficialmente "morta" há dez anos e dificilmente ousaria tentar renová-lo, mesmo que houvesse tempo, o que dificilmente foi o caso. Há pouco lhe avisaram da exumação. Tente! Porque se ela se registrou com um nome falso no domingo à noite, nós a pegamos. E se ela quiser alegar que este é seu verdadeiro nome, nós a pegamos por se registrar no Giottino com nome falso!

Começaram a procurar por Simmons, o sobrenome de casada da irmã da *signora* Goossens, extraído do ourives uma hora antes. Se conseguissem prendê-la por falso registro, teriam tempo de investigar o caso como um todo. Isso os ajudaria.

O marechal estava com a informação que queria no bolso do paletó, mas ele não sabia que estavam querendo saber, e não conhecia o nome de casada da mulher. Ele só a conhecia como Joyce Lewis, pronunciado errado ao telefone por Gino. Todos os documentos italianos são feitos com o nome de solteira da mulher.

Os passageiros agora estavam todos dentro do trem e muitos deles se penduravam para fora das janelas, abaixando-se para tentar tocar nas mãos daqueles que os acompanharam até a estação. O trem de bagagens estava indo embora e o carrinho de comida já estava a perder de vista, perto da divisória onde se recolhiam as passagens. O trem era tão comprido que era preciso três guardas sinalizando em turnos, todos usando seus apitos agudos e levantando suas placas verdes para dar a partida. Ele começou a seguir na direção contrária à que viera, de início quase sem fazer ruído nenhum. Da última vez em que o marechal avistou a mulher, ela estava sentada com as costas retas e ainda muito tensa, olhando fixo para a frente, mas, como se hipnotizada pelo olhar intenso do marechal, ela não pôde deixar de olhar rapidamente para ele, que viu nascer uma expressão de vitória em seus olhos apavorados.

O trem ganhou velocidade fazendo barulho enquanto os vagões passavam, intermináveis. Quase já não dava mais para ver o trem depois da curva quando os últimos passageiros, os que estavam nos vagões em direção a Amsterdã e Basileia, começaram a gritar e acenar.

O magistrado e seu assistente ofereceram uma carona ao marechal. Ele agradeceu e disse que preferia caminhar. Estava tão cansado que teria de mandar Lorenzini pegar seu carro.

Estava acabado, então, e ele não sentia nada, a não ser esgotamento e alívio. Seu único desejo era voltar para sua delegacia, para seus rapazes, para seu mundo. Lutara como peixe fora d'água, tentando lidar com pessoas que ele não entendia e com um trabalho para o qual não tinha cabeça nem treinamento. Bem, ele mesmo começara com aquilo, de modo que não adiantava tentar culpar ninguém.

Ele não sabia mais, nem se importava, se estava certo ou errado em suas suspeitas.

O que o fizera levantar os olhos ao cruzar o rio? Ele se esquecera completamente do jovem conde. Todavia, lá estava ele, na janela do primeiro andar, olhando para fora com esperança. Sem dúvida aquele rosto pálido também estava lá na tarde de ontem, como prometido. Mas o marechal estava cansado demais para perder seu tempo com ele. Quem sabe amanhã...

Ele foi descendo a Via Maggio com dificuldade e estava quase virando à esquerda quando se lembrou dos telefonemas da Pensione Giulia. Ele podia ligar quando chegasse à delegacia, claro, mas talvez fosse melhor passar lá de uma vez, assim quando chegasse em casa poderia afundar numa poltrona e se esquecer de todo mundo. Afinal, aquele era, supostamente, seu dia de folga! Ele virou à direita na Via Maggio e seguiu em frente. A rua estava parada com o calor, as lojas ainda estavam fechadas. Não havia viva alma vendo aquele corpo avantajado se arrastar pela calçada estreita, nem quando ele parou e, após consultar rapidamente um bloquinho preto, seguiu em frente, andando mais rápido e com mais determinação do que antes.

– Para trás, por favor! Para trás! Quer entrar, marechal? Para trás! Não tem nada para ver aqui. Por aqui, marechal...

– O que aconteceu?

Metade da *piazza* lotada estava se acotovelando para ver o que estava acontecendo. Havia muitos carros da polícia e carros oficiais, e uma ambulância de portas abertas.

O *carabiniere* em serviço do lado de fora da *Pensione Giulia* parecia perturbado. Estava muito pálido.

– O senhor não sabe? Mas achei que fosse um dos seus rapazes... Eles não lhe chamaram?

Mas o marechal já estava correndo escada acima.

A aglomeração dentro da *Pensione* parecia pior do que do lado de fora, apesar de todos estarem lá em caráter oficial. O prefeito estava lá, falando rapidamente em voz baixa com alguém que o marechal nunca vira antes. Fotógrafos e técnicos abriam caminho em direção ao *hall* de entrada, vindos de um corredor estreito, carregando equipamentos sobre as cabeças para facilitar a passagem. O marechal começou a forçar caminho na direção contrária; ninguém falou com ele.

O barulho no quarto dez era ensurdecedor. Havia vários homens uniformizados, todos policiais. Os dois agentes da Digos ainda estavam lá, e um deles, de rosto muito branco, estava sentado na beira da cama, segurando um copinho. O proprietário andava de um grupo a outro, advertindo a quem quisesse ouvir:

– Espero que entendam! Estou garantido! Aconteça o que acontecer...

O único espaço que havia era perto da entrada, onde o corpo de Gino jazia coberto por um cobertor cinza, bloqueando a entrada. Dava para ver um pouco de seus cabelos cor de milho despenteados escapando por debaixo do cobertor. O barulho e a movimentação no quarto eram tamanhas que ninguém prestava atenção na figura debaixo do cobertor, a não ser um rapaz alto e louro de uniforme que estava parado ao lado, cobrindo as orelhas com as mãos, como se não aguentasse ouvir as palavras que ele mesmo estava grunhindo repetidamente com a voz rouca, acima de todas as vozes ao seu redor.

– É o meu irmão... É o meu irmão... É o meu irmão!

Um policial tentou levá-lo de lá, mas o garoto o afastou e depois o agarrou pelas lapelas e gritou bem no seu rosto:

– É o meu irmão!

11

O silêncio se fechou ao redor do marechal. Ele havia acendido a luz da sala de estar e estava afundado em sua poltrona, mas a luz estava indizivelmente lúgubre e o silêncio parecia fazer uma pressão que vinha de cima, de onde Di Nuccio e Lorenzini não faziam o menor ruído. Quem sabe ele não devesse subir para vê-los, mas não conseguia encarar. Será que eles também estavam escutando o silêncio que costumava ser preenchido pelo rádio de Gino?

O marechal levara o rádio, bem como outros pertences pessoais de Gino para a escola. O irmão estava na enfermaria, sedado. Quando estivesse suficientemente recuperado, faria a viagem de trem para Pordenone e de lá seguiria para seu vilarejo com o corpo. Outro rapaz seria enviado com ele para ficar cuidando dele até ele se encontrar em condições de voltar ao curso, se é que ele ia voltar. Não havia sentido em mandar o rapaz para casa de licença só para dar mais trabalho e despesa a uma família já sob forte pressão, além de isolá-lo dos amigos que estavam em posição de entender.

O pequeno pacote de pertences de Gino não fez muito volume quando o marechal o colocou sobre a mesa do auxiliar. Quanto ao auxiliar, o marechal achava que ele podia levar menos coisas.

– Estou tentando entender – disse ele. – Estou tentando... Mas todos esses escândalos dos quais ficamos ouvindo falar... Políticos e outros que, ao que parece, vêm nos enganando há anos... Entre eles e esses pirralhos mimados que acham que sabem todas as respostas e que são espertos demais para se importar com a morte de mortais inferiores como nós na hora de conseguirem o que querem... Ora, o que estou me perguntando é, por que um rapaz como Gino chegou lá? Por que tinha de ser ele? Você não o conhecia... Ele não era esperto nem ambicioso... Mas era um bom rapaz...

As palavras foram lhe escapando e ele se sentou, olhando para suas mãos grandes.

– Ele era um *carabiniere* – o auxiliar disse gentilmente. – Ele fez seu melhor. Ele não é o primeiro a ser morto em serviço, e não será o último.

Não foi isso que o marechal quis dizer, mas ele não tinha nem o intelecto nem as palavras para explicar o que sentia que estava totalmente errado. Não tinha nada a ver com morrer em serviço, nada a ver com "a fé através dos séculos". Tinha a ver com o fato de os Ginos deste mundo sempre acabarem pagando, a despeito do que estejam tentando fazer. Mas, como ele não podia explicar, ele disse: – Sim, major...

– Haverá um interrogatório formal, é claro, o senhor entende isso? A única questão é que eles estavam errados.

Agentes da Digos, a polícia secreta, não tinham direito de operar em uma área sem informar as forças locais. Já acontecera com frequência de cidadãos em algum lugar público ligarem para a polícia ou para os *carabinieri* ao ver alguém aparentemente respeitável sendo arrancado de sua refeição ou filme na mira de uma arma. O resultado era uma situação constrangedora que deixava as forças locais com raiva e sentindo que estavam fazendo papel de idiotas, fora os riscos inerentes.

– Eles não podem ficar agindo como se fossem a própria lei – o auxiliar continuou. – Também queria lhe dizer que, apesar do fim trágico deste caso, eu sei que o controle que o senhor faz dos hotéis em sua área é muito elogiado. Frequentemente é de grande utilidade... Bem, espero que não abandone este controle por causa do que aconteceu...

O marechal o encarou com olhos febris.

– Você não entende – ele disse lentamente –; você não entende que, mesmo que tenha sido útil de outras maneiras... Sabe, era para evitar que isto acontecesse que eu mantinha este controle.

Agora eram oito da noite. Ele não estava conseguindo nem pensar em comer. Não tomara banho nem trocara seu uniforme suado. Não podia entrar na cozinha e ligar a televisão, pois não queria ver as notícias das oito. Então continuou sentado lá, afundado na poltrona, com seus pensamentos errantes.

Foi o telefone que o despertou de seu estupor.

– É o senhor, marechal?

– Quem fala?

– Sou eu!

– Eu quem? – ele não estava com clima para este tipo de coisa.

– Eu! A *signora* Giusti!

– *Signora*! Mas achei que...

– Eu sei! O senhor achou que eu sempre me recolho às sete e meia. Bem, mas esta noite, não. Tenho coisas a fazer!

– Pensei – ele disse cautelosamente – que havia machucado a mão...

– E machuquei. Estou com a mão enfaixada... Se o senhor me visse hoje de manhã... As pessoas não entendem o que significa uma queda na minha idade...

Ela se interrompeu para dar uma choramingada, depois fungou e prosseguiu:

– Concluí que o senhor estava errado.

– Eu estava...

– O senhor estava perdendo tempo à toa. Claro que é seu trabalho, eu entendo. De qualquer forma, a despeito de tudo que o senhor disse, resolvi ir. Afinal, tenho ido todos os anos até agora e nada jamais aconteceu. Não vejo sentido em ficar aqui o verão inteiro enquanto todo mundo sai de férias, só pela improvável possibilidade de ser roubada.

– Não...

– Ah, não. Não estou dizendo que cautela é uma coisa ruim, eu disse o mesmo para a mulher da prefeitura, eu disse "ele está apenas fazendo seu trabalho, mas está exagerando" e ela concordou. Espero que o senhor não fique ofendido.

– Não, *signora*, não...

– Tudo bem, então. Eu gostaria que o senhor fizesse o seguinte: eles vão me pegar na segunda de manhã, depois das dez, de modo que gostaria que o senhor viesse aqui entre as nove e as dez, e lhe darei minhas chaves. Assim não vou me preocupar, pois o senhor poderá ficar de olho nas coisas, dar um pulinho aqui às vezes, quando estiver de passagem.

– Mas eu...

– Não toque em nada, viu?

– Eu...

– Poderei ligar de lá para o senhor de vez em quando. E vou lhe mandar um cartão-postal... Lá tem uma lojinha e um bar. Não é um hospital, sabe, é mais um lugar de passar férias. É bastante selecionado. Eles não podem receber muitas pessoas, mas meu caso é especial.

– Sim, eu entendo. Bem... Tenho certeza que vai gostar.

– Vou, sim. Tem certeza que não se ofendeu?

– Não, não! Juro...

– Ótimo. Sabe, sei que é maldade minha, mas gosto das coisas do meu jeito – ela deu uma risada e desligou.

Dentro de segundos o telefone tocou de novo.

– Sou eu de novo – esqueci de dizer –, a dondoca do andar de baixo subiu para me contar que o senhor prendeu a mulher que ouvi no apartamento ao lado. Pode me contar sobre isso quando o senhor vier aqui. Boa noite!

– Boa noite.

Ele se sentou em sua cadeira. Estava muito quente dentro do pequeno escritório.

Dez para as nove. Ele podia ao menos se trocar. Sabe Deus que tipo de histórias distorcidas estavam contando pela *piazza*, ou quem as espalhou. Ela nem tocou no nome do holandês, como se já o tivesse esquecido. Suas reações emocionais eram tão fugazes quanto as de uma criança. Seria apenas por egoísmo? Ou seria apenas por ela ter noventa e um anos? Nada parecia emocioná-la, pois nada poderia afetar sua vida, que estava acabada. Como ele poderia culpá-la por se interessar apenas pelo próprio funeral...?

Novamente o telefone lhe interrompeu os pensamentos.

– Não pode ser ela pela terceira vez!

Mas era o tenente Mori.

– É claro que o senhor já está sabendo. Quem diria? Estamos tendo de começar uma investigação completamente nova, pois o juiz orientador assinou a *archiviazione* assim que chegou ao escritório! Estive ao telefone com Chiasso por quase uma hora. Achei que o senhor ia querer ficar a par, pois está envolvido com o caso desde o começo. Acho que seria boa ideia o senhor...

– Desculpe, senhor – o marechal teve de interrompê-lo –, mas não sei o que foi que aconteceu.

– Não sabe...? Mas... Não viu o noticiário das oito?

– Não... Não vi, não...

– A coisa toda não passou de um *flash*, é claro, ainda falta o resto da história. O principal é que ela atacou um brigadeiro no trem!

– Ela o quê?

– Ninguém sabe por que ela fez isso. É um mistério total. Havia outros passageiros no vagão e todos disseram a mesma coisa: não houve nenhuma razão aparente.

O homem não olhou para ela, não falou com ela, sequer a vira. É claro que tudo aconteceu muito rapidamente... Parece que quando o trem ficou parado em Chiasso por uns dez minutos a mais que o normal, um grupo de *carabinieri* entrou no trem para dar uma olhada nos passageiros e na bagagem... Desde que as Brigadas Vermelhas sequestraram aquele trem passamos a fazer isso com regularidade, principalmente no norte. De acordo com as testemunhas, eles nem haviam chegado ao vagão de passageiros para Calais, mas um deles, o brigadeiro, foi na frente e estava do lado de fora, conversando com o *chef-du-train* que estava de costas para as testemunhas. Parece que a mulher de repente perdeu a cabeça. Ela se levantou, abriu a porta e partiu para cima do coitado do brigadeiro, socando-lhe as costas como louca e gritando com a maior histeria! De qualquer forma, ela não fez grande estrago: ele é um cara grande, ao que parece, mais ou menos do seu tamanho. Mas ele ficou abalado, disse que nunca na vida vira uma expressão de tamanho ódio no rosto de ninguém... Além do que, ela quebrou um par de óculos novos que ele estava segurando com as mãos para trás quando ela o atacou. Ninguém conseguiu entender o que deu início a tudo...

O marechal deu de ombros. Com certeza o ataque era direcionado a ele. Será que ela pensou que ele ia entrar no trem? Se ela estava relaxada, achando que tudo havia acabado, não era de admirar que seus nervos desmoronassem ao ver aquele monte de uniformes cáqui ao longe outra vez.

– Imagino que ela tenha negado tudo, certo?

– Não negou nada! O único problema foi conseguir mandar um intérprete ao escritório da estação-mestre o mais rápido possível para não perdermos nada. Ela fala um pouco de italiano, mas a maior parte do tempo ela desabafou consigo mesma em inglês. Longe de negar qualquer coisa, ela ficou insistindo que tinha direito... Todos acharam que ela é maluca. Na verdade, estavam certos que era tudo invenção dela. Bem que ela podia ser maluca mesmo, é claro, para fazer uma coisa daquelas. No final das contas... Ela contou sua história esperando angariar simpatia!

– Aconteceu mais ou menos como o senhor pensou. A irmã morreu de derrame dez anos atrás. As duas estavam sozinhas em casa na época; o enteado estava em Amsterdã. Parece que, apesar de ela ter morrido às sete da noite, a ambulância só foi chamada na manhã seguinte. Ela, na época, alegou que haviam se recolhido cedo e acordado tarde, e que ela encontrou a irmã morta na cama. Como não houve dúvida na época que o óbito se dera por derrame, acho que ninguém ligou para isso. Na verdade, ela deve ter ficado sozinha com o corpo a noite inteira enquanto arquitetava seu plano. Não acha que ela só pode ser doida?

– Ela está é doida de raiva porque nós a pegamos – o marechal murmurou. Ele nutria a antiquada crença na capacidade humana de fazer o bem e o mal, capacidade esta que nenhum relatório de psiquiatra jamais conseguira alterar.

– Se o senhor ouvisse o que me disseram... O modo como ela gritava com todos os presentes. "Eu tinha direito de fazer o que fiz. Eu tinha direito de ter um pouco de felicidade em minha vida. Cuidei por onze anos de um marido doente que não servia para nada, que me deixou sem um centavo depois de tudo que fiz por ele! Ele tomou aquelas pílulas para dormir e me fez perder seu seguro de vida só para me prejudicar. Enquanto isso, ela tinha tudo".

Ela chegou até a acusar a irmã pela morte do velho Goossens.

"Era a ela que vocês deviam estar investigando, não a mim. Pergunte a ela se seu marido não estaria vivo até hoje se ela não tivesse insistido que viajassem tanto. O coração dele não ia aguentar, eu sempre disse, mas a dondoca queria tirar férias, e o idiota fazia tudo que ela queria. E para mim, nada, sabia?"

– Às vezes ela falava como se a irmã ainda estivesse viva. Dá para imaginar por que eles não acreditaram na história dela no começo. Mesmo assim, ela insistiu em contar tudo, dizendo várias vezes: "Eu tinha direito a alguma coisa depois de anos de sofrimento. Ela deixou tudo para ele, tudo! E ele que continuasse me sustentando. Como se ele fosse perder tempo comigo. Os homens são todos iguais, isso eu aprendi. Ele não era melhor que os outros; estava ocupado demais correndo atrás de alguma mulher lá em cima para perder tempo comigo".

– Ela estava falando do holandês, imagino...

– Sim, coitado – disse o marechal –, e ele a teria sustentado mesmo que ela não pedisse...

Ele se arrepiou ao pensar naquela noite em que o holandês devia tê-la abraçado, pensando que era a madrasta. Com certeza o fio de cabelo que acharam em seu paletó era dela. Quanto tempo ele teria levado para se dar conta?

De acordo com o que a *signora* Giusti contara sobre a briga, não deve ter levado muito tempo. Mas àquela altura ele já devia ter bebido o café. Como será que ele percebera? Sem dúvida ele percebeu que ela não estava usando o anel, por exemplo...

– Ainda está aí, marechal.

– Sim, ainda estou aqui.

O tenente soou um pouco desapontado pela falta de entusiasmo do marechal, mas tudo aquilo parecia muito distante depois do que acontecera com Gino.

– O que até agora não está claro é o que acabou dando errado. Ela saiu do país no dia seguinte e voltou na terça-feira. Ela podia ter visto a exumação na quarta-feira e partido novamente sem ter de se arriscar a comparecer ao funeral do holandês. E essa deve ter sido sua intenção, pois nós ficamos sabendo no cemitério que ela havia marcado uma hora na quarta-feira, e que lhe disseram para se apresentar com uma cópia do atestado de óbito da prefeitura, mas parece que ela não apareceu e depois marcou hora novamente para depois do enterro de quinta-feira. Mas ninguém sabe por que, exatamente, muito menos por que ela veio falar comigo...

Era bem provável, pensou o marechal, que ela tivesse tentado entrar no apartamento na primeira vez que o marechal a vira, pois lá dentro havia uma cópia do atestado de óbito, mas ele, sem saber, bloqueou-lhe o caminho.

Então, sem saber, a impediu de chegar ao Palazzo Vecchio antes de fecharem os escritórios da prefeitura, de modo que ela teve de esperar um dia, e então foi obrigada a ir ao funeral.

Então, o marechal aparecera na exumação e vira o anel.

Ela realmente parecia ter muito azar. Ninguém lhe explicara as implicações do enterro no solo, já que era de conhecimento geral. E ninguém reparou que a carta da prefeitura era endereçada à Sra. Goossens, e não ao Sr. Goossens, de modo que o carteiro deixou com o *signor* Beppe, que por sua vez o enviou para Amsterdã, onde o holandês estava justamente esperando por uma oportunidade destas para um feliz reencontro. Muito azar. De qualquer forma, ela passara dez anos vivendo a vida da irmã, gastando o dinheiro da irmã.

Cedo ou tarde, ele teria de explicar tudo ao tenente, mas agora, não... Ele não aguentaria...

– O senhor está bem, marechal?

– Sim... Estou bem.

– Desculpe... Eu não estava pensando... Foi um de seus garotos, não foi?

– Um dos meus garotos, sim, senhor.

– Não me esqueci. Só pensei que o senhor gostaria de ficar a par... Bem, achei que o senhor tinha este direito.

– Sim, senhor. Obrigado, senhor.

– Amanhã devo precisar do senhor. Vamos investigar os hotéis que deixamos de fora. Achamos que ela pode ter usado o passaporte antigo em um hotel menos cuidadoso; ela tem de ter ficado em algum lugar na noite de domingo.

– Seu sobrenome de casada era realmente Simmons?

– Era. O sobrenome de solteira era Lewis, de casada, Simmons. Por quê? Acha que pode ajudar?

– Ela ficou na *Pensione Giulia*. O número do passaporte dela está no livro de registros, mas sem a data de validade. Eu ia conferir isso esta tarde, mas então...

Quando o tenente desligou, o marechal se achou um pouco mais recomposto. Provavelmente por ter conversado com alguém, preenchido um pouco aquele silêncio. Não era que ele estivesse se sentindo melhor por estar certo. Não se sentia nem um pouco mais "certo" agora do que antes. Só se sentia mais sozinho.

Mesmo assim, persuadiu-se que precisava de um banho. Quando já estava de pijamas, convenceu-se que estava se sentindo perfeitamente normal e lidando bem com a situação.

Na verdade, ele esquecera as luzes do escritório acesas. Quase se esquecera que não havia comido nada. Também se esquecera de mais uma coisa.

O telefone começou a tocar outra vez.

– Quem será a esta hora? – Ele voltou para o escritório de pijamas, e surpreendeu-se de encontrar as luzes acesas.

– Sim?

– Salva! O que aconteceu? Fiquei esperando quase uma hora!

Era quinta-feira. Ele não havia telefonado para a esposa, que devia estar esperando este tempo todo na casa do padre.

– Thessa... Desculpe... – como ele poderia começar a explicar? – Você não viu o noticiário?

– Não, claro que não. Estava vindo para cá. Você não se acidentou, não é? Salva!

– Não, eu estou bem. Foi um de meus garotos...

Depois que ele contou, ela disse:

– Você não deve se culpar.

– Claro que não – ele mentiu. – Mas estava pensando que se ele tivesse ficado...

Para distraí-lo, ela disse:

– Os meninos estão muito animados... Querem comprar uma bola de praia nova...

– Eu vou levar uma para eles... Escute, em relação a *mamma* – as férias o fizeram lembrar-se da *signora* Giusti. – Se você acha que este hospital é uma boa ideia... Bem, é você quem faz todo o trabalho, e você precisa descansar...

– Ah, você me fez esquecer! Com toda esta história terrível sobre o garoto... Nunziata foi falar com o chefe depois que eu disse que você era contra a ideia do hospital. Não havia nada que ele pudesse fazer, é claro, pois as férias de todos estavam programadas. De qualquer forma, ela se alterou um pouco, acho que chorou... No final das contas, haviam lhe prometido. Bem, quando ela estava lá uma mulher entrou no escritório querendo tirar férias imediatamente e não em agosto. Perfeito! O filho da mulher teve que ser internado. É uma maré de azar... Bem, com Nunziata ficando lá, só podemos lhe dar quinze dias em agosto... Então, como pode ver, você tinha razão. Foi melhor esperar como você disse.

Por que escutar de novo que ele tinha razão o deprimiu ainda mais? Por alguma razão ele estava pensando no recém-nascido que devia estar em um berço metálico de algum hospital em Amsterdã. Será que ele herdaria o talento do pai? Que diferença poderia fazer em seu trágico começo de vida que um obscuro policial italiano tinha razão quanto ao que acontecera com seu pai? O marechal sentiu que estava transmitindo sua depressão à esposa. Para distraí-la, ele contou a história do holandês por alto, contou do anel, da irmã mau-caráter. Tudo soava não apenas remoto, mas estranho, ao ser resumido. Mas deu certo; sua esposa ficou intrigada.

– Quando chegar em casa, você me conta os detalhes?

– Claro, se lhe interessa. Provavelmente você verá antes nos jornais...

– Acho fascinante. Especialmente a parte do anel... E como viajam essas pessoas... Devem ter dinheiro... E talento também, imagino. Que família interessante!

– Acho que é mesmo.

Mas tudo parecia tão distante.

– Não os acha fascinantes? Afinal, não é toda hora que você lida com um caso desses.

Ele pensou novamente no bebê no berço, no garoto ítalo-holandês com seu jaleco preto de assistente chorando na cozinha com o pai do lado, grande e impotente, pensou na *signora* Goossens sentada em meio às flores do cego, falando de seu jardim inglês, pensou em uma mulher baixando os olhos para um caixão sem piscar, em uma loura com seu cão em um jardim holandês... E na mãe dela, que já devia estar viajando para o norte no expresso da Holanda...

– Acho que você tem razão – disse ele, enfim. – Formam uma família fascinante, só que, bem – ele terminou, meio sem graça –, eu jamais falei com nenhum deles... Acho que é melhor nos darmos boa-noite agora.

E como não estava conseguindo dizer nada mais afetuoso ao telefone, ele disse:

– Durma bem.

Sobre a autora

Magdalen Nabb nasceu em Lancashire em 1947 e se formou ceramista. Em 1975, abandonou a cerâmica, vendeu a casa e o carro e se mudou para Florença com o filho, sem mesmo conhecer ninguém e sem falar italiano, para se dedicar à carreira de escritora de tramas policiais e de livros infantis. Faleceu em 2007.

INFORMAÇÕES SOBRE NOSSAS PUBLICAÇÕES
E ÚLTIMOS LANÇAMENTOS
Cadastre-se no site:
www.novoseculo.com.br
e receba mensalmente nosso boletim eletrônico

novo século